कोई बात नहीं

मानवीय सम्बन्धों की कहानियाँ

सूर्यनाथ सिंह

वाणी प्रकाशन

वाणी प्रकाशन
4695, 21-ए, दरियागंज, नयी दिल्ली 110 002
फ़ोन : +91 11 23273167 फ़ैक्स : +91 11 23275710

शाखाएँ
अशोक राजपथ, पटना 800 004, बिहार
कॉफ़ी हाउस कैम्पस, महात्मा गांधी मार्ग, इलाहाबाद 211 001, उत्तर प्रदेश
महात्मा गांधी अन्तरराष्ट्रीय हिन्दी विश्वविद्यालय, वर्धा 442 001, महाराष्ट्र
सुल्तानिया रोड, मोतिया पार्क, भोपाल 462 001, मध्य प्रदेश

www.vaniprakashan.com
marketing@vaniprakashan.in
sales@vaniprakashan.in

KOI BAAT NAHIN
by Suryanath Singh

ISBN : 978-93-89563-74-0
Collection of Stories

पेपरबैक प्रथम संस्करण 2020

मूल्य : ₹ 295

सिटी प्रेस, दिल्ली-110 095 में मुद्रित

वाणी प्रकाशन का लोगो मक़बूल फ़िदा हुसेन की कूची से

अनुक्रम

कोई बात नहीं

उसका बायोडाटा मेरे सामने पहुँचा तो मैं चौंका। सबसे पहले उसकी तस्वीर पर नज़र गयी, अटक गयी। अचानक मुँह से निकला—यह यहाँ कैसे! उसकी तस्वीर को देखता रहा। कहीं मेरी आँखें धोखा तो नहीं खा रहीं। क्या यह वही है, जिसे मैं जानता हूँ। ...हाँ बिल्कुल वही है। एक साथ कई विचार, कई सवाल और ढेर सारे दृश्य मन में उभर गये। मगर सबसे ऊपर नकार का भाव था। एक क्षण भी नहीं लगा होगा, जब मैंने तय कर लिया कि इसे नहीं रखना है।

पान की दुकान पर उससे प्रायः रोज़ मुलाक़ात हो जाती है—सिगरेट फूँकते हुए। देखता तो मैं उसे बहुत पहले से आ रहा हूँ, पर बात कुछ दिनों पहले ही शुरू हुई। पहली बार देखकर ही धारणा दृढ़ हो गयी कि ज़रूर वह चरसी है। उसकी आँखों में मुझे अजीब तरह का खालीपन नज़र आया। इस उम्र के लड़कों की आँखों में जैसी कोमलता, जैसी चमक होनी चाहिए, जो आकर्षण होना चाहिए, वह उनमें नहीं दिखा। ऐसा सूनापन ज़रूरत से ज़्यादा नशा करने वालों की आँखों में ही होता है। उसके चेहरे पर असमय गम्भीरता चढ़ बैठी थी। ...भीतर से जैसे बुदबुद शुरू हुई—आजकल के लड़के दिशाहारा, नशेड़ी होते जा रहे हैं। उनमें महत्त्वाकांक्षा तो बहुत है, पर पैर ज़मीन पर टिकाकर खड़े नहीं हो पाते। अपनी क्षमता और योग्यता के मुताबिक़ चलने की कोशिश नहीं करते। दम दस क़दम चलने का नहीं और ख़्वाब मैराथन जीतने का देखते रहते हैं। नशे में डूबे रहकर सपने देखना उनकी फ़ितरत होती गयी है। अपने से

बातें करते रहना या फिर दूसरों से कुछ ज़्यादा ही बातें करना इनकी आदत बन गयी है। दूसरों की सुनने का धैर्य कम, अपनी कहने की हड़बड़ी उनमें ज़्यादा है। हक़ीक़त यह भी है कि वे लगातार एक तरह की संवादहीनता में घिरे रहते हैं। इस तरह उनके चेहरे की मासूमियत बहुत जल्दी खो जाती है।...

ऐसे लड़कों को देखता हूँ तो मुझे अपने बेटे पर शक होने लगता है। जब वह अपने दोस्तों के साथ समय बिताकर शाम को देर से घर लौटता है तो मैं उसे ग़ौर से देखता हूँ, उसकी आँखों को पढ़ने की कोशिश करता हूँ। हर समय भय बना रहता है कि कहीं वह भी किसी चरसी, किसी नशेड़ी गिरोह का संग–साथ तो नहीं कर बैठा है। ...यह तो पता है कि वह सिगरेट पीता है। घर में खुलेआम नहीं पीता, इसलिए किसी न किसी बहाने बाहर निकल जाता है। दोस्तों के साथ ज़्यादा समय बिताता है।... पर पता नहीं किस तरह की संगत हो गयी है उसकी। हम दोनों पति–पत्नी चूँकि नौकरी करते हैं, घर में नौकर के भरोसे बच्चों को छोड़ रखा है। हमें घर लौटने में रोज़ ही देर हो जाती है। हमारे पीछे से वे किस संगत में पड़ गये हैं, पता करना मुश्किल है।...

ओह, मैं किन ख़यालों में खो गया। ...उसकी तस्वीर को देखकर मेरी धारणा क्यों फिर बुदबुदाने लगी। क्या अब मैं बुढ़ापे की ओर बढ़ रहा हूँ, इसलिए नौजवानों से ईर्ष्या होने लगी है। ...यह क्या हो रहा है मेरे साथ। ऐसा तो नहीं था मैं। मैं तो नौजवानों की ऊर्जा की सराहना करता रहा हूँ, उनमें नयी–नयी सम्भावनाएँ तलाशता रहा हूँ। इसीलिए तो मेरे साथ काम करने वाले लड़के मुझसे दोस्ताना महसूस करते रहे हैं। फिर अचानक यह क्या होने लगा है मेरे साथ। ख़ुर्दबीन लेकर नौजवानों में कमियाँ ही क्यों तलाशने लगा हूँ। ...नहीं नहीं, हर नौजवान में कमी कहाँ तलाशने लगा हूँ मैं। शायद उस लड़के से मुझे चिढ़ हो गयी है, इसलिए ऐसे विचार मन में आ रहे हैं। ...मैंने ख़ुद को संयत किया। अपने आप को डपटा कि मुझे प्रोफ़ेशनल तरीक़े से उसका बायोडाटा देखना चाहिए। ज़रूरी नहीं कि पहली

नज़र का असर ही आख़िरी हो। कितनी बार पहली नज़र का असर बाद में बदलता भी तो है। फिर मैं क्यों पहले प्रभाव में हूँ। कितनी बार तो उससे बातें हुई हैं। हर बार उसकी बातों, उसके तर्कों ने प्रभावित किया है। उसके बोलने का ढंग पसन्द आया है। कहीं से भी उच्छृंखल या किसी सब–वे की सीढ़ियों पर पड़े नशेड़ियों जैसा नहीं लगा। ...फिर भी एक दूरी ही क्यों उससे बनी रही। आज तक यह जानने की जिज्ञासा क्यों नहीं हुई कि वह है कौन, कहाँ रहता है, क्या करता है, उसका नाम क्या है।...

अरे हाँ, नाम। नाम क्या है उसका! बायोडाटा के ऊपर नज़र डाली। नाम पढ़ा–अनिमेष। ऑटोमोबाइल इंजीनियरिंग करने के बाद मार्केटिंग में एम.बी.ए. किया है। ...पढ़ाई–लिखाई तो अच्छी है इसकी! शौक़ में सिर्फ़ एक पंक्ति लिखी है–गाड़ियों से बातें करना। दिलचस्प!

हमारे लिए काम का हो सकता है। ...असिस्टेंट मार्केटिंग मैनेजर के लिए हमने जो योग्यता तय की है, वह सब कुछ इसमें है। इसीलिए तो स्क्रीनिंग कमेटी ने इसका बायोडाटा छाँटकर देखने के लिए मेरे पास भेजा है। ...एक बार बुलाकर बात कर लेने में हर्ज़ ही क्या है। क्या पता, जिसे बाहर देखकर हम कोई धारणा बना बैठते हैं, वह प्रोफ़ेशनल तौर पर वैसा न हो। अगर हुआ तो हमारा क्या, निकाल बाहर करेंगे। इंटरव्यू में ही रिजेक्ट कर देंगे।...

नहीं, इंटरव्यू बोर्ड में मैं भी तो रहूँगा। मुझे देखकर वह ख़ुश हो जायेगा, उम्मीदें पाल लेगा। क्या पता, सिफ़ारिश लेकर घर तक पहुँच जाये। नौकरी पाने के लिए आजकल लोग क्या–क्या नहीं करते। क्या पता यह भी रोज़–रोज़ दिक करे। पान की दुकान पर ही ख़ुशामद करनी शुरू कर दे। ...फिर, क्या पता इंटरव्यू में बातचीत अच्छी कर जाये और बोर्ड के दूसरे मेंबर प्रभावित होकर इसे रखने का फ़ैसला कर लें। ...फिर तो यह मेरे गले पड़ जायेगा। आख़िरकार मार्केटिंग टीम मेरी निगरानी में काम करती है, यह भी करेगा। जो आदमी मेरे साथ पान की दुकान पर सिगरेट फूँकते हुए दुनिया–जहान की बातें करता रहा हो, वह मेरे नीचे काम करने में

कितना अनुशासन मानेगा, कहना मुश्किल है। मैं नहीं चाहता कि कोई मेरा दफ़्तरी अनुशासन भंग करे। ...नहीं, पहली ही सीढ़ी पर इसे रोक देना ठीक है। पान की दुकान तक इससे मिलना–जुलना ठीक है, दफ़्तर की नज़दीकी ठीक नहीं।...

मन में तर्क–वितर्क चलते रहे। आख़िरकार मैंने उसका बायोडाटा निकालकर किनारे रख दिया। दूसरे कैंडीडेट्स के बायोडाटा उलटने–पलटने लगा। कुल चार लोग रखे जाने थे। इस हिसाब से स्क्रीनिंग कमेटी ने सोलह लोगों के बायोडाटा छाँटकर मेरे पास भेजे थे, जिन्हें इंटरव्यू के लिए बुलाया जाना था। सबके बायोडाटा पलटते हुए मैंने अन्दाज़ा लगा लिया था कि इनमें से कौन हमारे काम का हो सकता है। वैसे इतने सालों के अनुभव के बाद मैं यह दावे के साथ कह सकता हूँ कि बायोडाटा देखकर ही अन्दाज़ा लग जाता है कि कौन हमारे काम का हो सकता है और कौन नहीं। इंटरव्यू से किसी के कौशल को आँकना मुश्किल है। उससे तो सिर्फ़ तनख़ा वग़ैरह तय करने में मदद मिलती है। ज़रूरी नहीं कि जो इंटरव्यू में आपके सवालों का अच्छी तरह जवाब दे, अपनी बातों से प्रभावित कर ले, वह अपने काम से भी आपको प्रभावित कर सके। इसके उलट भी अनुभव रहा है कि जो इंटरव्यू में अच्छी बातें नहीं कर पाता, वह काम में ज़्यादा कुशल साबित हुआ है। ख़ैर, अपने–अपने अनुभव और कर्मचारी रखने के अपने–अपने पैमाने हैं।...

सबके बायोडाटा देखने के बाद मैंने किनारे रखे अनिमेष के बायोडाटा को भी वापस लेकर सबके साथ रख दिया। मेरी अन्तरात्मा ने कहा– इस तरह अपनी धारणा के आधार पर इसे रिजेक्ट करना ठीक नहीं। बाक़ी कैंडीडेट्स में अनिमेष का बायोडाटा सचमुच दमदार था। मैंने घण्टी बजायी, सहायक को सारे बायोडाटा लौटाते हुए कहा– 'ठीक है। बुला लो सबको। एक दिन चार से ज़्यादा लोग न हों। दो कैंडीडेट्स के बीच कम से कम एक घण्टे का अन्तर रखो। उसी हिसाब से सबको टाइम दे दो।'

मगर अनिमेष का चेहरा मेरे दिमाग़ में घूमता रहा। शाम को

काम निपटाकर घर के लिए चला तो उससे पिछली मुलाक़ातें याद आती रहीं।

घर के पास एक पान की दुकान है। वहाँ से मैं बरसों से अपनी पसन्द की सिगरेट ख़रीदता आ रहा हूँ। वह ख़ास मेरे लिए ही ट्रिपल फाइव मँगाता है। रात को खाना खाने के बाद उसकी दुकान पर जाता हूँ, सिगरेट का पैकेट लेता हूँ। वहीं खड़े होकर एक सिगरेट पीता हूँ और पान मसाला चबाते हुए घर लौट आता हूँ। अनिमेष भी उसी दुकान पर सिगरेट पीने आता है।

लम्बे समय से हम एक–दूसरे को देखते आ रहे थे, पर बातचीत नहीं हुई थी। उन दिनों बिहार में विधानसभा के चुनाव चल रहे थे। अख़बारों में और टीवी चैनलों पर एक्ज़िट पोल के सर्वेक्षण आने लगे थे। उस दिन इन सर्वेक्षणों को लेकर पान की दुकान पर अनिमेष के साथ कुछ लोगों के तर्क–वितर्क चल रहे थे। हमारे देश में चुनावों के समय पान की दुकानों पर ऐसा दृश्य आम होता है। हर कोई अपने ढंग से विश्लेषण करता रहता है। मैंने रोज़ की तरह सिगरेट जलायी और पीते हुए वहाँ खड़े लोगों की बातें सुनने लगा।

अनिमेष का दावा था कि सारे सर्वेक्षण झूठे साबित होने वाले हैं। मुझे उसका दावा दिलचस्प लगा था। मगर उसकी बात से वहाँ कोई सहमत नहीं था। सब उसके दावे को सिरे से ख़ारिज कर रहे थे, पर अनिमेष का तर्क मुझे वाज़िब लगा कि इस तरह किये जाने वाले सर्वेक्षण वैज्ञानिक नहीं रह गये हैं। पिछले कुछ सालों में मतदाता का मिज़ाज बदला है और चुनाव प्रक्रिया के दौरान वह हर पल बदलता रहता है। जाति–धर्म के समीकरण भी बहुत स्थायी नहीं रह गये हैं। विकास और भ्रष्टाचार के मुद्दे प्रभावित ज़रूर करते हैं, पर मतदाता अब तात्कालिक नहीं, बल्कि आगे की स्थितियों का आकलन करके मतदान का फ़ैसला करने लगा है। इसलिए सर्वेक्षण एजेंसियों को चकमा देता रहता है। फिर सर्वेक्षण एजेंसियाँ भी निरपेक्ष नहीं रह गयी हैं, सबके अपने राजनीतिक रुझान हैं। ...इसीलिए पिछले कई सर्वेक्षण फेल हो चुके हैं।

'फिर सर्वेक्षण का व्यावहारिक तरीक़ा क्या हो सकता है?' मैंने अचानक सवाल किया था।

'उसके लिए थोड़े श्रम की ज़रूरत है। कुछ कार्यकर्ताओं के ज़रिये बने–बनाये फॉर्म पर आँकड़े जुटाने का तरीक़ा भरोसेमन्द नहीं रह गया है। जब तक राजनीतिक विशेषज्ञ ख़ुद अलग–अलग इलाक़ों में घूम कर लोगों के मन–मिज़ाज का अध्ययन नहीं करेंगे, तब तक ज़मीनी हक़ीक़त का अन्दाज़ा लगाना मुश्किल होगा। अब हर बूथ का रुझान जानना ज़रूरी है। राजनीतिक पार्टियाँ भी अब हर बूथ के हिसाब से अपनी स्ट्रेटजी बनाने लगी हैं। जब तक हर बूथ का सही–सही रुझान पता नहीं चलेगा, भ्रामक आँकड़े आते रहेंगे।' अनिमेष ने कहा था।

'पर क्या आपको लगता है कि विशेषज्ञों के लिए इस तरह सीधे मैदान में उतरकर व्यापक सर्वेक्षण करना सम्भव होगा?' मैंने कहा था।

'इसमें मुश्किल कुछ भी नहीं है। बस थोड़ी धूल फाँकनी पड़ेगी। जो विशेषज्ञ कुछ धूल फाँकते हैं, उनके सर्वेक्षण ज़्यादा भरोसेमन्द साबित होते हैं। इस बार भी यही होगा, आप देख लीजिएगा।' अनिमेष ने बड़े संयत स्वर में दावा किया था।

बहस में शामिल लोगों को बातचीत का यह तकनीकी पहलू शायद अरुचिकर लगने लगा था, इसलिए उन्होंने जैसे आम सहमति से यह कह कर सभा भंग कर दी कि चलो भाई, हफ़्तेभर की बात है। नतीजे सबके झूठ–सच का फ़ैसला कर देंगे।

उस दिन के बाद हम दोनों में हाय–हलो, छिटपुट संवाद का सिलसिला शुरू हो गया था। फिर भी मैंने हमेशा उससे एक दूरी ही बनाये रखी। उसके बारे में जानने की कभी कोशिश नहीं की। कभी–कभार वह मुझसे मज़ाक़िया अन्दाज़ में भी कुछ कहता। एक दिन उसने मुझसे पूछा था, 'अंकल, मैं देखता हूँ कि आप एक ही ब्रांड की सिगरेट ख़रीदते हैं। कितने सालों से इसे पी रहे हैं।'

मैंने याद करने की कोशिश की, 'शायद बारह–पन्द्रह सालों से।'

उसकी टिप्पणी थी, 'फिर तो आपको कई बार परेशानी भी होती

होगी। अगर कभी किसी ऐसी जगह जाना पड़ता होगा, जहाँ इस ब्रांड की सिगरेट नहीं मिलती तो आपको बड़ी बेचैनी होती होगी।'

'हाँ, होती तो है। मगर मैं अपना कोटा साथ लेकर चलता हूँ।'

उसने मज़ाकिया टोन में कहा था, 'जब हम अपने को किसी एक चीज़ से बाँध लेते हैं तो मुश्किलें तो होती ही हैं, चाहे वह सिगरेट की ब्रांड ही क्यों न हो।'

तब मैं बस हँस दिया था। मगर सोचता रहा कि उसकी बात तो ठीक है। नयी पीढ़ी के लड़के किन-किन बातों को किस-किस तरह दर्शन बना देते हैं, मैं हैरान हुआ था।

ख़ैर, इसी तरह पान की दुकान पर उससे मेरी मुलाक़ातें और छिटपुट बातें होती रहीं।

उसका इंटरव्यू पहले ही दिन था। इंटरव्यू में तो उसने ग़ज़ब कर दिया। इंटरव्यू में मेरे साथ एच.आर. के मिस्टर सोढी और मार्केटिंग के मेरे सहयोगी मिस्टर जोशी भी बैठे थे। इंटरव्यू बोर्ड में मुझे देखकर उसके चेहरे पर एक क्षण को हैरानी का भाव ज़रूर उभरा था, मगर उसने किसी भी तरह से ज़ाहिर नहीं होने दिया कि वह मुझे जानता है। एक सामान्य कैंडीडेट की तरह ही सवालों के जवाब देता रहा।

जैसा कि हमारी कम्पनी में चलन है, हम कैंडीडेट को सहज रूप से बातचीत कर सकने की स्थिति में लाने के लिए पहले उसका बैकग्राउंड पूछते हैं। उसके व्यक्तिगत जीवन के बारे में जानने की कोशिश करते हैं। बातचीत मिस्टर सोढी ने शुरू की थी-'तो मिस्टर अनिमेष, अपने बारे में हमें कुछ बताइए।'

उसने एक लम्बी साँस ली और बोलना शुरू किया-'मेरे पापा यूनिवर्सिटी में प्रोफ़ेसर थे। माँ स्कूल टीचर। दोनों सादा जीवन उच्च विचार टाइप के सिद्धान्तों में यक़ीन करने वाले। मेरा एक छोटा भाई है। वह अभी कॉलेज में है। वह भी पापा-मम्मी पर गया है। ...मैं ही घर में सबसे बिगड़ैल था।'

'था मतलब? अब नहीं हैं?' मिस्टर सोढी ने चुटकी लेने के अन्दाज़ में सवाल किया। मिस्टर सोढी इस तरह बात को पकड़ने

और मोड़ देने के लिए हमारे दफ़्तर में मशहूर हैं। कब किस बात को किस दिशा में मोड़ दें, कोई अन्दाज़ा नहीं लगा सकता।

'नहीं। अब नहीं हूँ। अब एक ज़िम्मेदार आदमी बन गया हूँ।' उसने बड़े आत्मविश्वास के साथ कहा।

'ऐसा आप मानते हैं या इसका कोई सबूत भी है।' मिस्टर सोढी ने कुरेदा।

'सबूत भी है। ...मेरे पापा सोशल साइंस के जाने–माने प्रोफ़सर थे। कई किताबें लिखी हैं उन्होंने। वे ज़्यादातर वक़्त अपने रिसर्च में खोये रहते। हर वक़्त पढ़ते–लिखते रहते। अपने विद्यार्थियों में ख़ासे लोकप्रिय थे। देश–विदेश के सेमिनारों में बुलाये जाते। कह लें कि वे घर में कम, बाहर ज़्यादा रहते थे। मगर उनकी चिन्ता सबसे ज़्यादा अपने बच्चों को लेकर रहती। वे चाहे समाज की स्थितियों, समस्याओं की जिस भी कोण से व्याख्या कर लें, पर अपने बच्चों के मामले में निहायत भारतीय पिता थे। टिपिकल इंडियन फादर। कंजरवेटिव नहीं, खुले मिज़ाज के, पर इमोशनल। हमें थोड़ी–सी भी तकलीफ़ हो जाये तो परेशान हो जाते थे। मुझे याद है, कई बार उन्होंने अपनी विदेश यात्रा इसलिए रद्द कर दी कि हममें से किसी को बुख़ार था या फिर हममें से किसी ने ज़िद पकड़ ली थी कि वे हमारे साथ समय बितायें। कहीं बाहर घूमने चलें। ऐसी ज़िद हालाँकि मम्मी कम ही करतीं, मैं ज़्यादा करता था। मैं अक्सर उनसे शिकायत करता कि पापा आपको तो अपने परिवार की चिन्ता रहती नहीं, बस अपने काम से मतलब है। जब मौक़ा मिलता है, बाहर निकल लेते हैं। कभी यह भी नहीं सोचते कि हमारी भी कुछ ख़्वाहिशें हैं। हम भी आपके साथ समय बिताना चाहते हैं, कहीं घूमना–फिरना चाहते हैं। मम्मी कुछ नहीं कहतीं, इसका यह मतलब तो नहीं कि उन्हें आपके साथ घूमने–फिरने का मन नहीं होता।

पापा चुपचाप मेरी बात सुन लेते। कुछ नहीं बोलते। अगले दिन जब यूनिवर्सिटी से लौटते तो चुपके से मम्मी को बताते कि अमुक दिन अमुक जगह घूमने चलेंगे। मम्मी हैरानी से पूछतीं कि, आपके

बाहर जाने के प्रोग्राम का क्या हुआ, तो वे बस इतना कहते–मैंने उन लोगों को मना कर दिया। इसके लिए मम्मी पापा को झिड़कतीं। उन पर दोषारोपण करतीं कि आप इस तरह बच्चों को बिगाड़ रहे हैं। आप उनकी हर ज़िद मानेंगे तो वे और ज़िद करेंगे। उन्हें समझने दीजिए कि उनकी हर ज़िद पूरी नहीं की जा सकती। मगर पापा चुपचाप मम्मी की बात सुन लेते, करते वही जो मुझे पसन्द था। इस तरह पापा की भावनात्मक कमज़ोरी का सबसे अधिक फ़ायदा मैं उठाता।...

कोर्स की किताबें पढ़ने में मेरा मन नहीं लगता था। ज़्यादातर समय मैं मौज–मस्ती में बिताना चाहता था। मम्मी चिल्लाती रहतीं कि पढ़ाई कर लो, मगर मैं उनकी बात कहाँ सुनने वाला था। पापा घर में होते तो मैं और आज़ाद महसूस करता। मम्मी पढ़ाई के लिए डाँटतीं तो मैं पापा को पटा लेता। पापा, मम्मी को समझा देते। स्कूल के बाद मेरा ज़्यादातर समय बाहर दोस्तों के साथ घूमने, सिनेमा देखने, खाने–पीने, मौज–मस्ती में बीतता। कोई न कोई बहाना बनाकर पापा से पैसे माँगता रहता और वे दे देते। इस तरह अपने दोस्तों के बीच मैं सबसे अमीर था।'

अनिमेष धाराप्रवाह बोले जा रहा था। वह इस तरह बोल रहा था, मानो इंटरव्यू न दे रहा हो, किसी अन्तरंग से अपने मन की बातें साझा कर रहा हो। शून्य में ताकते हुए जैसे अतीत में खो गया था वह। जैसे पहली बार वह अपने मन की गाँठें खोल रहा था। उसके बोलने में कुछ ऐसा जादू था कि हम तीनों चुपचाप उसके चेहरे पर नज़रें गड़ाये उसे सुने जा रहे थे।

उसने एक गहरी साँस ली और अपने बारे में फिर से बताना शुरू किया–'दरअसल, मैं पापा का पैंपर्ड बच्चा था। उन्होंने मुझे कभी कोई कमी महसूस नहीं होने दी, मगर जैसे–जैसे मैं बड़ा होता गया, पापा से अपनी सारी ज़रूरतें पूरी करवाना अपना अधिकार मानने लगा। हाईस्कूल पास करते–करते तो मेरी ख़्वाहिशें इतनी बढ़ गयी थीं कि उन्हें पूरा करने में पापा को भी असुविधा होने लगी थी। मगर

वे थोड़ी ना–नुकुर के साथ पूरी करते ही। ...अब स्कूल में कम, दोस्तों के साथ बाज़ार में मेरा मन ज़्यादा लगने लगा था। सिगरेट पीना तो मैंने नौवीं क्लास से ही शुरू कर दिया था। हर नया तकनीकी उपकरण मुझे चाहिए था। ब्रांडेड कपड़े मेरी कमज़ोरी बन गये थे। पापा को जितनी सादगी पसन्द थी, उतना ही मैं फ़ैशन में यक़ीन करता था। दरअसल, मुझे अपनी ज़रूरत से ज़्यादा दोस्तों पर प्रभाव जमाने की गरज से चीज़ें चाहिए थीं। स्कूल से शिकायतें आतीं कि मैं पढ़ाई पर कम ध्यान दे पाता हूँ। मम्मी को बहुत ग़ुस्सा आता। वे बोलना शुरू करतीं, तो बोलती ही रहतीं। जब मौक़ा मिलता, बोलना शुरू कर देतीं। एक बात को लेकर कई–कई दिन तक मौक़ा देखकर नसीहत देती रहतीं। पापा की प्रतिष्ठा का हवाला देतीं, मेरे भविष्य को लेकर डरातीं। मगर दोस्तों पर जादू बिखेरने का जो नशा मुझ पर चढ़ा था, उससे मम्मी की बातों का कोई असर नहीं होता। जिस तरह हमारे मामले में पापा टिपिकल इंडियन फादर थे, वैसे ही मम्मी को लेकर मैं टिपिकल इंडियन बेटा था। माँ की बातों को मज़ाक़ में उड़ा देना, उनकी बातों पर नाराज़ होकर उन्हें चुप करा देना मुझे ख़ूब आता था। पापा यों तो ज़्यादातर चुप ही रहते, यही ज़ाहिर करते कि उन्हें मुझे लेकर कोई चिन्ता नहीं है, पर जब कभी मम्मी ज़्यादा दुखी हो जातीं तो उनसे सहन नहीं होता और वे बड़े संयत स्वर में मुझे देर तक समझाते रहते। कई बार मुझे बड़ी हँसी आती कि मुझे समझाते समय भी वे समाज विज्ञान के सिद्धान्तों का इस्तेमाल करते। मैं उनकी बातों को उनके सामने ही मज़ाक़ में उड़ा देता।

'ख़ैर, पढ़ाई में भले मेरा मन नहीं लगता था, पर कुछ ऐसे नुस्ख़े मैंने सीख लिए थे, जिससे हर परीक्षा पास कर जाता। ...परीक्षा पास करने के लिए दरअसल बहुत पढ़ने की ज़रूरत नहीं होती। परीक्षा पास करना एक ट्रिक है। वह ट्रिक मुझे आती थी। चूँकि पापा–मम्मी को आम परिवारों की तरह अपने बच्चों से बहुत लम्बी–चौड़ी ख़्वाहिशें नहीं थीं, हमसे जुड़े उनके बहुत बड़े सपने नहीं थे, इसलिए मेरे परीक्षा पास कर लेने भर से वे सन्तुष्ट हो जाते थे। ...हाँ, पापा हमेशा

एक बात पर ज़रूर बल देते थे कि अच्छे नम्बर चाहे न लाओ, पर अच्छे इंसान बनने की कोई भी शर्त पूरी करना नहीं छोड़ना। परीक्षा में फेल हो जाओगे, वह हम सहन कर लेंगे, पर तुम्हारा बुरा इंसान बनना हमसे कभी बर्दाश्त नहीं होगा। ...मगर मेरा मानना था कि यह दर्शन तो हर माँ-बाप बघारता रहता है, दरअसल हक़ीक़त में उसकी ख़्वाहिश यही होती है कि उसके बच्चे ऐसा कुछ करें, यानी ऐसी कोई नौकरी करें, जिससे वे समाज में गर्दन सीधी करके घूम सकें। इसलिए मैं पापा की इस नसीहत पर बहुत कान नहीं देता था। उम्र बढ़ती गयी, दोस्तों के साथ मौज-मस्ती बढ़ती गयी। प्लस टू पास किया, इंजीनियरिंग में दाख़िले का टेस्ट दिया, पास कर गया। आईआईटी खड़गपुर में दाख़िला मिला। जो लोग मुझे आवारा समझते थे, उन्हें हैरानी हुई कि आईआईटी खड़गपुर में मेरा दाख़िला हो सकता है। सारे पड़ोसियों, रिश्तेदारों ने मेरी आवारगी को नज़रअन्दाज़ कर मेरी योग्यता की तारीफ़ की। पापा-मम्मी का मान रह गया।...

मगर अब मैं महसूस करता हूँ कि पापा-मम्मी की मुश्किलें उसके बाद बढ़ीं। आईआईटी खड़गपुर में दाख़िले के बाद मैं एक तरह से नशेड़ी हो गया था। पढ़ाई-लिखाई को लेकर कोई शिकायत तो नहीं आने दी, पर शराब पीने की लत ऐसी लग गयी कि शाम होते ही बेचैन हो उठता। छुट्टी वाले दिन चौबीस घण्टे धुत रहने लगा। जो पैसे पहले ब्रांडेड कपड़ों और दूसरी चीज़ों पर ख़र्च करता था, वह महँगी शराब पर ख़र्च करने लगा। दुनियाभर की शराबों पर मैंने रिसर्च कर डाली थी और उन दिनों एक सनक-सी सवार रहती थी मुझ पर कि दुनिया की कोई भी ऐसी शराब नहीं बचनी चाहिए, जिसका स्वाद मैं न ले सकूँ।...'

'वह शौक़ अब भी है या कुछ कम हुआ है?' मैंने पूछा।

उसने लम्बी साँस ली और बोला, 'पीने के सारे शौक़ मैंने पढ़ाई के दौरान ही पूरे कर लिए। अब तो छूता भी नहीं। इच्छा ही नहीं होती। बस, सिगरेट पीता हूँ। ...पापा-मम्मी ने तो बहुत कोशिश की

थी मेरी शराब छुड़ाने की। बहुत काउंसिलिंग करायी, इलाज कराया, पर तब नहीं छूट सकी। दरअसल, जब तक हम ख़ुद न छोड़ना चाहें, तब तक कोई नशा छूटता नहीं। तब सारे उपचार इसलिए फेल हुए कि मैंने ख़ुद पीना छोड़ना नहीं चाहा था।'

'फिर छोड़ा कैसे...और क्यों?' मैंने पूछा।

'बस, एक दिन ऐसा हुआ कि पीने का मन ही नहीं हुआ। फिर कभी नहीं हुआ। मैंने इस बारे में कभी सोचा भी नहीं कि ऐसा क्यों हुआ। पर हुआ। इसका कारण भी हो सकता है। ...इंजीनियरिंग करने के बाद मैंने एम.बी.ए. करने का फ़ैसला किया। इंजीनियरिंग की पढ़ाई मैंने नौकरी करने के मक़सद से नहीं की। दिलचस्पी पैदा हो गयी थी। कारों की टेक्नोलॉजी का अध्ययन करना जैसे मेरा पैशन हो गया। हर समय मैं कारों पर रिसर्च करता रहता। इसलिए उसके बाद से पढ़ाई मेरे लिए सिर्फ़ किताबी नहीं, व्यावहारिक पहलुओं को जानने–समझने का एक माध्यम बन गयी। आप हैरान होंगे कि रात को जब मैं ख़ूब पी लेता तो प्रोफ़ेसर्स कॉलोनी की तरफ़ निकल जाता और वहाँ खड़ी गाड़ियों से बातें करता। लोग मुझे नशेड़ी मानकर या तो मज़ाक़ उड़ाते या फिर कोसते हुए आगे बढ़ जाते। मगर राज़ की बात बताऊँ कि गाड़ियाँ भी मुझसे बात करतीं। मैं उनके साइलेंसर को सूँघकर जान लेता कि किस गाड़ी का मालिक उसे ठीक से चलाता है और कौन ठीक से नहीं चलाता। कौन समय पर सर्विसिंग कराता है, कौन नहीं कराता। ...ख़ैर, इंजीनियरिंग करते हुए ही मैंने ठान लिया था कि इसके बाद मार्केटिंग की पढ़ाई करूँगा। गाड़ियों के बाज़ार को समझूँगा। ...पापा–मम्मी चाहते थे कि इंजीनियरिंग करके मैं कोई नौकरी शुरू करूँ, फिर शादी–वादी करके गृहस्थी बसाऊँ। माँ की आँखों में बहू और पोते के सपने रह–रहकर तैर उठते। ...मगर शायद उन्हें यह नहीं बदा था।...' उसकी आँखों में पानी उतर आया था, मगर वह बड़ी कुशलता से उसे आँखों–आँखों में पी गया।

उसका बायोडाटा पढ़कर हम पहले से जानते थे कि उसके मम्मी–पापा अब जीवित नहीं हैं, पर अनिमेष की बातों से हममें

दिलचस्पी हुई कि कुछ–न–कुछ ऐसा असामान्य हुआ होगा, जिसने इसे आहत किया है। मैंने उसे सामान्य करने के लिए पूछा, 'क्या हुआ था आपके मम्मी–पापा को?'

'मैंने पापा से प्रॉमिस लिया था कि जब मैं एम.बी.ए. कर लूँगा तो वे मुझे मेरी पसन्द की गाड़ी ख़रीद कर देंगे। पापा ने वादा किया था कि जब मैं फाइनल सेमेस्टर में आ जाऊँगा तो वे मुझे मेरी पसन्द की कार ख़रीद कर देंगे। पापा जो वादा करते थे, उसे पूरा ज़रूर करते थे। मगर अक्सर मैं उनके साथ चालाकियाँ किया करता था। उनके बजट से अधिक का ही सामान ख़रीदवाता था। जब मैं फाइनल सेमेस्टर में आया तो ज़िद पर अड़ गया कि गाड़ी ख़रीदो। उन्हें क्या पता था कि मैं ऐसी गाड़ी के लिए ज़िद पर अड़ जाऊँगा, जो उन्होंने कभी सपने में भी ख़रीदने की नहीं सोची होगी। उन्होंने ज़्यादा से ज़्यादा चार लाख ख़र्च करने का सोचा होगा, मगर मैं तो चालीस लाख की गाड़ी पर अड़ गया था। ...आपकी कम्पनी की चार छल्ले वाली गाड़ी। ...मेरी वह ज़िद उनके लिए भारी पड़ी।...

उन दिनों पापा कुछ अवसाद में थे। शिमला यूनिवर्सिटी में वाइस चांसलर नहीं बन पाये थे। कुछ राजनीति हो गयी थी। पापा उसके लिए सबसे बेहतर कैंडीडेट थे, पर उन्हीं के किसी साथी ने राजनीतिक जुगाड़ करके बाज़ी मार ली थी। वे गुमसुम–से रहने लगे थे। उस पर से मेरी ज़िद। कई दिन हमारे बीच तर्क–वितर्क चले थे। आख़िरकार मैंने कुछ ऐसा कठोर कह दिया था कि वे कुछ नहीं कह पाये। चुप हो गये थे। उसी रात उन्हें दौरा पड़ा और वे नहीं रहे।...'

'उसी साल मम्मी रिटायर हुई थीं। पापा गये, उसके पाँच महीने बाद मम्मी भी चली गयीं। ...बस मैं और मेरा भाई रह गये। अब भाई की ज़िम्मेदारी मुझ पर है। वह पढ़ाई कर रहा है।...' उसने अपनी बात समाप्त की।

'आप हमारी कम्पनी में ही नौकरी क्यों करना चाहते हैं?' मेरे सहयोगी मिस्टर जोशी ने पूछा।

'आपकी चार छल्ले वाली गाड़ी से प्यार है, इसलिए।' उसने संक्षिप्त–सा उत्तर दिया।

'क्या हमारी गाड़ी से प्यार होना ही यहाँ नौकरी के लिए आपकी सबसे बड़ी योग्यता है?' मिस्टर सोढी ने पूछा था।

'सबसे बड़ी नहीं, मगर एडीशनल ज़रूर है। जिससे प्यार ही न हो उस काम को हम सिर्फ़ अपनी ज़रूरतें पूरी करने के मक़सद से करें तो उससे बहुत जल्दी ऊब हो जाती है। और मैं तो यह नौकरी सिर्फ़ पाँच–छह सालों के लिए करूँगा। उसके बाद कोई नौकरी नहीं।' उसने बगैर किसी हिचक के कहा।

'ऐसा टारगेट क्यों?' मैंने पूछा।

'उसके बाद मुझे कुछ अपना करना है। कुछ क्रिएटिव। वह सब मैंने पहले से सोच रखा है।'

'और अगर आपको यह नौकरी न मिले तो?' मेरा सवाल था।

'कोई बात नहीं। कुछ दिन बाद फिर कोशिश करूँगा। आपकी किसी और ब्रांच में करूँगा।'

'किसी और कम्पनी में क्यों नहीं ट्राई करते?' मिस्टर सोढी ने पूछा।

'कहीं और काम नहीं कर पाऊँगा।'

'यह तो आपने बहुत जोखिम भरी ज़िद पाल रखी है।' मैंने कहा।

'यही मेरा नेगेटिव साइड है। जो तय कर लेता हूँ, वही करता हूँ।'

'यानी आप मूडी आदमी हैं। जो आपको पसन्द है, वही करते हैं, दूसरे की बिल्कुल नहीं सुनते। यह तो हमारे लिए ख़तरनाक हो सकता है।' मैंने कहा।

'यह मेरे बारे में ग़लत व्याख्या है। ऐसा नहीं कि दूसरों की बात नहीं मानता। जिन मामलों में मेरे विचार स्पष्ट हैं, उन पर दृढ़ता से काम करता हूँ। साबित करता हूँ कि जो मैं सोच रहा हूँ या जो कर रहा हूँ, वह कैसे ठीक है। अपने काम के प्रति डेडीकेशन में कमी नहीं है मुझमें।' उसने सफ़ाई दी।

'मगर आपको गाड़ियों से प्यार है। आपने मेकेनिकल इंजीनियरिंग भी की हुई है, तो मार्केटिंग के बजाय इंजीनियरिंग साइड में क्यों नहीं जाना चाहते।' मिस्टर सोढी ने पूछा।

'इंजीनियरिंग में काम करना होता तो, मार्केटिंग ही नहीं करता। गाड़ियों के बारे में तो मैं जानता हूँ, पर गाड़ियों के बारे में लोग क्या सोचते हैं, वह जानना चाहता हूँ।' उसने बड़ी साफ़गोई से कहा।

'आपमें एक बात बड़ी दिलचस्प है, गाड़ियों से बातें करना। हमें जिज्ञासा हो रही है कि आप किस तरह गाड़ियों से बातें करते हैं। क्या आप हमें उसका एक नमूना पेश कर सकेंगे।' मिस्टर जोशी ने कहा।

'यह कोई मदारी का खेल नहीं है कि जब फ़रमाइश हो, डुगडुगी बजाकर खेल शुरू कर दूँ। जब मैं भीतर से चार्ज होता हूँ, गाड़ियों के साथ बात करने का एक तार जुड़ता है, तभी उनसे बातें करता हूँ। हर समय और हर कहीं, हर किसी गाड़ी से नहीं।' उसके स्वर में कुछ खीज–सी उभरी थी।

'ओके। अच्छा लगा आपसे बातचीत करके। अगर ज़रूरत समझी तो एक हफ़्ते बाद आपसे सम्पर्क करेंगे हम।' मैंने बात समाप्त की थी।

उसने कुर्सी से उठते हुए हम तीनों को धन्यवाद कहा और बाहर निकल गया।

उसके जाने के बाद हम तीनों के बीच स्वाभाविक मन्थन शुरू हो गया था। मिस्टर जोशी ने उसके जाते ही कहा था–'अच्छी कहानी गढ़ लेता है।'

'मगर इसमें ग़ज़ब की साफ़गोई है। कोई इस तरह अपने नेगेटिव पॉइंट्स नहीं बताता। नौकरी पाने के लिए तो लोग जितना हो सकता है, अपने बारे में पॉजिटिव ही बताते हैं।' मिस्टर सोढी ने कहा।

'लेकिन स्वभाव से अड़ियल है। ऐसे लोग कम्पनी के लिए मुश्किल खड़ी कर सकते हैं।' मिस्टर जोशी ने तर्क दिया।

'मगर मुझे लगता है कि मार्केटिंग में अड़ियल आदमी ज़्यादा बेहतर कर सकता है। इसमें दूसरों से कुछ अलग ज़रूर है। कुछ नया करने का जज़्बा है इसमें। फोकस्ड है। पॉलिश्ड नहीं है तो क्या हुआ, फोकस्ड होना इसकी बड़ी ख़ूबी है।' मिस्टर सोढी ने दृढ़तापूर्वक कहा।

मैं उन दोनों की बातें सुनता रहा। उनकी बातें सुनते हुए मेरे सामने से अनिमेष कही गायब हो गया था। उसकी जगह मेरे बेटे ने ले ली थी।

'आप क्या सोचते हैं मिस्टर सिंह?' मिस्टर सोढी के सवाल ने मेरा ध्यान भंग किया था।

'अभी इसके बारे में मैं कोई ठीक–ठीक राय नहीं बना पाया हूँ। पूरा इंटरव्यू हो जाने के बाद ही कोई राय दे पाऊँगा। अभी तो हमारे पास वक़्त है। इसके बारे में फिर से एक बार विचार कर लेंगे।' मैंने कहा और अगले कैंडीडेट को बुलाने के लिए घण्टी बजा दी।

उस दिन अनिमेष मेरे सामने अलग रूप में उपस्थित था। पता नहीं क्यों मुझे बेचैनी हो रही थी कि जल्दी छह बजे और मैं घर के लिए निकलूँ। दफ़्तर के काम निपटाते हुए हर वक़्त मेरी नज़रों के सामने या तो अनिमेष का चेहरा घूमता रहा या फिर मेरे बेटे का।

घर पहुँचकर जल्दी से खाना खाया और पान की दुकान के लिए निकल गया। लगभग यही वक़्त होता है, जब अनिमेष वहाँ सिगरेट फूँकते हुए मिल जाता है। मैं हड़बड़ी में था कि कहीं मेरे पहुँचने से पहले वह वहाँ से निकल न जाये। इससे पहले कभी उससे मिलने की ऐसी चाह नहीं जागी थी। मगर आज ऐसा क्यों था कि दिल धड़क रहा था।

दूर से ही पान की दुकान पर खड़ा वह सिगरेट फूँकते दिख गया था। दिल की बढ़ी हुई धड़कन सामान्य होने लगी थी। मैंने अपने को संयत कर लिया। क्षण–भर में ही तय कर लिया कि उससे क्या बात करनी है और कितनी करनी है। मैंने अपने चेहरे पर दृढ़ता लपेट ली।

मुझे देखते ही उसने नमस्ते किया। मैंने पूछा, 'कैसे हो?'

'सामान्य। रोज़ जैसा।' उसने संक्षिप्त उत्तर दिया और पूर्ववत सिगरेट फूँकता रहा।

मैंने सिगरेट जलायी और उसके पास आकर खड़ा हो गया। उसे जैसे अपने इंटरव्यू के बारे में कोई जिज्ञासा नहीं थी। यह जानने की कोई उतावली नहीं थी कि उसे नौकरी मिलेगी या नहीं। उसने मुस्कराते हुए बड़े उत्साह के साथ कहना शुरू किया–'आपका दफ़्तर बहुत सुन्दर है सर। उधर से गुज़रते हुए बाहर से तो मैं उसे अक्सर देखता रहा हूँ, पर अन्दर की डिज़ाइन और इंटीरियर आज देख पाया। किस आर्किटेक्ट ने नक़्शा तैयार किया था?' वह ऐसे बताये जा रहा था जैसे कोई बच्चा अभी–अभी मेला देखकर लौटा हो।

उसकी बात सुनकर मुझे बड़ी कोफ़्त हुई। सोचा, किस मिट्टी का बना है यह। मैं उसकी तारीफ़ पर बस मुस्कराकर रह गया। इंटरव्यू के बारे में बात मैंने ही शुरू की–'तुमने इंटरव्यू बहुत अच्छा दिया अनिमेष। मगर कुछ बातें जल्दबाज़ी में या फिर इमोशनल होकर बोल गये, जो हमारे दूसरे मेंबर्स को अच्छी नहीं लगीं। साफ़गोई अच्छी बात है, मगर इतनी भी नहीं कि उससे तुम्हारे बारे में किसी को नेगेटिव धारणा बनाने में मदद मिले। ...सिर्फ़ पाँच साल नौकरी करने वाली बात तुम्हारे ख़िलाफ़ गयी है। मुझे लगता है तुम लूज़ कर सकते हो। हालाँकि अभी कुछ और इंटरव्यूज़ होने हैं, देखो क्या होता है। जितना बेहतर हो सकता है, मैं तुम्हारे लिए करने की कोशिश करूँगा। मगर फिर भी नहीं कर पाऊँ तो बुरा न मानना।'

'कोई बात नहीं सर। आउट ऑफ़ द वे जाकर कुछ मत कीजिएगा। अगर मुझे सचमुच मेरी क़ाबिलियत की वजह से चुना जायेगा, तो अच्छा लगेगा। मैं ज़्यादा सहज ढंग से काम कर सकूँगा।' उसने सिगरेट नीचे फेंक दी। उसे पाँव से कुचलकर बुझाते हुए उसने बात समाप्त की। बड़े आत्मविश्वास से मुस्कराते हुए उसने मुझसे हाथ मिलाया और गुड नाइट बोलकर चला गया।

घोंघा

आजकल ब्रजेशजी को अजीब सपने आते हैं। रात को सोयें तब या फिर दाल–भात–दही–तरकारी सरपोट के दोपहर को लोट रहें तब। सपने में पुराने लोगों से बातें होती रहती हैं। ऐसे लोग, जिनसे बरसों से कोई बात–मुलाक़ात नहीं हुई। मन की बात नहीं हुई।

वे समझ नहीं पाते कि ऐसे सपनों का इस कदर हमला इन दिनों उन पर क्यों होने लगा है। जब वे जागते हैं, उन सपनों का विश्लेषण करते रहते हैं। जानने–समझने की कोशिश करते हैं कि जिन बातों को उन्होंने जानबूझकर दुनिया से छिपाने के लिए मन के भीतर दफन करने की कोशिश की, वही सपने में तो नहीं रिसने लगी हैं। जैसे मज़बूत से मज़बूत पाइप और हौज के कमज़ोर पड़ते ही दबाव बनाकर पानी अपने निकलने का रास्ता बना लेता है। ...तो क्या उनका मन अब किसी पुराने हौज की तरह जर्जर हो चुका है, जो बातों को सहेजकर रख नहीं पा रहा। क्या मन किसी दिन फटेगा और सारी बातें बहकर बाहर आ जायेंगी। फैल जायेंगी चारों ओर। कीचमकीच कर देंगी। जिन बातों को उन्होंने दबाकर इसलिए रखा था कि सुनकर लोग इठलायें नहीं, वही उन पर लोगों के हँसने का आधार बन जायेंगी। अब अगर वे फटकर बाहर आयीं तो लोग पहले से ज़्यादा इठलायेंगे। तरह–तरह की बातें उठेंगी। कुछ कोसेंगे, कुछ पाखण्डी कहकर उन्हें नफ़रत से देखेंगे।...

यह सब दरअसल ब्रजेश जी के मन का ख़ुद से पैदा किया हुआ भय है। हर किसी पर वे यह मानकर शक करने लगे हैं कि वह उन

पर शक करता होगा। कभी उन्होंने यह जानने की कोशिश ही नहीं की कि क्या दूसरा उन पर सचमुच शक करता, उन्हें ग़लत समझता है। वे ख़ुद को सबसे अलग करते चले गये– दोस्तों, रिश्तेदारों, पड़ोसियों, आसपास के लोगों से। ख़ुद इतने सतर्क रहने लगे कि कहीं कोई उनकी दुखती रग को पहचान न ले, उस पर अँगुली न रख दे, कोई सवाल न पूछ ले उनकी निजी ज़िन्दगी से जुड़ा हुआ। वे अपनी पीड़ा को छिपाने के लिए ख़ुद को ही छिपाते चले गये सबसे। इस तरह न जाने अपनी ज़िन्दगी को कितने झूठों के लपेटन में लपेटते गये। फिर उसमें लिपटती गयीं दूसरों से दूरी बनाकर रखने से पैदा हुई न जाने कितनी कड़वाहटें, उनके अपने व्यवहार को लेकर जुड़ी अनन्त रहस्यमय कथाएँ। ...अन्ततः उसी आवरण में जीना उनकी मजबूरी–सी बनती गयी। इसे मजबूरी कहें या उनका गढ़ा हुआ सुख, वे उसी के भीतर, अपनी बनाई हुई दुनिया के भीतर रहने लगे। ...कई बार वे ख़ुद अपनी गढ़ी हुई दुनिया को मन ही मन बेमानी करार दे चुके हैं, पर तमाम संकल्पों के बाद भी वे उससे बाहर नहीं निकल पाये। यह क्या रहस्य है प्रकृति का, वे समझ नहीं पाते। ...शायद उनकी अन्दरूनी बनावट में कोई गड़बड़ है–ऐसा वे कभी–कभी ख़ुद से कहते हैं।...

ख़ैर, इन दिनों सोचते–सोचते वे उन दिनों की स्थितियों में खो जाते हैं, जब मन फटेगा और सारी बातें बह निकलेंगी। बहेंगी तो जो घटेगा, उसका सामना वे कैसे करेंगे, उसका उपाय भी वे सोचते रहते हैं।...

अजीब घट रहा है उनके साथ। सोते हुए दबी बातें सपने में रिसती रहती हैं और जागते हुए डराती हैं। जागते हुए भी तो कभी–कभी बाहर निकल ही आती हैं। कभी किसी के साथ दो पैग लिए नहीं कि कुछ बातें मन की तह से उछलकर कूद पड़ती हैं बाहर। सधे हुए मछुआरे की तरह वे उछलकर बाहर आयी बातों को पकड़कर झोली में डालने का जतन करते हैं। बातों को घुमा–फिराकर, पलट देने की कोशिश करते हैं। पर, जब मन फूटता है तो दिल दहकता

है, आँखें बहने लगती हैं। एकाध मौक़ों पर कुछ लोगों की आँखों में उन्होंने अपने लिए हैरानी भी पढ़ी है कि एक इतना सख़्त, अडिग, अडोल नज़र आने वाला इनसान इस कदर पनीला भी हो सकता है। उसके बाद उन्होंने मन के रिसाव को पहचानकर बन्द किया और कभी उनके सामने रिसने नहीं दिया। मजाल कि कभी एक बूँद भी कभी बाहर आयी हो।...

मगर पिछले कुछ दिनों से जिस कदर सपनों का हमला उन पर तेज़ हुआ है, वे डरने लगे हैं। तो क्या अब उनके लिए उन सूराखों को बन्द करना सम्भव नहीं रहा।...

अपने सपनों के बारे में पढ़ने के लिए पिछले दिनों उन्होंने फिर से फ्रायड को पढ़ा। स्वप्न गोचर विज्ञान पलट डाला। मगर बचपन की सुनी एक बात सबसे ऊपर ठोकर मारती रहती है। गाँव में कहते थे कि जब सपनों में भूले–बिसरे लोग आकर बतियाने लगें तो समझना चाहिए कि जीवन का अन्त निकट है। गाँव में सपनों को साझा करना सहज बात है। महिलाएँ तो अपने सपनों का साझा किये बग़ैर रह नहीं पातीं या फिर उनके लिए सपनों पर चर्चा करना उसी तरह दिनचर्या का अंग है जैसे चौका लीपना, बरतन धोना, रोटी बनाना वग़ैरह। ज़रूरी नहीं कि अपना ही सपना सुनायें, किसी का भी सपना साझा करने लग जाती हैं। नये–पुराने सब। सपनों से सपने जुड़ते चले जाते हैं। एक सुनाती है तो दूसरी उसकी व्याख्या करती है। दूसरी सुनाती है तो पहली उसकी व्याख्या करती है। जैसे गाँव की ज़्यादातर महिलाएँ स्वप्न गोचर विज्ञानी हों। पता नहीं, अब भी वैसा होता है या नहीं। गाँव तो बहुत पहले छूट गया था। पता नहीं आख़िरी बार वे कब गाँव गये थे–वे याद करने की कोशिश करते हैं। अब तो गाँव में उनके परिवार का कोई रहा भी नहीं। न घर, न ज़मीन–जायदाद। ...ब्रजेशजी की दादी को सपनों की सटीक व्याख्याता माना जाता था। दोपहर को जब सारे कामकाज पूरे करके थोड़ी फुरसत मिलती तो गाँव की कई महिलाएँ आँगन में धूप सेंकती और हुक्का गुड़गुड़ाती उनकी दादी के आगे अपने सपने सुनातीं और वे उनकी व्याख्या करतीं।

उन्हीं चर्चाओं में उन्होंने दादी से सुनी थी भूले–बिसरे लोगों के सपने में आने वाली बात। वह उदाहरण भी उन्हें नहीं भूलता जो दादी ने इस सन्दर्भ में दिया था। दादी ने अपनी आँखें पोंछते हुए सुनाया था। उनका आँखें पोंछना नाटक था या सचमुच बरसों पुरानी घटना का दुख उनके भीतर बैठा हुआ था, कहना मुश्किल है। ऐसा नाटक वे जब–तब करती रहती थीं। उस दिन उन्होंने सुनाया था–'मंगरुआ की माई को पिछले महीने सपने में उसकी छोटकी ननद सुशीला आयी थी। कह रही थी कि भौजी, अब तो सारे गिले–शिकवे दूर कर लो। तुम्हारी भी उमर हो गयी, मेरी भी। अब तो सबके बाल–बच्चे, नाती–पोते सुखी हैं। हम काहे मनमुटाव पाले रहें। भगवान जिनिगी तो एक ही देता है, उसको लड़–झगड़ के क्या काटना। तुम बुलाओ न बुलाओ, मैं आऊँगी भौजी तुमसे मिलने। ...और देखो भगवान की लीला कि मंगरुआ की माई हफ़्ता भर भी न टिकी। ननद से गिले–शिकवे मिटाने का मौक़ा ही नहीं मिला। चली गयी बेचारी। ...सपनों को समझ लो तो जीवन का रास्ता मिलता जाता है। जीवन में कब क्या होने वाला है, सपने संकेत दे देते हैं।...' दादी ने समझाया था।

तो क्या मेरे जीवन का अन्त भी निकट है। ब्रजेशजी अपने से पूछते हैं। फिर मृत्यु के क्षणों पर घण्टों सोचते–विचारते विचरते रहते हैं। ख़ुद को प्रबोधते हैं। मन को टटोलते हैं कि मृत्यु से भयभीत तो नहीं वे। कभी ख़ुद को समझाते हैं कि मौत तो आनी है, आयेगी। जब आयेगी तब आयेगी। उसे रोकना सम्भव नहीं। उससे क्या डरना। जो हक़ीक़त है, है।...

लेकिन फिर सोचने लगते हैं कि अगर रात को वे सोये और सुबह उठ न सके तो क्या होगा। कामवाली आयेगी, घण्टी बजायेगी, दरवाज़ा पीटेगी। देर तक ऐसा करती रहेगी। फिर उसे आशंका होगी और पड़ोसियों को बुलायेगी। पड़ोसी भी देर तक घण्टी बजायेंगे। तरह–तरह की बातें उठेंगी। कोई कहेगा दरवाज़ा तोड़ दो। कोई कहेगा, बालकनी से जाकर झाँको। मगर इस सर्दी में भला बालकनी खोलकर कौन सोता है, जो वहाँ से भी पता चलेगा।

कोई चतुर–सुजान सलाह देगा कि पुलिस को बुलाओ। कोई पूछेगा मेरे बाल–बच्चों का नम्बर–पता–ठिकाना। सब कामवाली से सवाल करेंगे। मेरे निजी जीवन के बारे में अब तक जितना जानने की कोशिश नहीं की उससे ज़्यादा उस दिन पड़ोसी करेंगे।...

पड़ोसियों से भी वे कहाँ राब्ता रख पाये थे। कुछेक लोगों से रास्ता चलते दुआ–सलाम भर का रिश्ता था। बाक़ी किसी के घर आना–जाना था नहीं। वे सोचते हैं, लोग मुझे रहस्यमय प्राणी, अहमक या फिर घोंघा ही मानते होंगे। मरने के बाद मुझे लेकर उनमें जिज्ञासा स्वाभाविक है। ... आख़िर पुलिस आयेगी, दरवाज़ा तोड़ेगी और मेरी लाश। ... मेरे परिवार के लोगों के बारे में जानने की कोशिश की जायेगी। कामवाली से पूछा जायेगा मेरे परिवार के बारे में। मगर उसे क्या पता। कभी–कभार अगर उसने पूछा भी तो मैंने टाल दिया। अपने जीवन में दखल देने से कबका लोगों को रोक रखा है। अपने निजी जीवन के कपाट मैंने कब के बन्द कर दिये हैं। इसलिए कामवाली को क्या पता कि मेरे परिवार के लोग कौन हैं, कहाँ हैं। पुलिस उसे झिड़केगी भी कि इतने दिनों से काम कर रही है इस घर में और इनके बारे में तुम्हें कोई जानकारी नहीं। ...फिर वह मेरे घर के सारे काग़ज़–पत्तर टटोलेगी कि कहीं किसी सम्बन्धी का पता मिल सके। मगर किताबों से अँटे पड़े इस घर में ऐसा कोई काग़ज़ तलाश पाना उसके लिए मुश्किल होगा। आसान भी कैसे होता, अगर कहीं ऐसी जानकारी सँभालकर रखी गयी होती तब न। ...पुलिस मेरी लाश पोस्टमार्टम के लिए भेज देगी।...

ऐसी ही स्थितियों के लिए तो अकेले रहने वाले लोग किसी दीवार पर अपने संबंधियों के फ़ोन नम्बर लिखकर चिपका देते हैं, ताकि किसी अप्रिय स्थिति में कोई भी उन्हें सूचना दे सके। मैंने तो ऐसा किया ही नहीं। ...क्या करना चाहिए। मगर किसका नम्बर नोट करके लगाऊँ।...

तो क्या मेरी लाश को पुलिस लावारिस लाशों के साथ महीने–पन्द्रह दिन रखकर अख़बार में सामूहिक विज्ञापन देगी और

फिर संस्कार कर देगी। ...नहीं–नहीं, इस शहर में वे इस तरह लावारिय दफन नहीं होंगे। जैसे ही उन्हें जानने वालों को पता चलेगा, उनकी लाश उठाकर लायेंगे, भावभीनी विदाई देंगे, शौक़सभा करेंगे। इस शहर में इतने लोग तो जानते हैं उन्हें। मरते ही ख़बर किसी–न–किसी रूप में फैल जायेगी पूरे शहर में। गुमनाम मरने की नौबत नहीं आयेगी।

मगर चर्चाएँ तो तब भी होंगी। परिवार को लेकर। घण्टों तलाश होगी मेरे बेटे और पत्नी के नम्बर की। मेरे फ़ोन और डायरी में दर्ज नम्बरों में उन्हें ढूँढ़ने की कोशिश की जायेगी। नहीं मिलेगा तो उन्हीं लोगों की आँखें वितृष्णा से सिकुड़ या बन्द हो जायेंगी, जिन्होंने मेरे दाह का इन्तज़ाम किया होगा। वे हैरान होंगे कि इतने आदर्श बघारने और कविताओं में क्रान्ति की बातें करने वाला आदमी इस कदर संकीर्ण और संकुचित था कि उसका अपने परिवार से ही कोई नाता नहीं रह गया था। बेटे और बीवी से भी उसके ताल्लुक़ात नहीं रह गये थे। उनका नम्बर तक रखना इसे गवारा नहीं।...

तो क्या मुझे अपने जीवन के कड़वे पक्ष को लिखकर स्वीकार कर लेना चाहिए। प्रायश्चित्त करना चाहिए। ...जीते–जी अपनी भूल–ग़लतियों को स्वीकार कर लो तो लोग माफ़ कर देते हैं। उन्हें छिपाकर रखना हमेशा ग़लत व्याख्याओं को न्योता देना है। ...मगर मेरी भूल–गलतियाँ क्या हैं। ...तो क्या कह दूँ वह सब कुछ जो अब तक नहीं कहा किसी से। ...क्या अब आत्मकथा लिख डालूँ अपनी। ...आत्मकथाएँ भी कितनी ईमानदार होती हैं, सब जानते हैं। लोग उसमें मेरी ईमानदारी के बजाय बेईमानियाँ अधिक ढूँढ़ेंगे। ...फिर जो कहूँगा, अपना पक्ष कहूँगा। दूसरों का पक्ष तो कह नहीं पाऊँगा। वह तो वही कहेंगे। अगर उनका पक्ष रखने की कोशिश भी करूँगा तो उसमें ख़ुद को सही ठहराने और उन्हें ग़लत साबित करने का प्रयास अधिक होगा। ...फिर क्यों कहना, क्या लिखना अपने बारे में। वैसे भी आपके निजी जीवन में ताक झाँक से लोग बाज कब आते हैं। कर ही रहे होंगे। बहुत कुछ शायद जानते भी हों। चूँकि मैंने वह सब

छिपाया है, इसलिए वे जानते–समझते हुए भी खुलकर मुझसे कहते नहीं होंगे। जो ईर्ष्या करते हैं, उनकी दिलचस्पी हमारे निजी जीवन में कुछ ज़्यादा होती है। हमारे कमज़ोर पहलुओं को उजागर करके ही तो वे ख़ुद को हमसे श्रेष्ठ साबित करने की कोशिश करते हैं। क्या पता उन्होंने बहुत कुछ पहले ही मेरे बारे में फैला रखा होगा। ...इसलिए मरने के बाद मेरे लोगों की तलाश उस तरह न हो, जैसा मैं सोच रहा हूँ।...

ब्रजेशजी ने जैसे अपने भीतर के डर को दबाने के प्रयास में ख़ुद पर ठहाका लगाया। तुम पर अकेलापन चढ़ बैठा है, ब्रजेश। निकलो बाहर इससे। पता नहीं अपने बारे में क्या–क्या सोचते रहते हो। तेरी दबी इच्छाएँ सपने में उतराती रहती हैं। मिलते क्यों नहीं लोगों से। बातें करो उनसे। बताओ, जो भीतर दबा रखा है। जब तक ज़िन्दा हो, जीवन को पूरी ऊर्जा के साथ जिओ। क्यों बार–बार मरने के बारे में सोचते हो। सचमुच तुम घोंघा ही हो। जब जी चाहा सिर बाहर निकालकर देख लिया दुनिया को, जब किसी और ने तुम्हें देखने की कोशिश की, समा गये अपने खोल में। सार्वजनिक जीवन तो कोई रहा नहीं तुम्हारा। सेमिनारों–सम्मेलनों में बोलते–बतियाते, साहित्य पर विचार बाँटते–बटोरते रहे, पर जीवन तुम्हारा किताबी ही रह गया। दुख में जीना तुम्हें सुख देता है, उसी में जीते रहते हो। ...अन्तर्मुखी आदमी दुख में अपने को ही मारता चलता है। दूसरे तुम्हारे बारे में क्या सोचते हैं, उसकी परवाह करोगे तो जीना मुश्किल हो जायेगा। अपने बारे में सोचो कि तुम्हें कैसे जीना है।...

अरे, ये बातें इतने सालों बाद कैसे उनके मन में उभरकर आ रही हैं। यही सब बातें तो उनके बेटे ने सालों पहले कही थीं–'डिप्रेशन में जीने की आदत–सी पड़ गयी है आपको पापा। आप उससे बाहर निकलने की कोशिश भी नहीं करते। दुनिया क्या सोचेगी, उसी की परवाह करके ख़ुद को मारते जा रहे हो। लोगों की तरफ़ से ख़ुद अपने ऊपर मुक़दमे दायर करते हो और उसकी सफ़ाई में भीतर–भीतर लड़ते रहते हो। सोचते रहते हो कि लोग

आपको महान समझें कि कितना त्याग किया है। लोग आपकी तरफ़ से उन तमाम गुनहगारों को लानत भेजें, आपसे सहानुभूति जतायें। अरे, किसे फुरसत है इस शहर में आपके लिए। हर कोई अपने लिए जी रहा है ...आप भी तो जी ही रहे हो अपने लिए, मगर निहायत स्वार्थी तरीक़े से। आप तो इस तरह जी लेते हो, मगर मेरे ऊपर क्या गुज़रती है, कभी सोचते भी नहीं। मैं भी डिप्रेस रहने लगा हूँ आपको देख–देखकर। ...कितनी बार कहा है, बाहर निकलो, लोगों से मिलो–जुलो, बातें करो, अपना दर्द बाँटो। मगर पड़े रहते हो घोंघे की तरह। अपने खोल को ही दुनिया समझ लिया है। बाहर निकलो, देखो लोग कैसे ज़िन्दगी जी रहे हैं। लेकिन आप हैं कि घर से निकलते हैं तो दफ़्तर जाते हैं, वहाँ से आकर घर में पड़े रहते हैं। न खाने का शौक़ न पहनने का, बस पीते रहते हो। इसका भी ख़याल नहीं रहता कि कितना पी गये। ...मुझे भी डिप्रेस कर रखा है।...'

तब बेटे की बातें सुनकर ब्रजेशजी बहुत आहत हुए थे। बेटा बोलकर बाहर चला गया था। उसने स्वार्थी कहा उन्हें। स्वार्थी तो नहीं हैं वे। ...बहुत देर तक फफककर रोते रहे थे। फिर ख़ुद को संयत किया था। अपने ऊपर उसकी तरफ़ से मुक़दमा दायर किया था। देर तक जिरह करते रहे थे। फिर उसे विजयी घोषित कर दिया था।...

उन्हीं बातों को याद कर आज ब्रजेशजी सोच रहे हैं–आजकल के बच्चे ज़्यादा व्यावहारिक हैं हमसे। हमारी पीढ़ी तो उसूलों के लिए मरती रही। अपने दुख–दर्द, ग़रीबी को सदा ढँक–छिपाकर रखने में यक़ीन करती रही। आज की पीढ़ी के लिए वह सब बेमानी हो गया है। क़र्ज़ लेकर मौज–मस्ती करते हैं, पुराने रिश्तों से ऊब गये तो नये बना लेते हैं। ज़िन्दगी जीने का ढंग उनका हमसे बिल्कुल अलग, बल्कि कहें कि उलट है। हम उन्हें नैतिक रूप से भ्रष्ट कहकर कोसते–डाँटते रहते हैं। मगर कई मामलों में वे इस तरह कितना हल्का हो लेते हैं। देखो न, जिन बातों को आबरू के लिए मैं ढँकता–छिपाता रहा, मयंक यानी मेरा बेटा उन्हें झटककर दूर कर देने की सलाह देता था। ...क्या पता, अपने दोस्तों के साथ उसने

अपने परिवार की स्थितियों को साझा करके ख़ुद को बहुत पहले हल्का कर लिया हो और इन सब बातों को सामान्य घटना समझ कर झटक फेंका हो। ...उसके लिए ये सब सामान्य बातें ही तो हैं। ...मगर एक मैं हूँ कि उन्हें दिल से चिपकाये बिसूर रहा हूँ।...

दिल्ली शहर ही कुछ अजीब है। बनारस तो किसी को अकेला नहीं छोड़ता। आपका बाहर और भीतर उसके लिए अलग नहीं है। अगर कोई आपके नज़दीक है तो बाहर और भीतर दोनों स्तरों पर है। वह इस बात की परवाह नहीं करता कि आपकी कोई निजता भी है। इसीलिए तो भागे थे ब्रजेशजी बनारस छोड़कर। वहाँ बहुत देर तक छिपा नहीं सकते थे अपने को। झूठ बोला था लोगों से। छिपाया था अपने भीतर की पीड़ा को और आ गये थे दिल्ली, बेटे की पढ़ाई का बहाना बनाकर। दिल्ली में सुविधा है कि अगर आप अकेले रहना चाहें तो यह शहर आपको पूरी तरह अकेला छोड़ देता है। आपके बगल का पड़ोसी तक आपसे नहीं पूछता कि आप कौन हैं, क्या करते हैं। यहाँ लोग नज़दीक होकर भी दूर ही बने रहते हैं। अक्सर ही तो किसी के घर में गुमनाम मरे पड़े होने के समाचार पढ़ने को मिलते हैं। आये दिन अख़बारों में गुमशुदा मरे लोगों की सड़ी–गली लाशों की शिनाख़्त के लिए सरकार सामूहिक तस्वीरें छापती है। ...कई बार ब्रजेशजी उन तस्वीरों के चेहरे पर उनकी तकलीफ़ें पढ़ने की कोशिश कर चुके हैं। उनका मानना है कि मरे हुए आदमी का भी चेहरा उसकी तकलीफ़ बयान कर देता है।... वे सोच रहे हैं कि क्या ऐसे ही कोई और भी मरे लोगों के चेहरों पर तकलीफ़ें पढ़ने की कोशिश करता होगा। जब उनकी तस्वीर किसी दिन इस तरह अख़बार में छपेगी तो क्या कोई उन्हें पहचान पायेगा।...

एक बार फिर से ब्रजेशजी ने ख़ुद को डपटा–ये क्या फ़िज़ूल की बातें सोच रहे हो। अभी तो ज़िन्दगी को ऊर्जा के साथ जीने का संकल्प ले रहे थे, फिर लौट आये मरने पर। छिः!...

सूरज ढल रहा था। सर्दी की धूप नम होने लगी थी। उन्होंने बाहर घूम आने का फ़ैसला किया। इस तरह मन बहलेगा। पुरानी

बातों से मन हटेगा। अवसाद कुछ छँटेगा। गले में मफ़लर लपेटा, जैकेट कसी और निकल गये पार्क में। टहलने का मन नहीं करता, इसलिए एक बेंच पर बैठ गये। सेहत–सतर्क युवा और अधेड़ पसीना बहाने की कोशिश में तेज़–तेज़ चल रहे थे। बूढ़े थोड़ा घूम–फिरकर बेंचों पर आ बैठे थे और गप्पें हाँक रहे थे। उनकी बातों से यही ज़ाहिर हो रहा था कि देश की पूरी व्यवस्था मानो उनके आगे चौपट हुई जा रही है और वे कुछ नहीं कर पा रहे। सिर्फ़ पक्ष–विपक्ष में बँटकर आपस में बहसे जा रहे हैं। ब्रजेशजी उन्हें देखते और कुछ–कुछ सुनते भी रहे।...

रोज़ तो अख़बारों में तन्दुरुस्ती के नुस्ख़े छपते रहते हैं। बाहर घूमने–टहलने से निस्सन्देह मन प्रसन्न रहता है। उन्होंने संकल्प लिया कि वे भी रोज़ सुबह–शाम थोड़ी देर के लिए पार्क में आकर बैठा करेंगे। बुज़ुर्गों ने यहाँ एक पेड़ के नीचे बेंचें जोड़कर अपने लिए गप्पबाज़ी का अड्डा बना रखा है। वे भी उन बूढ़ों के साथ उन्हीं बेंचों पर बैठेंगे, उनसे बातें करेंगे। उन बूढ़ों में कितनी ऊर्जा है, वे अवसाद से दूर रहने का प्रयास करते हैं। ...कई सामाजिक गतिविधियों में लगे रहते हैं। हर त्योहार बड़ी ऊर्जा के साथ मनाते हैं। पिछली बार का क्रिसमस उन्हें याद हो आया, जब कॉलोनी में जलसा रखा गया था। ब्रजेशजी भी गये थे। उन्होंने ध्यान दिया कि उसमें बूढ़े ही अधिक हैं, युवाओं की संख्या बहुत कम है।...

दरअसल, शहरों की समस्या यही है, रिटायरमेंट के बाद बूढ़ों के लिए समय काटना मुश्किल हो जाता है। गाँव के बूढ़ों के सामने यह समस्या नहीं है। अव्वल तो वे रिटायर होते ही नहीं। जब तक ज़िन्दा हैं, ड्यूटी में हैं। खेतीबाड़ी में हर समय उनके लिए कोई न कोई काम रहता ही है। शहर के बूढ़े क्या करें। दिन–भर घर में पड़े रहते हैं। जो थोड़े रचनाशील हैं, वे अपने लिए कोई न कोई काम निकाल ही लेते हैं। कुछ नहीं तो सब्ज़ी–भाजी–दूध लाने, नाती–पोतों को टहलाने–घुमाने की ज़िम्मेदारी ले लेते हैं। जिनके पास यह भी काम नहीं, बच्चे कहीं दूर रहते हैं, उनके लिए

दिन काटना मुश्किल हो जाता है। कितने लोग तो रिटायरमेंट के कुछ ही दिनों बाद खालीपन की वजह से चल बसते हैं। ...अभी ब्रजेशजी की उम्र ही क्या है। पैंसठ ही तो। उनसे ज़्यादा उम्र के कितने बूढ़े अभी गरिमा के साथ जी रहे हैं। उनमें से कितनों के तो बच्चे विदेशों में जाकर बस गये हैं, कभी–कभार चले आते हैं सैर–सपाटे के लिए। ब्रजेशजी ने एक बार फिर तय किया कि वे भी बूढ़ों की मण्डली में शामिल हो जायेंगे, उनके साथ हँसेंगे–ठहाके लगायेंगे, सामाजिक गतिविधियों में हाथ बँटायेंगे।...

वे प्रसन्न भाव से उठे थे। जीवन को नये सिरे से जीने के संकल्प के साथ घर को लौट पड़े थे। रास्ते में चलते हुए उन्होंने पहली बार महसूस किया कि वे अपने आप से बातें करते हुए बोल भी रहे हैं। बाकायदा उनके होंठ, जीभ और हाथ चल रहे हैं। ...तो क्या ऐसा वे अक्सर करते हैं। ख़ुद से बातें। ...क्या सोचते होंगे लोग उन्हें इस तरह रास्ता चलते बड़बड़ाते हुए देखकर। पागल ही तो। हुँह, क्या हो गया है उन्हें। मन की उथल–पुथल अब शब्दों के रूप में फूटकर बाहर आने लगी।...

उन्हें याद आया कि गाँव में एक व्यक्ति थे। वे इसी तरह अकेले में बातें करते रहते थे। मुम्बई की किसी प्राइवेट कम्पनी से रिटायर होकर लौटे थे। वे अकेले बैठे–बैठे अपने आप से बातें करते रहते थे। वे तो इतना स्पष्ट बोलते थे कि कोई भी साफ़–साफ़ सुन सकता था। रास्ता चलते–चलते रुक जाते थे और बाकायदा हाथ चलाते हुए बोलते रहते थे, मानो कोई उनके सामने खड़ा या बैठा हो और वे उसे कुछ समझा रहे हों। ...लोग बताते थे कि मशीन पर काम करते–करते उन्हें अकेलेपन की आदत पड़ गयी थी। नौकरी में रहते वे मशीन से बातें करते रहते, अब ख़्वाब में बतियाते रहते हैं। ...तो क्या मैं भी वैसा ही हो गया हूँ। ब्रजेशजी ने ख़ुद से सवाल किया और मुस्करा पड़े।

घर आकर उन्होंने पैग बनाया और बैठ गये थे लेख लिखने। कविताएँ तो वे लिखते रहते थे, पर अख़बारी लेख लिखना उन्होंने

कई साल से छोड़ रखा था, बल्कि कहें लिखना छूट गया था। लिख नहीं पाते थे। मन ठीक न हो तो लिखना–पढ़ना भी नहीं हो पाता। ...अब उन्होंने मन को दृढ़ किया कि लिखेंगे। नियमित लिखेंगे।...मगर सुरूर चढ़ना शुरू हुआ तो पुरानी यादें चढ़ बैठीं। ...आज मयंक की बहुत याद आ रही है। ...दस साल होने को आये उसे यू.के. गये। पता नहीं अभी यू.के. में ही है या कहीं और जा बसा है। आजकल के बच्चे कहीं एक जगह कहाँ टिककर रह पाते हैं। कितने साल तो हो गये उससे बात किये। जिस नम्बर पर पहले बात होती थी, अब वह बन्द है। ज़ाहिर है, उसने नम्बर बदल लिया। क्या पता शहर या देश ही बदल लिया हो और बताया नहीं। ...शादी तो उसने आठ साल पहले ही कर ली थी, अब तो उसके बच्चे भी बड़े हो गये होंगे। कभी उन्हें लेकर उसे भारत आना चाहिए। ...क्या पता, आया भी हो, पर ब्रजेशजी से न मिला हो। मिलने की ज़रूरत न समझी हो।...

यहाँ मौलाना आज़ाद कॉलेज में डॉक्टरी की पढ़ाई कर रहा था, तब एक लड़की से उसे प्रेम हो गया था। स्नेहा नाम था उसका। वह हमारे घर भी आती थी। बड़ी प्यारी बच्ची थी। मैंने तय कर लिया था कि मयंक की पढ़ाई पूरी होते ही, जब दोनों तय करेंगे, उनकी शादी कर देंगे। स्नेहा के पिता भी इसके लिए राज़ी थे। एक तरह से दोनों की शादी तय थी। मगर पढ़ाई पूरी होते ही मयंक को यू.के. के एक मेडिकल कॉलेज में नौकरी मिल गयी थी। नौकरी के साथ–साथ आगे की पढ़ाई भी उसमें शामिल थी। वह वादा करके गया था कि नौकरी में पाँव जमाते ही भारत आकर स्नेहा से शादी करेगा और उसे साथ ले जायेगा। ...मगर वहाँ जाकर बदल गया। किसी फिरंगन को दिल दे बैठा या कोई नया समीकरण उसमें उसने देखा कि उससे शादी कर ली। आजकल के लड़के–लड़कियाँ दिल देखकर नहीं, ज़िन्दगी के समीकरण देखकर शादी का फ़ैसला करते हैं। मयंक ने यह सूचना ब्रजेशजी को ही दी थी। बहुत भड़के थे वे उस पर। पर कर भी क्या सकते थे। बड़ी मुश्किल से उन्होंने स्नेहा को यह ख़बर दी थी। थोड़े दिन दुखी रहकर वह भी सामान्य हो गयी थी।...

उसके बाद मयंक से कभी बात नहीं हो पायी। ब्रजेशजी वे बातें याद करके कड़वाहट से भर जाते हैं। ...मयंक भी अपनी माँ की तरह ही निकला। वे बड़बड़ाने लगे।...

फिर कड़वी यादें।

लेख लिखने का संकल्प धरा रह गया। पैग तीसरा बन गया।

...मालती तो स्वार्थी थी। उसे ख़ूब सारा पैसा और ऐशोआराम की चीज़ें चाहिए थीं। घर रिश्तों की गरमाहट से कम, सजावटी सामान से ज़्यादा भरा रहता था। इसी के चलते तो हमारे बीच अनबन शुरू हुई थी। मैं रिश्तों की गरमाहट में यक़ीन करता था तो वह सुविधाओं में रिश्तों की ऊर्जा तलाश करती थी। ...और आख़िरकार उसने एक धनी व्यापारी से रिश्ता गाँठ लिया था। ...पैसे वालों के प्रति आकर्षण तो उसमें शायद बचपन से रहा होगा। इसीलिए तो वह कहती रहती थी, ज़िन्दगी सिद्धान्तों से नहीं, पैसे से चलती है। पैसा है तो रिश्ते हैं, वरना कुछ नहीं। सिद्धान्तों की क़द्र करने वाले वही हैं, जो खोखली ज़िन्दगी जीते हैं। पैसा है तो, जिन्होंने किसी समय किनारा कर लिया था हमसे, वे भी आ जुड़ते हैं। सब स्वार्थ के संगी हैं।...

कितनी निष्ठुरता से उसने तलाक़ लिया था और अदालती आदेश का काग़ज़ लिफ़ाफ़े में डालकर मेरे नाम छोड़ गयी थी।...

ब्रजेशजी फिर उन्हीं पुरानी बातों में घिर गये थे।

उनके जीवन की यही एक ऐसी कड़वाहट है, जिसे वे किसी से साझा नहीं कर पाते। करना नहीं चाहते। सोचते हैं, लोग दर्द बाँटने के बजाय हँसेंगे ही तो। फिर इस उम्र में किसी की बीवी किसी और के साथ रहने लगे तो लोग दोष तो उसी को देने लगते हैं। लाख सफ़ाई दो, लोग यही मानकर चलते हैं कि दोष मर्द का ही होगा। ज़रूर उसे सताता होगा, आजिज़ आकर छोड़ गयी होगी।...हुँह।

मालती बनारस के एक कॉलेज में साहित्य पढ़ाती थी और ब्रजेशजी वहीं के एक दैनिक अख़बार में काम करते थे। वेतन कम था, पर इज़्ज़त पूरे शहर में थी। वे महज़ अख़बार के मुलाज़िम नहीं थे, उनकी कविताओं ने उन्हें अच्छी–खासी पहचान दी थी। तमाम

शहरों से न्योते आते थे उन्हें सभा–संगोष्ठियों में शिरकत के लिए। फिर अख़बार में उनके लिखे की धार अलग से प्रभावित करती थी। अक्सर उनका लिखा चर्चा का विषय होता। यह सुख ब्रजेशजी के लिए जीवन में सबसे बड़ा था।...मगर मालती को यह सुख पूरा नहीं हो पाता था। उसके सामने एक अलग दुनिया थी, जो ब्रजेशजी की दुनिया से बड़ी और उनकी पहुँच से बाहर थी।...

तब मयंक ने बारहवीं की बोर्ड परीक्षा और मेडिकल की प्रवेश परीक्षा दी थी। रिज़ल्ट आने वाला था। मगर मालती ने यह जानने की कोशिश तक नहीं की कि मयंक का रिज़ल्ट क्या रहा। वह फेल हुआ या पास। उसने दिल्ली जाकर उड़ान भरी और पहुँच गयी ऑस्ट्रेलिया के पता नहीं किस शहर। भारतीय सांस्कृतिक सम्बन्ध परिषद की ओर से वहाँ के किसी विश्वविद्यालय में उसे साहित्य पढ़ाने के लिए भेजा गया था।... तब तक उसके और ब्रजेशजी के बीच अबोला इस कदर पसर चुका था कि वे चाहते हुए भी उसे रोक नहीं पाये। मयंक की मार्फ़त समझाने की कोशिश की थी, पर सब बेकार। आख़िर मयंक ने भी तर्क दिया था कि पापा, अगर ममा को अच्छा मौक़ा मिल रहा है तो उन्हें रोकना ठीक नहीं। अपने स्वार्थ के लिए किसी के करिअर को क्यों बरबाद करना। ...करता भी क्या बेचारा। शायद वह भी हार गया होगा, अपनी माँ के तर्कों या फिर ज़िद के आगे।...

उसके बाद ब्रजेशजी के लिए बनारस में रहना मुश्किल हो गया था। हालाँकि सबसे झूठ बोलते रहे कि मालती कुछ साल के लिए विदेश गयी है, फिर लौट आयेगी, मगर लोग शायद सच्चाई से वाक़िफ़ थे। उनके चेहरे के भावों से वे अन्दाज़ा लगा लेते थे कि उनका झूठ उन पर असर नहीं डाल पा रहा। इसलिए वे बनारस से भाग निकलने का रास्ता तलाशने लगे थे।

अच्छा हुआ कि मयंक का रिज़ल्ट आया तो वह अच्छे अंकों से पास हुआ था। दिल्ली के मौलाना आज़ाद मेडिकल कॉलेज में दाख़िले के लिए भी उसे चुन लिया गया था। बस, ब्रजेशजी ने तय

कर लिया कि वे भी मयंक के साथ दिल्ली चल पड़ेंगे। उन्होंने दिल्ली के दोस्तों को फ़ोन किया कि वे आ रहे हैं, कोई नौकरी चाहिए। बनारस के दोस्तों को बताया कि वे मयंक की पढ़ाई के लिए दिल्ली में जाकर रहना चाहते हैं।...

दिल्ली आकर उन्हें बहुत दिनों तक इन्तज़ार नहीं करना पड़ा। मित्रों की मदद से एक प्रेस में उन्हें आसानी से काम मिल गया था। वहाँ से कई पत्रिकाएँ छपती थीं–हर आयु वर्ग, हर रुचि के लोगों को ध्यान में रखकर, महिलाओं और युवतियों के लिए निकलने वाली वहाँ की पत्रिकाएँ सबसे अधिक कमाई देती थीं। टेलीविज़न का दौर शुरू हुआ तब भी इन पत्रिकाओं के प्रसार पर बहुत असर नहीं हुआ था। इसलिए वहाँ तनख़ा वग़ैरह को लेकर बहुत तंगी नहीं थी। ब्रजेशजी को बनारस के अख़बार से एक हज़ार रुपये अधिक तनख़ा पर रख लिया गया था।

मुनीरका में एक कमरे का सस्ता–सा घर ले लिया था और वहीं से बाप–बेटे बस से अपनी–अपनी दूरियाँ नापने लगे थे।...

इस बीच मालती की मयंक से बातचीत होती रही थी। तब तक उसकी खोज–ख़बर मिलती रही। ब्रजेशजी आश्वस्त थे कि वह विदेश में ख़ुश है। ...उन्हें उम्मीद थी कि बाहर रहकर उसे परिवार का महत्त्व पता चलेगा और वह चमक–दमक से ऊबी हुई, भारतीय मूल्यों के अ.नुरूप ढल कर वहाँ से लौटेगी। फिर उम्र के ढलवाँ पड़ाव पर वे दोनों एक–दूसरे का हाथ पूरे विश्वास के साथ पकड़कर साथ चल पड़ेंगे। ...मगर ब्रजेशजी के जीवन में उनके सोचे हुए या फिर सपनों के मुताबिक़ कब हुआ है!...

वह वक़्त उनके मन में बजबजाते घाव की तरह बना हुआ है। ...करीब आठ महीने बाद मालती ऑस्ट्रेलिया से दिल्ली आयी थी और हमसे मिलने आयी थी। पता नहीं, सफदरजंग में किसके यहाँ रुकी थी, बताया नहीं उसने। पटियाला हाउस की अदालत में उसने आपसी सहमति से अलग होने की अर्ज़ी दे दी थी और दो दिन बाद मुझे वहाँ पहुँचने को कहा था। मेरी तरफ़ से भी वकील उसी ने तय

किया था। तलाक़ के काग़ज़ात पर मेरे हस्ताक्षर चाहिए थे। उसने वे काग़ज़ात आगे बढ़ा दिये थे। जहाँ मुझे दस्तख़त करने थे वहाँ पेंसिल से निशान लगे थे। ...मेरे लिए यह किसी वज्रपात से कम नहीं था। मैं रात–भर सो नहीं पाया था। रोया भी था, काफ़ी देर। ...मयंक ने समझाया था कि पापा, कर दो दस्तख़त। अगर आप दोनों का रिश्ता इस मोड़ पर पहुँच गया है तो इसे देर तक खींचना न आपके लिए ठीक होगा न ममा के लिए।...

मैं गया था, अदालत। कुछ सवाल पूछे गये, ज़्यादातर के जवाब मालती ने ख़ुद और मेरी तरफ़ से उसके तैयार किये गये वकील ने दिये थे। मुझे बोलने का मौक़ा ही नहीं आया। तस्वीरें खींची गयीं, कई जगह दस्तख़त कराये गये, फिर उसी दिन अलग होने की आधी मंज़ूरी मिल गयी थी। छह महीने बाद फिर हाज़िर होने को कहा गया था।...

ठीक छह महीने बाद तलाक़ की आख़िरी प्रक्रिया पूरी हो गयी थी। चौबीस जुलाई। हमारी शादी की सालगिरह से दो दिन पहले। अदालती आदेश की एक कॉपी लिफ़ाफ़े में बन्द करके वह दे गयी थी मुझे।...

फिर कुछ दिनों बाद किसी दिन ऑस्ट्रेलिया से फ़ोन पर मयंक को बताया था कि उसने दूसरी शादी कर ली है। बस, वही आख़िरी फ़ोन था शायद उसका। उसके बाद मयंक से भी शायद कभी बात नहीं हुई।... इतना निष्ठुर भी कोई हो सकता है, ब्रजेशजी सोच नहीं पाते।

ख़ैर, जैसे–तैसे ज़िन्दगी को ढर्रे पर लाने की कोशिश वे लगातार करते रहे थे। मगर वह टीस लगातार बनी रही। आज भी करकती है।...

यह तो अच्छी बात है कि हम दोनों के रिश्तों का असर मयंक ने अपने ऊपर नहीं पड़ने दिया। ख़ुद को दृढ़ करके पढ़ाई में लगा रहा और हमेशा अव्वल आता रहा। ...अगर उसके भीतर दबे तूफ़ान, ज्वालामुखियों, ज़लज़लों का ठीक से अन्दाज़ा लगाने

की कोशिश करता तो शायद मुझे उसकी स्थिति का पता चलता। शायद जैसी कोशिश करनी चाहिए थी, मैं नहीं कर पाया। ज़्यादातर अपने दुख को ही ऊपर रखा। मयंक के दुख को शायद उस तरह जानने–बाँटने, कम करने की कोशिश नहीं की, जैसी करनी चाहिए थी। वह ज़्यादातर गुमसुम ही रहता। हर समय सामान्य दिखने का जतन करता। कभी उसने अपने दर्द को ज़ाहिर नहीं किया। बल्कि मुझे अपनी पीड़ा से निकालने की ही कोशिश करता। ...क्या वह इसलिए अपनी तकलीफ़ ज़ाहिर नहीं करता था कि कहीं मेरी तकलीफ़ न बढ़ जाये! ...सचमुच, उसने बहुत सहारा दिया मुझे। अगर वह साथ न होता तो पता नहीं, मैं क्या कर लेता। ...अब वह विदेश जाकर बस गया है तो नाहक मैं उससे रूठा बैठा हूँ। यह मेरा स्वार्थ ही है, जो उसे हमेशा अपने साथ रखने की ख़्वाहिश पाले हुए हूँ। ...उसका अपना जीवन भी तो है, वह कब तक मेरे लिए जीता रहेगा, अपना जीवन कब जियेगा। अपनी ज़िम्मेदारियों, अपने सपनों, अपने सुखों को कब तक मेरे लिए कुरबान करता रहेगा। ...ठीक ही तो है जो उसने मुझसे नाता तोड़ लिया, वरना मेरे अवसाद में वह भी डूबता–उतराता, अपने कर्तव्यबोध में जकड़ा, ग्लानि से भरता, अकेलेपन में घिरता जाता। मैं तो शायद बनावटी उदार पिता की छवि दर्शाते हुए अन्ततः पारम्परिक पिता की तरह उसे पितृऋण में जकड़ा हुआ ही देखना चाहता हूँ। किस बाप की ख़्वाहिश भला अपने लिए श्रवणकुमार की नहीं होती।...

अब मुझे अकेलापन खाये जा रहा है तो मैं मयंक और मालती को क्यों दोष दे रहा हूँ। छिः! मुझे भी तो मौक़ा मिला था यह अकेलापन दूर करने का, फिर क्यों नहीं किया। ...अपने दुखों का दोष दूसरों पर डालकर घुटते रहना भला कौन–सी महानता है। ...आयी तो थी माला मेरी ज़िन्दगी में। माला बनर्जी। वह मेरी कोई इकतरफ़ा चाहत नहीं थी। बुढ़ाती उमर में किसी स्त्री के संग की लालसा नहीं थी। ...मालती ने सोच–समझकर ही तो कहा होगा कि बढ़ती उमर में अकेलापन बहुत परेशान करता है ब्रजेशजी। त्याग की महानता

में ओढ़ी हुई उदासी थोड़े समय तो सुख देती है, पर वह धीरे–धीरे खाकर ज़िन्दगी को खोखला कर देती है। ज़िन्दगी को हँसी–ख़ुशी जीना है तो नये विकल्प की कमी नहीं है। उस पर विचार कर लेना चाहिए।...

माला उन्हीं के साथ काम करती थी। इलस्ट्रेटर थी। परित्यक्ता। उसका पति भी चित्रकार था, माला से अलग होकर कहीं दूसरे देश में जाकर रहने लगा था। माला और ब्रजेशजी दोपहर का खाना साथ खाते थे, तभी बातचीत में उसने अपने बारे में सब कुछ बताया था। पति से अलग होने की बात उसने कभी किसी से छिपायी नहीं। ...और एक मैं हूँ कि मालती के साथ अपने रिश्तों की कड़वाहट को हमेशा छिपाता रहा। तलाक़ के बाद तो कुछ ज़्यादा कड़ाई के साथ उस कड़वाहट को छिपाने लगा था। मगर माला ने पता नहीं कैसे सब समझ लिया था। स्त्रियों के दिमाग़ में शायद मर्दों का मन पढ़ने वाली कोई तन्त्रिका होती है। ...तभी तो उसने अपने आप समझ लिया था मेरे भीतर की उथल–पुथल को। तभी उसने नये विकल्प तलाशने की बात कही थी।...

माला की बात सुनकर ब्रजेशजी झनझना उठे थे। रोयें भरभरा उठे थे। जैसे कोई किशोर किसी किशोरी का पहला प्रेम प्रस्ताव पाकर आन्दोलित हो उठता है, कुछ वैसी ही स्थिति थी उनकी। वे अचानक मौन हो गये थे और माला उन्हें देर तक देखती, मुस्कराती रही थी। ...उस रोज़ रात–भर उनके भीतर उथल–पुथल मचती रही। माला को जीवन के नये विकल्प के रूप में कल्पित कर कभी नये–नये सपने भरते तो कभी मालती के अनुभवों को याद कर सिहर उठते। ...रिश्ते बनाना तो आसान है ब्रजेश, उसे आख़िर तक निभाना कठिन है। माला में भी मालती न छिपी बैठी हो, इसे कैसे समझोगे। ...फिर उन्हें माला के भीतर मालती के बहुत सारे लक्षण नज़र आने लगते। ...नहीं–नहीं, यह ठीक नहीं है। मयंक बड़ा हो गया है। अब उसकी शादी की उमर हो रही है। डेढ़ एक साल में उसकी पढ़ाई पूरी हो जायेगी। उसकी शादी कर दूँगा। बहू लाने की उमर में बीवी लाऊँ,

तो लोग क्या कहेंगे। अगर मैंने माला के प्रस्ताव को स्वीकार किया तो मयंक पर क्या गुज़रेगी, वह माला को स्वीकार नहीं कर पायेगा। फिर मैं उसका माला को नकारना सहन नहीं कर पाऊँगा। ...माला और मयंक के खिंचाव में मैं हर पल निचुड़ता रहूँगा। मालती से अलग होकर जो तकलीफ़ मिली है, उससे कहीं ज़्यादा बड़ी तकलीफ़ शायद माला से जुड़कर झेलनी पड़ेगी। कितने तो उदाहरण हैं, जब दूसरी शादी के बाद पहली शादी से हुए बच्चों की ज़िन्दगी बरबाद हो गयी है। ...नहीं, यह ठीक नहीं है।...

मगर ऐसे भी तो बहुत सारे उदाहरण हैं, जब दूसरी शादी करके लोगों की ज़िन्दगी सँवर गयी है। कई लोग तो तीसरी, चौथी शादी तक करते हैं। ...क्या यह सब केवल शारीरिक भूख की वजह से होता है। नहीं, दो लोग साथ रहें, एक–दूसरे को समझें, सुनें, सराहें, सहारा देते रहें, यही तो लालसा रहती है। ...क्या पता माला के साथ रहते हुए मालती से मिली मेरी कड़वाहटें धुल जायें। ...ब्रजेश जी के मन का दूसरा हिस्सा तर्क करता। फिर जल्दी ही वे ख़ुद को डपटते–मगर, इसमें जोखिम है ब्रजेश। मयंक तुम्हारी पहली प्राथमिकता होना चाहिए। अपने ही सुख के बारे में सोचना तो स्वार्थ है।...

ऐसे तर्क–वितर्कों, उथल–पुथल के बीच ब्रजेशजी को माला की उपस्थिति सुखद लगती थी। वे माला के साथ खाना तो खाते ही, दफ़्तर में काम करते हुए वे दूर से उसे भी देख लिया करते। माला उन्हें अच्छी लगने लगी थी। मगर उन्होंने कभी ज़ाहिर नहीं किया। माला किसी न किसी बहाने दूसरी शादी के उदाहरण दे दिया करती, पर ब्रजेशजी उसकी बात पर चुप्पी ही साधे रहते। उसे सिर्फ़ सुनते या फिर बात को दूसरी तरफ़ मोड़ देते। माला को शायद यह जानने की जल्दी थी कि ब्रजेशजी को उसका साथ पसन्द है या नहीं। एक दिन उसने दृढ़तापूर्वक कह ही दिया था, 'आप दूसरी शादी करना चाहें तो एक लड़की है मेरी नज़र में।' ...ब्रजेशजी समझते थे कि वह लड़की कौन है।

'नहीं माला, दूसरी शादी हमारे जैसे लोगों के लिए ठीक नहीं। मेरा एक बेटा है। अब उसकी शादी की उमर है। अच्छा नहीं लगता कि मैं शादी करूँ। अब तो बेटे–बहू के सुख में ही मेरा सुख है।' ...ब्रजेशजी ने दो टूक जवाब दिया था।

'और अगर बेटा शादी के बाद अपना अलग घर बसा ले तब? ...ऐसा क्यों सोचते हैं कि वह सदा आपके साथ ही रहेगा, आपका ध्यान रखेगा।...' माला ने पूछा था।

'अभी तो नहीं लगता कि वह मुझे अकेला, बेसहारा छोड़ जायेगा। जिस लड़की से उसकी दोस्ती है, वह भी अच्छी है। बेशक किसी मजबूरी में उन्हें दूसरे शहर या देश में रहना पड़े, मगर भरोसा है कि वे मुझे बेसहारा नहीं छोड़ेंगे।' ...अगर छोड़ भी जायें तो क्या। आगे जैसी स्थिति आयेगी, उसके मुताबिक़ फ़ैसला करेंगे। जीवन रुकता थोड़े है। ...बहुत सारे लोग हमें छोड़ जाते हैं, पर हम जीना थोड़े छोड़ देते हैं।' ...ब्रजेशजी ने कहा।

माला को उनका यह जवाब शायद ठीक नहीं लगा था।

उसके बाद ब्रजेशजी और माला दोपहर को साथ खाना ज़रूर खाते, पर उनके बीच पहले जैसी गरमी नहीं रही। ब्रजेशजी ने ख़ुद वह दूरी बनायी थी।...

कुछ महीने बाद माला ने प्रेस की नौकरी छोड़ दी थी। उसे कहीं और नौकरी मिल गयी थी। जाते–जाते वह अपना फ़ोन नम्बर दे गयी थी। शायद उसे उम्मीद रही हो कि ब्रजेशजी का मन बदलेगा और वे उसे फ़ोन करके किसी न किसी दिन प्रणय निवेदन करेंगे।...

मगर ऐसा नहीं हुआ। कभी–कभी ब्रजेशजी फ़ोन करके माला से हालचाल पूछ लेते, नयी नौकरी या फिर देश–दुनिया की गतिविधियों के बारे में बातें ज़रूर कर लेते, पर दूसरे विवाह की बात उन्होंने कभी नहीं उठायी। इस तरह कभी–कभार की फ़ोन पर बातचीत भी धीरे–धीरे बन्द हो गयी थी।...

क्या पता, माला ने दूसरा विवाह कर लिया हो। ...मगर उसने कभी बताया नहीं। विवाह करती तो उन्हें बताती ज़रूर। ...मगर

बताती कहाँ। मेरे पास अपना फ़ोन तो तब आया, जब प्रेस की नौकरी छूट गयी। घर का फ़ोन नम्बर भी उसके पास नहीं था। वह प्रेस के फ़ोन पर ही तो बात करती थी या मैं वहीं के फ़ोन से उससे बात करता।...

मेरी नौकरी भी एक अजीब स्थिति में छूट गयी थी। एक मामूली–सी तथ्यात्मक भूल रह गयी थी मुझसे। ...हर समय आदमी का मन एक–सी स्थिति में तो नहीं रहता। मन ख़राब हो तो उसका असर काम पर भी पड़ता है। वैसे ही वह चूक रह गयी थी उनसे। मगर यह तर्क मालिक ने नहीं सुना। उसने उन्हें साफ़ कह दिया था कि अकाउंट डिपार्टमेंट से मैं अपना हिसाब ले लूँ और कल से दफ़्तर न आऊँ। ...बस बेरोज़गार हो गया था। बाद में सोचता रहा कि अगर तर्क करने, अपने को सही ठहराने की कोशिश के बजाय तुरन्त माफ़ी माँग लेता और दुबारा ऐसी चूक न होने का भरोसा दिलाता तो इस तरह बेरोज़गार न होने पाता। ...मगर स्वाभिमान भी तो कोई चीज़ होती है। नौकरी गँवाकर स्वाभिमान की रक्षा कर ली, यही क्या कम है।...

मगर नौकरी छूटने के बाद ज़्यादा परेशानी नहीं महसूस हुई। ब्रजेशजी ने बनारस वाला घर बेचकर महिपालपुर में एक मकान दिल्ली आने के दो साल बाद ही सस्ते में ख़रीद लिया था। बैंक में कुछ पैसे जमा थे। मयंक की पढ़ाई का ख़र्चा था नहीं। अब जो ख़र्च था, वह उनका खुद का था। इसलिए चिन्ता की बात नहीं थी। उन्होंने तय किया था कि अनुवाद करके, अख़बारों–पत्रिकाओं में लेख–समीक्षाएँ वग़ैरह लिखकर गुज़ारा कर लेंगे। ...नौकरी में रहते वे कोई रचनात्मक काम नहीं कर पाते थे। नौकरी जितना देती है, उससे ज़्यादा हमारी ज़िन्दगी का मूल्यवान सोख लेती है। अब अपने ढंग से काम करेंगे। आख़िर रचनात्मक काम ही स्थायी रहने वाला है।...

आज ब्रजेशजी को माला की बहुत याद आ रही है। वे सोच रहे हैं कि ज़िन्दगी में उन्होंने ग़लतियाँ ही ज़्यादा की हैं शायद। ...जब माला ने मुझे प्रस्ताव दिया था उसी वक़्त मैंने मयंक से सलाह

ले ली होती तो शायद वह चुटकियों में हल निकाल देता। ...शायद उसे ख़ुशी होती, माला के साथ मेरी शादी पर। आख़िर अपनी माँ की दूसरी शादी को भी तो उसने सहज भाव से स्वीकार कर लिया था। ...मगर मैंने कभी सोचा ही नहीं कि ऐसा भी हो सकता है।...

क्या पता अभी तक माला ने विवाह न किया हो। मेरे प्रस्ताव का इन्तज़ार कर रही हो।...

ब्रजेशजी ने पुरानी डायरी निकाली, उसमें से माला का नम्बर तलाश किया। मोबाइल उठाया और नम्बर मिला दिया। ...नम्बर बन्द था। थोड़े–थोड़े अन्तराल पर दो–तीन बार फ़ोन मिलाया, पर वही जवाब। फ़ोन बन्द।

ब्रजेशजी को घबराहट होने लगी। कँपकँपी होने लगी। उन्होंने महसूस किया कि पसीना आ रहा है। उनकी घबराहट और बढ़ गयी थी– इस सर्दी में पसीना!...

और वह चला गया

वह अचानक आया था बल्कि कहें, आ धमका था। स्वाभाविक ही है मैं हैरान हुआ था। हैरान भी और परेशान भी। उसे देखकर भक्क से मेरे भीतर ग़ुस्सा जल उठा, पर झट से मैंने उसे शान्त किया। जैसे ही दरवाज़ा खोला, उसने लपककर मेरे पैर छू लिए। मेरी झुँझलाहट कुछ कम हो गयी। पर मन में यह बात घुमड़ती रही कि आज के ज़माने में भला इस तरह कोई किसी के घर आता है! न फ़ोन, न सन्देश! आया और घण्टी बजा दी!

मगर उसके चेहरे पर जमी ज़माने के दुख, निराशा, अवसाद, थकान की पथरीली परत और आँखों में तैरती असहायता ने जैसे मेरे भीतर बर्फ़ की सिल्ली ढकेल दी। मैंने उसे ख़ुश रहने का आशीर्वाद दिया और आदर सहित घर के भीतर ले आया।

वह पीठ पर लदा अपना बैग उतारकर सोफ़े पर संकोच सहित बैठ गया था। बैग उसने गोद में ही रख लिया था। मैंने उसे आराम से बैठने को कहा और पीने का पानी ले आया। उसने बैग गोद में ही रखे हुए पानी का गिलास पकड़ा और दो लम्बे घूँट में उसे खाली कर दिया। मैं समझ गया कि वह बहुत प्यासा है। मैं फ्रिज से पानी की बोतल निकाल लाया और उसका गिलास भरने लगा, तो उसके चेहरे पर कृतज्ञता उभर आयी। वह पूरी बोतल खाली कर गया और लम्बी साँस लेकर कुछ सहज हुआ। गोद से उतारकर उसने बैग को नीचे अपने पैरों के सहारे टिका दिया।

मैंने पूछा, 'कहाँ से आ रहे हो?'

'भइया, आज सुबह गाँव से आया। फुआ के बेटे हैं न–अंगद भइया–आर्मी में हैं–उन्हीं के पास आया था। परसों बात हुई थी, बोले आ जाओ। अपना पता–ठिकाना सब लिखवा दिये थे। कौन–सी बस से आना है, सब समझा दिये थे। बस, मैंने कल गाड़ी पकड़ी और आ गया। गाड़ी तो सुबह साढ़े चारे बजे पहुँच गयी थी। सोचा, सो रहे होंगे, काहे भोरे–भोर परेशान करना। सो, सवारी पकड़ के पहुँच गया उनके डेरे पर। मगर अंगद भइया नहीं मिले। फ़ोन किये तो पता चला कि उनको अचानक हरियाणा भेज दिया है। वहाँ आरक्षण का बवाल चल रहा है न, इसलिए। ...पता नहीं कब तक बवाल रुकेगा। ...तब तक तो अंगद भइया उधरे रहेंगे। ...यहीं तो रहते हैं, आपके एकदम पासे में–सीताराम बजार में। ...अभी उनको क्वार्टर नहीं मिला है। बैरके में रहते हैं। ...उन्होंने अपने किसी जानकार को फ़ोन करके मेरे रुकने का इन्तज़ाम करने को कहा, पर मैंने मना कर दिया। ...किसी अनजान के साथ रहने में संकोच होता है। ...फिर सोचता रहा कि किसके पास जाऊँ, कहाँ जाऊँ। ...गाँव के कई लड़के कहीं बुराड़ी में रहते हैं। सब्ज़ी–तरकारी का ठेला लगाते हैं। सोचा, उनके पास चला जाऊँ, मगर जानता हूँ कि वे सब एक कमरा लेकर चार–पाँच एक साथ उसी में किसी तरह रहते हैं। सो, सोचा कि उनके यहाँ जाऊँगा तो वे परेशान होंगे। ...फिर आपका ध्यान आया। तो, सोचा पहले आपके यहाँ चलकर देखते हैं। ...उधेड़बुन में था कि कहीं आप इनवरसीटी न चले गये हों, भाभी भी काम पर निकल जाती हैं। पता नहीं आप लोग मिलेंगे कि नहीं। पर सोचा, चलकर देखते हैं। सो, आपके यहाँ आ गया। ...पिछला फ़ोन चोरी हो गया, तो उसमें आपका नम्बर भी चला गया। गाँव से थोड़ा टेंसन में चला था, इसलिए काका से लेना भी भूल गया। इसीलिए यहाँ आने से पहले आपको फ़ोन नहीं कर पाया। ...वह तो कहिए कि स्टेशन पर यह पत्रिका ख़रीद ली थी। इसमें आपका लेख छपा देखा, तो ख़रीद लिया। इसी में आपके घर का पता छपा है।... ' उसने बैग से पत्रिका निकालकर दिखायी।

उसके हाथ में पत्रिका देखकर ख़ुशी हुई कि चलो मेरे गाँव में भी कोई है, जो मेरा लिखा पढ़ता है। मेरे मन का रहा–सहा ग़ुस्सा भी बह गया।

'मगर, गाँव से टेंशन में क्यों चले? सब ठीक–ठाक तो है न?' मैंने पूछा।

उसने दीवार पर टँगे चित्र पर अपनी नज़रें टिका दीं और कहा, 'अरे क्या बतायें भइया, बाबूजी बवाल काटे हुए हैं। ...रोज़ ताना मारते हैं कि इतना बड़ा हो गया, निठल्ला बैठा है। कोई काम–धन्धा क्यों नहीं तलाशता। ...अभी तक तो मैं सुनता आ रहा था। परसों सबेरे–सबेरे उखड़ गये, तो मैंने भी पलटकर जवाब दे दिया कि नौकरी कहीं परोस के रखी तो है नहीं कि मैं जाऊँ और लपक लूँ। कर तो रहा हूँ कोशिश। जहाँ भी जगह निकलती है, फारम भरता हूँ। इंटरव्यू भी कई जगह दे चुका। कहीं सेलेक्शने नहीं हो रहा तो क्या करूँ। ...अब आप ही बताइए भइया, कि मैंने क्या ग़लत कह दिया। ...मगर इसी पर वो भड़क गये। लगे आँय–बाँय बोलने। ...बोले, जिसको काम करने की इच्छा होती है, लगन होती है, वो तुम्हारी तरह हाथ पर हाथ धरे नहीं रहता, दस जगह हाथ–पाँव मारता है ...गाँव–भर में अब मेरी थू–थू होने लगी है कि इतना पढ़–लिख के भी पंडीजी का बेटा बिलल्ला घूम रहा है। ...तो मैंने अंगद भइया से बात की और आ गया।...'

उसकी आँखें दीवार के चित्र पर टिकी थीं। मैं उसके चेहरे पर उभरते भावों को बहुत ध्यान से पढ़ रहा था। वह शायद मुझसे आँख मिलाकर बात नहीं करना चाहता था। उसके चेहरे पर उभरे अवसाद और विषाद ने मुझे भीतर तक हिला दिया था। उसकी निराशा आँखों के रास्ते छलकने को हुई, पर उसने गर्दन नीची करके ख़ुद को सँभाल लिया।

मैं चुप रहा। पर भीतर बवण्डर उठ पड़ा। कई परदों पर एक साथ कई चित्र चलने शुरू हो गये।

यह बालेन्दु चाचा का इकलौता बेटा है–आशुतोष। आशू पुकारते

हैं सब। चार बहनों के बीच अकेला भाई। बालेन्दु चाचा मेरे सगे चाचा नहीं हैं। गाँव में मेरे पट्टीदार हैं। संस्कृत पढ़े–लिखे। गाँव में सबसे अच्छी खेती करने वाले। खेत भी गाँव में सबसे अधिक हैं उनके पास। मेरे घर से उनका कोई दुराव तो नहीं है, पर बहुत लगाव भी नहीं है। जब मैं शहर पढ़ने आया, और छुट्टियों में गाँव जाता था तो बालेन्दु चाचा तरह–तरह के सवाल करते थे, पढ़ाई–लिखाई को लेकर। उन सवालों में जिज्ञासा कम, ईर्ष्या और हिक़ारत ज़्यादा ध्वनित होती थी। बालेन्दु चाचा गाँव में ख़ुद को सबसे क़ाबिल और पढ़े–लिखे आदमी मानते थे। अपनी सम्पन्नता का अभिमान भी उन्हें था। वे दूसरों के दरवाज़े पर कम उठते–बैठते, दूसरे ही उनके दरवाज़े पर सुबह–शाम बैठकी करते थे। एक तरह से दरबार लगता था उनके दरवाज़े पर। पिताजी के साथ वे उठते–बैठते ज़रूर थे, पिताजी से उम्र में काफ़ी छोटे थे, पर उनके भीतर का श्रेष्ठताबोध उनकी बातों, उनकी टिप्पणियों से हमेशा छलक–छलक पड़ता था। संस्कृत की पढ़ाई की थी, सो हर बात में कोई–न–कोई श्लोक पढ़ देते। इस तरह गाँव के लोग उनकी बातों से प्रभावित हो जाते, उन्हें विद्वान मानते। आसपास के गाँवों में भी उनका सम्मान था।

जब मेरी नौकरी लगी तो गाँव के सारे लोग बहुत ख़ुश थे। पर बालेन्दु चाचा ने पूछा था–'कितना वेतन मिलेगा?'

मैंने उन्हें बताया, तो उन्होंने टिप्पणी की थी–'इससे ज़्यादा तो यहाँ लोग खेती से बचा लेते हैं। वहाँ शहर में जो पैसे मिलेंगे वे घर के किराये, राशन–पानी, कपड़े–लत्ते वग़ैरह को पूरे पड़ जायें, वही बड़ी बात है।... सब कुछ ख़रीदकर खाना पड़ेगा, वह भी शुद्ध नहीं। ...यहाँ कम–से–कम खाना–पीना तो शुद्ध मिलता है। ...वहाँ क्या है, बस चिकना–चुपड़ापन है। कीचड़–काँदो में नहीं हेलना पड़ता, बस यही तो!...' उनकी टिप्पणी में ईर्ष्या और हिक़ारत स्पष्ट थी।

बालेन्दु चाचा की वह टिप्पणी मुझे बहुत बुरी लगी थी। पिताजी भी वहीं बैठे थे। उन्होंने मेरे चेहरे को पढ़ लिया था। उन्होंने तुरन्त बालेन्दु चाचा की टिप्पणी पर प्रतिक्रया दी थी–'बात तो सही है

बालेन्दु। पर, हर कोई तो खेती से गुज़र–बसर नहीं कर सकता न! जिसके पास खेत नहीं हैं, वह तो नौकरी ही करेगा, और क्या करेगा।...'

पिताजी की टिप्पणी पर बालेन्दु चाचा चुप रहे। उनके चेहरे पर सन्तोष, अभिमान और श्रेष्ठताबोध तैर उठा था। एक लम्बी गहरी साँस लेकर उन्होंने जैसे अपने श्रेष्ठताबोध को अपने भीतर तहा लिया था। वे मुस्कराये भर थे।

घर आकर पिताजी ने मुझे समझाया था–'बालेन्दु के मन में गाँठ है। उसकी बातों से आहत नहीं होते। वह शुरू से ऐसा है। उसे लगता है कि उससे समझदार, उससे बेहतर कोई है ही नहीं। ...वह ख़ुद भी स्कूल अध्यापक की नौकरी करना चाहता था। मगर तब स्कूल में तनख़्वाहें बहुत कम होती थीं और बालेन्दु के पिता–सम्पूर्णानन्द तिवारी–थे पुराने ख़यालात के आदमी। खेतीबाड़ी थी ही अच्छी, सो उन्हें लगता था कि उनका बेटा कहीं नौकरी क्यों करे। किसी और की चाकरी क्यों करे। उन दिनों नौकरी को बहुत अच्छा माना भी नहीं जाता था। सो, इसने नौकरी नहीं की। पर वह गाँठ इसके मन में बनी रही। इसे कहीं–न–कहीं मलाल रहता है स्कूल में अध्यापक न बन पाने का। इसीलिए जब कोई अध्यापक मिलता है और यह उससे बात करता है, तो इसकी गाँठ कुछ और कसने लगती है। अंडबंड ज्ञान बघारने लगता है। ...आज की स्थितियाँ पहले जैसी नहीं हैं। तुम्हें उसकी बात को दिल पर नहीं लेना चाहिए। ...भूल जाओ उसकी बातों को।...'

यह कोई पच्चीस साल पहले की बात होगी।

आशू की बातें सुनकर मैं सोच रहा था–'आख़िर बालेन्दु चाचा इतने बदल कैसे गये!'

'भइया, आपको इनवरसीटी जाना होगा। ...मेरी वजह से देर तो नहीं हो रही?' आशू ने मुझे पुराने दिनों से बाहर खींचा था।

'नहीं, अभी परीक्षाएँ ख़त्म हुई हैं, सो मेरी छुट्टियाँ चल रही हैं। अगले हफ़्ते से कॉपियाँ चेक करने जाना होगा।' मैंने कहा।

'भाभी और बाबू लोग तो शाम तक ही लौटते होंगे?'

'नहीं, ढाई बजे तक आ जाते हैं। सुबह तीनों साथ ही निकलते हैं। दो बजे स्कूल की छुट्टी होती है, ढाई बजे तक घर पहुँच जाते हैं। ...अभी तो तुम नहा-धोकर कुछ नाश्ता कर लो। थोड़ा आराम कर लो।'

फिर मैं आशू को स्टडी रूम में ले गया, जो मेरे पढ़ने के अलावा मेहमानों को ठहराने के भी काम आता है।

कामवाली नाश्ता बनाकर रख गयी थी। मैंने दूध गरम किया। कुछ डबल रोटी सेंकी और आशू नहाकर आया तो नाश्ता करने बैठ गये। 'कहाँ तक पढ़ाई की है आशू?' मैंने पूछा था।

'एमकॉम. किया है, भइया।'

'कोई टेक्निकल कोर्स वग़ैरह नहीं किया?'

'नहीं भइया। ...शुरुए से आर्ट साइड लेके पढ़े थे। ...बाबूजी तो चाहते थे कि मैं भी संस्कृत साहित्य पढ़ूँ, मगर मैंने ज़िद करके कॉमर्स लिया। ...सोचा था कि कहीं बैंक में नौकरी मिल जायेगी, कई जगह कम्पटीशन भी दिया, मगर कहीं हुआ ही नहीं। ...आपका तो परिचय होगा यहाँ बहुत सारे लोगों से। ...यहाँ तो बड़े-बड़े नेता रहते हैं, उनके साथ आपका परिचय होगा। ...किसी से बात करके किसी कम्पनी में एकाउंटेंट वग़ैरह की भी नौकरी मिल जाये, तो बाबूजी को सन्तोष हो जाये।' आशू ने जैसे विनती की।

मुझे पता था कि वह किसी-न-किसी वक़्त यह बात बोलेगा ज़रूर। जो भी गाँव से आता है, मुझसे यही उम्मीद लेकर आता है कि मैं उसे कहीं-न-कहीं कोई अच्छी नौकरी दिलवा दूँगा। ...पर मैं इस बात से हमेशा बचने की कोशिश करता रहा हूँ। चाहता हूँ कि कोई मुझसे नौकरी की बात न करे। पर मेरे चाहने से क्या होता है! ...पिताजी नहीं रहे, तबसे हमारा गाँव जाना भी कम हो गया। हालाँकि गाँव में मेरे सगे चाचा हैं, पर हमारा गाँव जाना किसी ख़ास मौक़े पर ही हो पाता है। इस तरह गाँव के लोगों से सम्पर्क भी कम होता गया है। नहीं तो पहले कोई-न-कोई नौकरी के सिलसिले में गाँव से चला ही आता था।...

मैंने बात मोड़ने की कोशिश की–'बालेन्दु चाचा स्वस्थ तो हैं न? ...खेती–बाड़ी कैसी चल रही है?'

'हाँ भइया स्वस्थ तो हैं, पर बुढ़ा गये हैं। साठ की उमर में अस्सी के लगते हैं। ...खेतीबाड़ी अब पहले जैसी नहीं रही। आधा खेत तो तीन बहनों की शादी में बिक गया। जो बचा है, उस पर खेती ठीक से हो नहीं पाती। खेती में लज़्ज़त अब रही नहीं। पहले की तरह अब मज़दूर भी नहीं मिलते। हर काम पैसे से होने लगा है। ...मुझसे छोटी वाली एक बहन शादी के लिए बची है। उसी की चिन्ता पिताजी को लगी रहती है। उन्हें उम्मीद है कि मैं कुछ कमाने लगूँगा, तो घर की स्थिति कुछ सुधरेगी। बहन की शादी के लिए खेत नहीं बेचने पड़ेंगे। मगर मेरा कहीं कोई जुगाड़ बैठ नहीं रहा। ...पिताजी की हालत देखकर मुझे भी चिन्ता होती है। मैं ख़ुद कोशिश करता हूँ कि कहीं अच्छी नौकरी मिल जाये, तो घर की दशा कुछ सुधरे।...' आशू ने फिर से दीवार पर टँगी तस्वीर पर अपनी नज़रें टिका दी थीं।

उसकी बातें सुनकर तकलीफ़ हुई। मैं सोचता रहा कि इसके लिए मैं क्या कर सकता हूँ।

नाश्ता समाप्त हो गया था। मैंने कहा, 'आशू, अब थोड़ा आराम कर लो। मैं देखता हूँ, तुम्हारे लिए क्या कर सकता हूँ।'

'आराम क्या करना भइया। कोई थकान तो है नहीं। ...आप अपना काम कर लीजिए। मैं अख़बार पढ़ लूँगा। ...टीवी पर समाचार देख लूँ क्या?' उसने संकोचपूर्वक पूछा।

'हाँ–हाँ, क्यों नहीं। अभी टीवी चला देता हूँ।'

मैंने टीवी चला दिया। मैं भी उसके साथ ही बैठ गया। टीवी पर समाचार आ रहे थे। हरियाणा में जाट आरक्षण की ख़बरें छायी हुई थीं। आन्दोलनकारियों ने भारी तबाही मचायी थी। रोहतक और सोनीपत में बहुत सारी दुकानों, मॉलों को आग के हवाले कर दिया था। सेना की गाड़ियाँ दौड़ रही थीं, पर आन्दोलनकारी क़ाबू में नहीं आ रहे थे। ऐसे मौक़ों पर राजनीति तेज़ हो जाती है, सो वह हो गयी थी।

आशू बड़े ध्यान से समाचार देख रहा था। मेरे मन में अजीब उथल–पुथल थी। हरियाणा के आन्दोलन से विचलित होने की अपेक्षा आशू को कहीं काम पर लगाने की चिन्ता अधिक हावी थी। मन चारों तरफ़ दौड़ने लगा था कि उसे कहाँ काम दिलाया जा सकता है।

कोई और होता, तो मैं साफ़–साफ़ कह देता कि ऐसे किसी से मेरा कोई परिचय नहीं है, जो तुम्हें नौकरी दिला दे। पर आशू से ऐसा नहीं कह सकता था। अब मुझे अपने पर क्षोभ हो रहा था कि इतने सालों से इस शहर में रहते हुए किसी से सम्पर्क क्यों नहीं बढ़ाया। मेरे भीतर जैसे बालेन्दु चाचा प्रकट होकर फटकार लगाने लगे—इतने साल से इस शहर में रह रहा है, क्या कर लिया तूने। क्या एक भी आदमी ऐसा नहीं, जो तुम्हारे कहने पर किसी को नौकरी पर रख ले। ...क्या पा लिया तूने हर रसूखदार आदमी को हिक़ारत की नज़र से देखकर। क्यों हर ऐसे आदमी से दूरी बनाकर रहता आया, जो नौकरी वग़ैरह दिलाने में मदद कर सकता है। देश–विदेश के विश्वविद्यालयों में जाकर भाषण दे आते हो, क्या हासिल कर लिया। क्यों बस किताबों की दुनिया में खोया रहा, सिद्धान्तों को जीने की कोशिश करता रहा। ...सिद्धान्तों को भी कितना जी पाया! बस लेख लिखता रहा, किताबें लिखता रहा, लेखकों–विद्वानों के बीच उठता–बैठता, उनसे बातें कर अपनी समझ पर इतराता रहा। ...कितनी बन्द दुनिया में जीता रहा है तू। ...देखो अपने आसपास, कम पढ़े–लिखे, प्रापर्टी डीलिंग का काम करने वाले भी तुमसे ज़्यादा काबिल हैं। चार–छह नेताओं, आठ–दस सेठ–साहूकारों से उनके सम्पर्क हैं, जो उनके कहने पर किसी को काम दे सकते हैं। ...तू यूनिवर्सिटी में प्रोफ़ेसर हो गया है, आठ–दस लड़के–लड़कियाँ तुम्हारे पीछे घूमते रहते हैं, तुम्हारे लिखे पर रीझते, तारीफ़ करते रहते हैं, पर उन्हें भी तो यही उम्मीद रहती है कि उन्हें कहीं किसी कॉलेज, किसी यूनीवर्सिटी में नौकरी दिला दोगे। ...मगर वहाँ भी तुम्हारी कितनी चलती है। बाज़ी तो वही मार जाते हैं, जिनके राजनीतिक सम्पर्क हैं। ...इतने सालों में अगर तुम

किसी पार्टी के सम्पर्क में रहे होते, किसी नेता को पकड़े रहे होते, तो वह आज के दिन काम आता। ...मगर तुम तो किसी काम के नहीं रहे।...

मैंने ख़ुद को झटका। अपने भीतर बालेन्दु चाचा के सामने ख़ुद को खड़ा किया। बालेन्दु चाचा से आँखें मिलाकर कहा–'सत्ताधारी नेताओं के आगे–पीछे घूमकर मैंने बेशक किसी को नौकरी दिलाने लायक सम्पर्क नहीं साधा, पर मैंने अपने जमीर को बचाये रखा। अपने भीतर यह साहस बचाये रखा कि लाखों–करोड़ों लोगों के हक़ में बोल सकूँ, किसी पार्टी, किसी नेता की बेईमानी पर उसके आगे हाथ बाँधे, गूंगा बनकर खड़ा न रह सकूँ।...'

मेरे भीतर बालेन्दु चाचा फिर भी फनफना रहे थे। अब मैंने उनसे तर्क करना मुनासिब नहीं समझा, क्योंकि यह तर्क लम्बा चलने वाला था। असल समस्या आशू को कहीं काम दिलाने की थी, सो उसी के बारे में सोचने लगा।

आशू एकटक टीवी पर चलते समाचार देख रहा था। उसके चेहरे पर उभरते भावों को देखकर अन्दाज़ा लगाना मुश्किल था कि उसके मन में क्या चल रहा है।

मैंने पूछा, 'आशू तुम अपनी पढ़ाई जारी क्यों नहीं रखते। पीएच.डी. कर लो, किसी कॉलेज में नौकरी की गुंजाइश बन सकती है। इज़्ज़त की नौकरी होगी।'

'अब आगे पढ़ने की स्थिति नहीं है भइया। ...बस हो गया। कहीं जल्दी से नौकरी तलाश कर काम करूँगा।' उसने दृढ़ स्वर में जवाब दिया।

'मगर यहाँ अंग्रेज़ी का बोलबाला है। इंजीनियरिंग और मैनेजमेंट किये बच्चों के लिए बड़ी मुश्किल हो रही है। वे तो फर्र–फर्र अंग्रेज़ी बोलते हैं, फिर भी उन्हें नौकरी नहीं मिल पाती। तुम जैसे हिन्दी माध्यम से पढ़ाई किये लड़कों को कोई मुश्किल से ही रखता है। ...'मैंने भी थोड़ा दृढ़ होकर उसे हक़ीक़त बता देना ज़रूरी समझा।

वह सुनकर मायूस हो गया था।

टीवी पर जाट आन्दोलन और तोड़फोड़, आगजनी की ख़बरें आ रही थीं। मैंने उसके चेहरे पर नज़रें गड़ा दी थीं। साफ़ पता चल रहा था कि वह टीवी देख तो रहा था, पर उसका दिमाग़ कहीं और ही भटक रहा था।

अब मुझे अपने पर अफ़सोस होने लगा कि इस वक़्त इतनी कठोर बात नहीं कहनी चाहिए थी। मेरे साथ यही दिक्क़त है कि मुलायम लहजे और गोलमोल ढंग से बातें नहीं कह पाता। जो हक़ीक़त है, सीधा कह देता हूँ। पर इस वक़्त मैंने ख़ुद को सुधारने का प्रयास किया–'कोई बात नहीं आशू, मैं देखता हूँ कि क्या हो सकता है। बात करता हूँ कुछ लोगों से।'

आशू अब कुछ सामान्य हो गया था। वह कृतज्ञता और विश्वास के साथ मेरी तरफ़ देखता रहा। कुछ बोला नहीं।

मैंने उसे आश्वासन दे तो दिया, पर मन में खुटका बैठ गया कि उसके लिए कोई नौकरी तलाशूँ कहाँ। किससे बात करूँ, किस तरह की नौकरी के लिए बात करूँ। दिमाग़ तमाम सम्भावनाओं की तरफ़ दौड़ने लगा। तुरन्त ध्यान आया कि जब मैं विश्वविद्यालय के लिए जाता हूँ तो मेट्रो स्टेशन के बाहर कई लड़के–लड़कियाँ पर्चियाँ बाँटते रहते हैं, जिन पर घर बैठे रोज़गार करने और लाखों रुपये कमाने के दावे छपे रहते हैं। मैंने कभी उन पर्चियों को ग़ौर से देखा–पढ़ा नहीं, पर आज लग रहा था कि उन्हें देखना चाहिए। ...मगर आशू को घर बैठे रोज़गार तो करना नहीं है, अभी तो उसके पास इस शहर में ख़ुद का कोई ठिकाना ही नहीं, रोज़गार कहाँ से करेगा। और फिर गाँव में उसे अपने पिता को यह बताना है कि वह नौकरी करने लगा है। उसे कोई ऐसी नौकरी चाहिए, जिसमें नियमित आमदनी हो, जिसके बारे में वह लोगों को गर्व से बता सके।... नहीं, मेट्रो स्टेशन पर बँटती पर्चियों वाले रोज़गार के लिए वह तैयार नहीं होगा, कर भी नहीं पायेगा शायद। ...आजकल कई ऐसी एजेंसियाँ खुल गयी हैं, जो सर्वे, रिसर्च वग़ैरह का काम करती–कराती हैं। उनमें आशू के लिए कोई काम मिल सकता है। वैसा काम करने में उसे शर्म भी

महसूस नहीं होगी और साफ़–सुथरा, पढ़ाई–लिखाई का काम होगा। मेरे एक मित्र हैं, जो ऐसी सर्वे एजेंसियों के बारे में जानते हैं। उनके एक मित्र यहाँ के एक नामी शोध संस्थान में बड़े पद पर हैं, उनसे बात की जा सकती है। ...मगर हिन्दी माध्यम में वहाँ काम तो कम ही होता होगा, आशू को अगर मेरे कहने पर वहाँ कोई काम मिल भी गया, तो यह कितने दिन टिक पायेगा, कहना मुश्किल है। अगर वहाँ काम नहीं कर पाया, तो मुझे ही शर्मिन्दगी उठानी पड़ेगी। ...ऐसे अनेक विकल्पों पर दिमाग़ घूमता रहा।

मैंने आशू से कहा, 'तुम टीवी देखो, मैं कुछ काम कर लेता हूँ।' और वहाँ से उठ गया। फिर मेज़ पर रखे उस दिन के अख़बार नज़र आ गये, तो मुझे एक नया विचार आ गया। मैंने अख़बार उठाये और आशू को देते हुए कहा, 'आशू, तुम इन अख़बारों को पलटकर देखो। रोज़ इनमें नौकरियों के विज्ञापन छपते हैं। तुम देखो कि तुम्हारे लिए क्या काम हो सकता है, फिर हमारे लिए किसी से बात करने में आसानी हो जायेगी।'

एक बार फिर आशू के चेहरे पर उम्मीद और कृतज्ञता उभरी थी।

दोपहर बाद ललिता और बच्चे स्कूल से लौटे थे। मैंने दरवाज़ा खोला तो स्वाभाविक ही बैठक में आशू को देखकर उनके चेहरे पर प्रश्नवाचक भाव उभर आया था। मैंने परिचय कराया था– 'यह आशू है–आशुतोष–मेरे गाँव वाले बालेन्दु चाचा का लड़का।'

ललिता चहकी थी–'अरे वाह, इतने बड़े हो गये! ...छोटा–सा देखा था। अब तो दाढ़ी–मूँछें भी आ गयीं। ...क्या बात है, भइया–भाभी की बहुत दिनों बाद याद आयी?'

मेरे गाँव से कोई भी आ जाये, ललिता इसी तरह चहकती है। बेकार की कहावत बनी है कि औरतों के मायके का कुत्ता भी आ जाये, तो वे उस पर जान छिड़कती हैं। ललिता के साथ बिल्कुल उल्टा है। वह ससुराल का कोई आ जाये, तो उस पर जान छिड़कती है।

मगर मेरे शहरी बच्चे! वे इस तरह अपनी माँ को निहाल होते न जाने कितनी बार देख चुके हैं। वे तटस्थ खड़े थे। मैंने उन्हें उकसाया– 'प्रणाम करो आशू चाचा को। इनके पिताजी ने मुझे बचपन में पाला–पोसा है, बहुत प्यार दिया है। ...याद हैं न तुम्हें वो संस्कृत के श्लोक सुनाने वाले दादाजी?...' बच्चों की भृकुटि तनी, दिमाग़ पर ज़ोर डाला। पता नहीं वे अपनी स्मृति को जगा पाये या नहीं, पर मेरे हुलकाने पर वे आशू के आगे हाथ जोड़कर खड़े हो गये। आशू विह्वल हो उठा। उसने बड़े बेटे को गले से लगा लिया और छोटे के सिर पर भी हाथ फेरते हुए अपने से चिपका लिया।

ललिता के मुँह से सदा की तरह उसकी ज़ुबान पर तैरता जुमला निकला–'सो स्वीट!'

2

आशू को आये दो दिन हो गये थे। पिछले दो दिन उसने सिर्फ़ नाश्ता, लंच, डिनर किया, टीवी देखा, अख़बार पलटे और सोया था। ललिता से गाँव–जवार की बातें की, बच्चों को लाड़ जताया, उनके साथ खेलने, उनकी पढ़ाई के बारे में जानने, उनसे जुड़ने की कोशिश की। दिल्ली में रहने वाले अपनी जान–पहचान के कुछ लोगों से फ़ोन पर बातें की। मेरी किताबों में से कुछ किताबें निकालकर उलटी–पलटीं। बस। शायद वह आश्वस्त था कि मैं उसके लिए कोई काम तलाश लूँगा।

हालाँकि उन दो दिनों में दिमाग़ दौड़ाने की तमाम कोशिशों के बावजूद मैं भी उसके लिए किसी काम की टोह नहीं ले पाया था।

मगर तीसरे दिन की सुबह ही शायद ग़ज़ब हुआ होगा। जब मैं ललिता और बच्चों को स्कूल के लिए विदा करने को तैयार हो रहा था, तभी मेरे छोटे बेटे तन्मय ने मुझसे पूछा था–'पापा, ये अंकल कब तक हमारे घर रुकेंगे?'

उसके सवाल से मैं घबरा उठा था। मैंने शी करते हुए अपने मुँह पर उँगली रखकर चुप रहने का इशारा किया था। मुझे डर था कि

मुझसे पूछा उसका सवाल आशू के कानों तक न पहुँचे। वह सवाल का जवाब पाये बिना ही चुप हो गया था।

आशू भी पिछले दो दिनों की तरह दरवाज़े तक ललिता और बच्चों को विदा करने आया था। उसने हँसते हुए हाथ हिलाकर विदा किया था।

उसके इस व्यवहार से मैं आश्वस्त हो गया था कि चलो, तन्मय की बात आशू के कान तक नहीं पहुँची।

मैं तीनों को गाड़ी तक छोड़कर और फिर सुबह की सैर कर वापस लौटा, तो आशू नहा–धोकर तैयार बैठा था। मैंने हैरान होकर पूछा–'अरे क्या बात है आशू, सुबह–सुबह कैसे तैयार होकर बैठे हो। कहीं जाना है क्या?'

'हाँ भइया।' उसने कहा, 'नोएडा जाना है।'

फिर उसने अख़बार का वह पन्ना मेरे सामने कर दिया, जिसमें बहुत सारे विज्ञापन छपे थे। उसने एक विज्ञापन पर अँगुली रखकर दिखाया। मैंने ग़ौर से उसे पढ़ा। एक कार कम्पनी में चौकीदार, सफ़ाई कर्मचारी से लेकर एकाउंटेंट तक की भर्तियाँ विज्ञापित थीं। तनख़्वाह भी सन्तोषजनक थी। घर से आने–जाने के लिए गाड़ी की व्यवस्था और चाहें तो रोज़ के रोज़ तनख़्वाह भुगतान की भी व्यवस्था। हालाँकि वह विज्ञापन संबंधित कम्पनी की तरफ़ से जारी नहीं किया गया था, पर मैंने सोचा कि कई बार ऐसे विज्ञापन प्लेसमेंट एजेंसियाँ भी देती हैं। चलो ठीक है, एक बार आशू को देख आने दो। इस तरह वह इस शहर को समझेगा, नौकरियों की स्थिति के बारे में समझे–जानेगा। अगर नौकरी मिल गयी, तो शुरू करने के लिए बुरा नहीं है। इसलिए मैंने हाँ कह दिया। फिर उसे नाश्ता कराया और रास्ते के बारे में समझाकर विदा कर दिया।

दोपहर को जब ललिता और बच्चे लौटे तो आशू को न पाकर मेरी तरफ़ प्रश्नवाचक हुए। मैंने उन्हें बताया, तो वे आश्वस्त हुए कि चलो, आशू को नौकरी मिल जायेगी।

आशू शाम को देर से लौटा था। उम्मीद से भरा हुआ।

मैं उसके चेहरे को देखकर आश्वस्त हो गया था कि काम बन गया है। फिर भी मैंने पूछा–'कैसा रहा आशू?'

उसने उत्साह में बताया–'सेलेक्शन हो गया है भइया। इंटरव्यू तो दोपहर को ही ख़त्म हो गया था, पर उन लोगों ने रिज़ल्ट सुनाने के लिए रोक लिया था। ...शाम के करीब पाँच बजे सुनाया। मेरा हो गया। ...उन्होंने कहा कि इस कम्पनी में सबको यूनीफार्म पहनकर जाना है, जिसके लिए अड़तीस सौ रुपये जमा कराने पड़ेंगे। जो आज जमा करा सकते हैं करा दें और कल आकर यूनीफार्म के साथ अपना–अपना अपॉइंटमेंट लेटर ले जायें। जिनके पास अभी पूरे पैसे नहीं हैं, वे एडवांस जमा करा दें और बाक़ी पैसे कल जमाकर यूनीफार्म और अपॉइंटमेंट लेटर ले सकते हैं। ...मेरे पास पैसे थे। मैंने पूरे पैसे जमा करा दिये हैं। कल ड्रेस और अपॉइंटमेंट लेटर मिल जायेगा। फिर परसों ज्वाइनिंग है।'

मैं ख़ुश हुआ, पर हैरान भी कि इस शहर में इतनी तुरत–फुरत नौकरियाँ भी मिलती हैं!

मुझसे ज़्यादा मेरे बच्चे ख़ुश थे।

अगले दिन आशू तड़के उठकर नहा–धोकर तैयार हो गया था। जब मैं ललिता और बच्चों को छोड़ने नीचे तक गया, तो वह भी नीचे उतरा– 'भइया, नाश्ता वग़ैरह की चिन्ता नहीं है। सुबह–सुबह पहुँचकर लेटर ले लूँ, तो तसल्ली हो जायेगी।' और वह उत्साह में भरा हुआ चला गया था।

उस दिन फिर देर शाम को लौटा था। मैं टीवी पर हरियाणा में जाट आन्दोलन को लेकर विद्वानों की बहस सुन रहा था। आशू उदास और निराश था।

मैंने पूछा–'क्या हुआ आशू, लेटर और वर्दी मिल गयी?'

वह थोड़ी देर गर्दन झुकाये चुप रहा, फिर इतना भर बोला–'भइया, वहाँ कोई था ही नहीं। जिन लोगों ने पैसे भरे थे, सब पहुँचे थे। सौ–डेढ़ सौ लोग। मगर वहाँ कोई नहीं था। आसपास पूछा, पर सब कह रहे थे, उन लोगों ने तो एक दिन के लिए किराये पर जगह

ली थी। वे कौन थे, कहाँ से आये थे, कुछ पता नहीं। ...सबका पैसा लेकर भाग गये।'

मेरे भीतर ज़ोर का धक्का लगा। ग़ुस्सा भी उभरा कि अभी चल कर पता करूँ कि जिसने वह जगह दी थी, किस बिना पर दी थी। उसे ही पुलिस के हवाले कर दूँ। भण्डाफोड़ करूँ कि इस शहर में इस तरह के रैकेट चल रहे हैं और अख़बार वाले बिना कोई जाँच–पड़ताल किये विज्ञापन छाप रहे हैं। उन्हें सिर्फ़ पैसे से मतलब है। कोई बिना कुछ जाँचे–परखे लोगों को इंटरव्यू के लिए जगह कैसे दे देता है! मैं सोचने लगा कि इस घटना की जानकारी मीडिया तक कैसे पहुँचाऊँ। प्रशासन की नाक में दम कैसे करूँ। सरकार को कैसे झकझोर डालूँ।

मगर आशू ने मेरे ग़ुस्से पर जैसे बाल्टी–भर पानी फेंक दिया– 'भइया, मैं जा रहा हूँ, गाँव के कुछ लोग यहाँ सब्ज़ी–तरकारी का ठेला लगाते हैं उनके पास। उन्होंने किसी फैक्ट्री में मेरे लिए बात की हुई है। ...' और वह सचमुच स्टडी रूम में जाकर अपने कपड़े वग़ैरह समेट कर, बैग कन्धे पर टाँगे आ गया था।

मैंने उसे रोकना चाहा कि कल सुबह चले जाना, आज रात यहीं रुक जाओ, पर वह रुका नहीं। उसने दलील दी कि कल सुबह उन लोगों ने किसी से मुझे मिलाने का समय लिया है।

और वह चला गया।

सड़क सरगम आलाप

संस्था वालों ने शाम को तीन बजे कार्यक्रम का उद्घाटन और फिर सम्मान समारोह रखा था। उन्होंने कहा था कि ट्रेन वग़ैरह के चक्कर में पड़ने के बजाय टैक्सी लेकर आ जायें। जो ख़र्चा होगा, भुगतान कर दिया जायेगा। इसलिए मनोहरजी यानी मयंक मनोहर ने अपने घर के पास के टैक्सी स्टैंड पर फ़ोन करके टैक्सी बुक करा ली थी। फिर टैक्सी वाले से चर्चा करके सुबह छह बजे निकलने का तय किया था। बताया गया कि दिल्ली से आगरा पहुँचने में करीब चार घण्टे लगेंगे। मगर आजकल सड़कों पर भीड़भाड़ कहीं भी, कभी भी हो जाती है, कहाँ कितनी देर बेवजह रुकना पड़ जाये, कहना मुश्किल है। इसलिए मनोहरजी ने जोखिम लेना ठीक नहीं समझा। वे अपनी तरफ़ से कुछ अधिक समय लेकर चले थे। अनुमान था कि बारह से पहले ही पहुँच जायेंगे। इस तरह दोपहर के भोजन के बाद थोड़ा आराम करने का भी वक़्त मिल जायेगा।

आगरे में किशोरों और युवाओं के अधिकारों की रक्षा, उनमें रचनात्मक प्रतिभा के विकास, दिग्भ्रम को रोकने आदि की मंशा से गठित संस्था 'किसलय' का अध्यक्ष अनुराग आरोही पिछले तीन सालों से मनोहरजी को अपने यहाँ किसी कार्यक्रम में आने की मनुहार करता रहा है। उसकी साहित्य में दिलचस्पी है, ख़ुद ग़ज़लें लिखता है, मयंक मनोहर की समीक्षा–दृष्टि का प्रशंसक है। पिछले दो सालों से वह मनोहरजी के फेसबुकिया मित्रों की जमात में भी शामिल है। अब जब भी वह मनोहरजी का किसी अख़बार–पत्रिका में छपा या

फिर फेसबुक पर लिखा कुछ पढ़ता है तो अपनी टिप्पणी देना नहीं भूलता। टिप्पणियाँ वह अक्सर फेसबुक पर ही लिखता है। कभी फ़ोन करके भी प्रशंसा करता है। कभी–कभार मनोहरजी भी उसके किसी कार्यक्रम या गतिविधि की रिपोर्ट पढ़कर फेसबुक पर प्रोत्साहन भरी टिप्पणी कर दिया करते हैं।

मनोहरजी फेसबुक पर सक्रिय लोगों में हैं। उस पर नियमित लिखते–पढ़ते हैं। वे फेसबुक को युवाओं की अभिव्यक्ति का सशक्त मंच मानते हैं। कोई उनकी इस सक्रियता पर कभी कुछ कहता है तो उनका तर्क तैयार रहता है, 'हर रचनाकार, पत्रकार, सार्वजनिक जीवन–जगत से जुड़े व्यक्ति को इससे जुड़ना चाहिए। पहले लोग पेन फ्रेंड बनते–बनाते और इस तरह देश–दुनिया की गतिविधियों, अनुभवों का साझा करते थे। अब फेसबुक जैसा प्रभावशाली और त्वरित मंच मिला है तो उसमें कमियाँ निकालकर उससे दूरी बनाने का कोई तुक नहीं हो सकता।'

मनोहरजी युवा मन के सकारात्मक पहलुओं के सूक्ष्म अध्येता और विश्लेषक हैं। वे उन लोगों में नहीं हैं जो युवा पीढ़ी पर दिग्भ्रमित, संस्कारहीन, फ़ैशनपरस्त, अपने मूल्यों–परम्पराओं को कूड़ेदान में फेंक देने वाला बताकर उनकी हर हरकत में कुछ–न–कुछ नकारात्मक तलाशते रहते हैं। उन्होंने युवाओं के पहनावे, खानपान, गीत–संगीत सम्बन्धी रुचियों, जीवन–शैली और सम्बन्धों आदि के प्रति नज़रिये का बहुत बारीकी से अध्ययन किया है। इसके लिए सूचना तकनीक, औद्योगिक क्रान्ति, अर्थव्यवस्था, देश–दुनिया के बीच की सिकुड़ती दूरी आदि पहलुओं का सकारात्मक ढंग से अध्ययन किया है। इन तमाम पक्षों को लेकर वे पिछले कई सालों से पत्र–पत्रिकाओं, ब्लॉग, फेसबुक आदि पर लिखते रहे हैं। इस तरह वे न सिर्फ़ अपने विद्यार्थियों के बीच लोकप्रिय हैं, दूसरे विश्वविद्यालयों, शहरों के युवा संगठनों, स्वयंसेवी संस्थाओं आदि में भी उनकी पहुँच बनी है।

उनके प्रति 'किसलय' के अनुराग का अनुराग भी इसी वजह से बना है। वह तीन सालों से अनुरोध करता रहा है कि मनोहरजी

उसकी संस्था के मंच से अपने विचार रखें। पिछले साल जब उसने नलिन नारायण स्मृति किसलय कृतिकार सम्मान की योजना शुरू की तब भी उसने बहुत आग्रह किया था कि मनोहरजी ही अपने हाथों पहला पुरस्कार दें। मगर मनोहरजी तमाम वादों–इरादों के बावजूद अनुराग आरोही के किसी कार्यक्रम में शामिल नहीं हो पा रहे थे। कभी विश्वविद्यालय में दाख़िला, परीक्षा, वाइवा, साक्षात्कार वग़ैरह की व्यस्तता, तो कभी घर या रिश्ते–नाते की कोई उलझन अड़चन पैदा कर देती थी। मगर इस बार उन्हें तमाम बन्धनों को तोड़ना पड़ा। इस साल 'नलिन नारायण स्मृति किसलय कृतिकार सम्मान' के लिए ख़ुद मनोहरजी के नाम की घोषणा कर दी गयी थी। सम्मान समारोह के अगले दिन उन्हें 'नयी सूचना तकनीक, युवा मानस और साहित्य' विषय पर विचार प्रकट करने थे। बात सम्मान की हो तो रास्ते तो निकालने ही पड़ते हैं। सो, उन्होंने निकाल लिया था।

टैक्सी तय समय से पन्द्रह मिनट पहले ही उनके घर के बाहर आकर खड़ी हो गयी थी। मनोहरजी वक़्त के पाबन्द हैं, वे टैक्सी आने से पहले ही निकलने को तैयार बैठे थे। सो, चल पड़े।

ड्राइवर की बगल वाली सीट पर आगे ही बैठ गये। जिस तरह बहुत सारे मामलों में उन्होंने अपने कायदे–क़ानून बना रखे हैं, अपने आदर्श और सिद्धान्त गढ़ रखे हैं उसी तरह किराये की गाड़ी में बैठने को लेकर भी उनका अपना कायदा है। जब भी अकेले चलना होता है, हमेशा आगे की सीट पर बैठते हैं। उनका तर्क है कि इससे चालक को बराबरी का अहसास होता है। वह ख़ुद को आपके बीच का ही आदमी समझता है। पीछे की सीट पर बैठना साहब होने का अहसास देता है। ...हालाँकि इस मामले में उनका बाद वाला यह तर्क ज़्यादा सही जान पड़ता है कि छोटी गाड़ियों में पीछे की सीट पर बैठने से उछलकूद बहुत होती है। टैक्सियों का सस्पेंशन आमतौर पर ठीक नहीं होता और सीट चूँकि पहिए के ठीक ऊपर होती है, गड्ढों या फिर स्पीड ब्रेकर पर धचके बहुत लगते हैं। आगे की सीट पर आराम रहता है।...

सो, उन्होंने बैग पीछे की सीट पर रखा और आगे की सीट पर बैठ गये थे। शुरुआती औपचारिक बातचीत में उन्होंने टैक्सी ड्राइवर के नाम वग़ैरह की जानकारी ले ली। सगीर। हँसमुख और सलीके से कपड़े–लत्ते पहना हुआ।

मार्च शुरू का मौसम। ख़ुशनुमा सुबह। न ज़्यादा ठण्ड न ज़्यादा गरमी। पेड़ों ने अपने पत्ते पीले करने शुरू कर दिये हैं। कुछ दिनों में पलाश वग़ैरह फूलने लगेंगे। नीम हरियाने लगेगा। ...पूरी सर्दी की ठिठुरी–जकड़ी देह जैसे खुलने–गाने लगती है। मनोहरजी को ऐसे मौसम में यात्रा करना बहुत सुखद लगता है।

चले तो ड्राइवर ने टैक्सी का रुख़ गुड़गाँव की तरफ़ कर दिया। मनोहरजी को शक हुआ कि कहीं यह आगरे के बजाय जयपुर तो नहीं समझ बैठा है। उन्होंने टोका, 'बरखुरदार, हमें आगरा चलना है।' सगीर ने मुस्कराते हुए कहा, 'जी सर आगरा ही चल रहे हैं।' अब मनोहरजी को हैरानी हुई कि इधर से भी आगरे का रास्ता हो सकता है। उन्होंने तो नेहरू प्लेस या फिर सूरजकुण्ड होकर फरीदाबाद की तरफ़ से ही देखा था। इसलिए उन्होंने सशंकित और कुछ तल्ख़ स्वर में जिज्ञासा प्रकट की–'इधर कहाँ से जायेंगे आगरा!'

सगीर ने मुस्कराकर आश्वस्त किया था, 'आप बेफिकर रहिए सर, सही रास्ते से ले चलूँगा। बहुत अच्छी सड़क बन गयी है इधर से। सीधा फरीदाबाद के बाहर निकलेंगे। सड़क खाली मिलती है। आधे घण्टे में फरीदाबाद पहुँच जायेंगे। नेहरू प्लेस से चलेंगे तो देर लग जायेगी। सुबह स्कूल की गाड़ियों का रेला चलता है। फँस सकते हैं। इधर से कोई भीड़भाड़ नहीं होगी।'

मनोहरजी ने कहा, 'आप अनुभवी हैं, रास्तों के बारे में मुझसे बेहतर जानते हैं। वैसे भी हर गाड़ी चलाने वाले के मन में रास्ते का पहले से खाका तैयार रहता है। वह उसी पर चलना चाहता है। उस रास्ते में बदलाव होने से उसे उलझन होती है। जहाँ से ठीक समझिए, उधर से ही चलिए। बस ध्यान रखिए कि समय पर पहुँच जायें।'

'आप बिल्कुल चिन्ता मत कीजिए सर। ग्यारह से पहले ही पहुँच जायेंगे।' सगीर ने कहा। 'म्यूज़िक पसन्द करते हैं, तो एफ.एम. लगा दूँ।'

'हाँ हाँ, क्यों नहीं। बिल्कुल लगाइए।' मनोहरजी ने कहा।

सगीर ने रेडियो चलाया तो वही दिन में दस बार बजने वाले हनी सिंह, मीका वग़ैरह के गाने शुरू हो गये–खाली–पीली–खाली–पीली रोकने का नयी...तेरे डॉगी को मुझपे भौंकने का नयी। ...गन्दी गन्दी गन्दी बात। ...कोकोनट में लस्सी मिला के...। सगीर स्टेशन बदल–बदलकर कुछ सार्थक और सुरीला तलाशता रहा। या तो उसे ख़ुद ये गाने पसन्द नहीं होंगे या फिर मनोहरजी के मिज़ाज का अन्दाज़ा लगाकर वह उनके अनुरूप कुछ तलाश रहा होगा। हालाँकि मनोहरजी को इन गीतों से परहेज़ नहीं था। वे तो ख़ुद नये मिज़ाज के गीतों के ज़रिये युवा पीढ़ी की मानसिक बनावट–बुनावट का अध्ययन करते रहते हैं। अपने लेखों–भाषणों में इनका उल्लेख करते रहते हैं। मगर उन्होंने ड्राइवर से कुछ कहा नहीं। उसने स्टेशन बदलते–बदलते आख़िरकार काँटा एक जगह स्थिर कर दिया, जहाँ पुराने गीत बज रहे थे। सदाबहार नगमे क़िस्म का कोई कार्यक्रम चल रहा था। मनोहरजी जानते थे कि यह सरकारी रेडियो ही हो सकता है। ऐसी सात्विक शब्दावली और सजग स्वर किसी निजी रेडियो स्टेशन के उद्‌घोषक–प्रस्तोता का हो ही नहीं सकता। वहाँ तो रेडियो जॉकी हैं, जिनका फ़लसफ़ा बिंदासपन है।

ख़ैर, मनोहरजी को न इस स्टेशन से कोई परहेज़ था, न उस पर चल रहे गीतों से। वे सभी तरह के गीतों का आनन्द ले सकते हैं। मगर इस वक़्त उन्हें कुछ उपशास्त्रीय सुनने की इच्छा थी। समारोह में जिस विषय पर उन्हें बोलना था, उसमें बिंदास चैनलों से उद्धरण लिए जा सकते थे, मगर उसकी उन्हें ज़रूरत नहीं थी। इस विषय के तो वे पके हुए विद्वान थे। इस विषय पर अपने ज्ञान को लेकर भरोसा भी था कि जब वे बोलना शुरू करेंगे, मजमा लूट लेंगे। जहाँ भी उन्होंने बोला है, तालियाँ ही मिली हैं। इसलिए उन्हें रेडियो से उद्धरण जुटाने की ज़रूरत नहीं थी। रोचक उद्धरणों का तो भण्डार है उनके पास।

लेकिन मन को समझाया कि टैक्सीवालों के पास बेगम अख़्तर, गिरिजा देवी, फ़रीदा ख़ानम वग़ैरह के गीत कहाँ होते होंगे भला। चलने दो जो चल रहा है। मगर मन नहीं माना। जब गाड़ी गुड़गाँव के करीब पहुँचने वाली थी तो उन्होंने सगीर से कहा, 'आपके पास कव्वाली या सूफ़ी गीतों की कोई सीडी हो तो लगा दीजिए।'

'नुसरत फतेह अली पसन्द है सरजी?' कुछ देर सोचने के बाद सगीर ने पूछा।

'हाँ हाँ, बिल्कुल। वही लगा दीजिए।'

सगीर ने रेडियो बन्द कर उसमें पेनड्राइव ठूँस दी। उसमें नुसरत के गीत तलाशने लगा। मनोहरजी उसे ऐसा करते ग़ौर से देख रहे थे। आजकल सीडी ख़रीदना महँगा है, सो ज़्यादातर लोग पेनड्राइव में गाने भर या भरवा लेते हैं। इंटरनेट ने भी लोगों को अपनी पसन्द के गाने चुनने की सुविधा मुहैया करायी है। साइबर कैफे वाले ग्राहक के मनचाहे गीत तलाशकर पेन ड्राइव में भर देते हैं, मनोहरजी सोच रहे थे। उन्हें याद आया कि यह कोई नयी बात नहीं है। जब वे कॉलेज में थे, टेपरिकॉर्डर का ख़ूब चलन था। तब भी खाली कैसेट ख़रीदकर विद्यार्थी अपने साथियों से गाने उधार लिया करते थे। शहर में जगह–जगह गाने भरने वाले दुकानदार भी हुआ करते थे। एक गाना भरने का एक रुपया लेते थे। इस तरह एक पसन्दीदा गीत के लिए अलग से पूरी कैसेट ख़रीदने के बजाय एक ही कैसेट में बहुत सारे पसन्दीदा गीत भर जाया करते थे। ...तब पाइरेसी क़ानून की जानकारी नहीं थी, सो ऐसा करने में हिचक नहीं होती थी। ...अब भी पुलिस की सख़्ती के बावजूद यह धन्धा कहाँ रुक पा रहा है। जब इंटरनेट पर गीत और फ़िल्में सहज उपलब्ध हैं तो फिर पाइरेटेड सीडी बनाने वालों पर कहाँ तक लगाम लगायें।...

नुसरत का आलाप सुनायी पड़ा। सगीर ने नुसरत के गीतों का फोल्डर तलाश लिया था। ...अऽऽऽऽ अऽऽऽऽ अर्से–आजम का दूल्हा बड़ी चीज़ है ...अजमते–शाहे–वाला बड़ी चीज़ है...अऽऽऽऽ... अऽऽऽऽ...आऽऽऽऽ...

अर्से–आजम का दूल्हा बड़ी चीज़ है ...अअअऽऽऽऽ...अअअअअऽऽऽऽ...दोनों आलम का आका मोहम्मद कमलीवाला...अऽऽऽऽ...आऽऽऽऽ...आऽऽऽऽ...

क्या आवाज़ है नुसरत की! उनके आलाप का तो जवाब नहीं। लगता है कोई पहाड़ी नदी हरहराते हुए बह रही हो। ...नदी नहीं, चश्मा। शिखर से पिघलकर निकली नदी नहीं, पहाड़ के पेंदे को फोड़कर निकला हुआ चश्मा। चट्टानों से टकराता, वेग से आगे बढ़ता चश्मा। कहीं समतल पाकर ठहरता और फिर पूरी ताक़त से चल पड़ता चश्मा। ऐसा लोच और गले की ऐसी ताक़त कम लोगों में होती है। सरगम पर आते हैं तो गीत का मुखड़ा उसी में कहीं बिला जाता है। आलाप लेते हैं तो सरगम उसमें समाहित हो जाता है। उनमें अनुशासन है, तो स्वच्छन्दता भी। अपनी एक रौ है। लगता है, गीत को वे नहीं गा रहे, गीत उनको गा रहा है। उनके गले को फोड़कर खुद–ब–खुद अपने वेग से आगे बढ़ रहा है। ...साथी और साजिंदे भी उसी रंग में डूबे हुए, ऊर्जा में भरे हुए। तबले और ताली का ग़ज़ब का तालमेल है!...

मनोहरजी ने अनुभव किया कि कव्वाली शुरू हुई तो जैसे गाड़ी ने भी लय पकड़ ली है। ड्राइवर तरंगायित हो उठा है। शुरुआती फागुन की सुबह में रंग घुल गये हैं। तालियों की तड़क और तबले की गमक से गाड़ी की गति ही बदल गयी हो जैसे।

मनोहरजी नुसरत को सुनते हुए कहीं खो गये थे। गाड़ी गुड़गाँव के टोल बूथ पर पहुँच गयी थी। गाड़ियों की लम्बी क़तार। वे इस बूथ पर रोज़ भीड़भाड़ की वजह से होने वाली परेशानियों के बारे में अख़बारों में कई बार पढ़ चुके थे। अन्दाज़ा लगाया कि इतनी सुबह जब यहाँ गाड़ियों का रेला है, तो दिन में दफ़्तर आने–जाने के वक़्त क्या हाल होता होगा। ख़ैर, ज़्यादा वक़्त नहीं रुकना पड़ा। गाड़ी टोल पार कर चुकी थी।

अगला गीत शुरू हो गया था–जे तू रब नू मनौणा पहले यार नू मना, रब मन जांदा यार नू मनौणा औखा ए...ओऽऽऽऽ जे तू रब नू मनौणा ...अअऽऽऽऽ आऽऽऽऽ आआआऽऽऽऽ...जे तू रब नू मणौना...अअअअअऽऽऽऽ...

नच नच के यार मना लै, भावे लोक अंखड़ तड़ कजड़ी ए...अऽऽऽऽ अऽऽऽऽ अऽऽऽऽ आआऽऽऽऽ...रब नू तो मनौणा मुश्किल नयी, दो नफ्ल पढ़ो रब मन जाँदा, महबूब जे राजी ना होवे नच नच के मनौणा पड़दा ए...अअअअअऽऽऽऽ आऽऽऽऽ...नचना वी इबादत हो जांदा जे नचने दा चज होवे...अऽऽऽऽ आऽऽऽऽ...यार मनणे तो बिना रब नइयो मनणा.. .अऽऽऽऽ अअअऽऽऽऽ आऽऽऽऽ आआऽऽऽऽ...यार जो तैनू कहदाँ वो करके बता, रब मन जाँदा यार नू मनौणा आता है...पनी नीध पपनी नीनीध सारेधनी धरेनीध... अऽऽऽऽ अअआऽऽऽऽ...रूसे यार नू मना ले जे तू पार लंगणा...रूसे यार नू मना ले...रूसे यार नू मना ले...रूसे यार नू मना ले...अऽऽऽऽ...आऽऽऽऽ...

अपने को तो कभी यार को मनाने की ज़रूरत ही नहीं पड़ी। मनोहरजी ने सोचा। नच–नच के मनाने की तो बात ही क्या करें। बत्तीस साल हो गये ब्याह को। तेईस की उमर में हुआ था। तबसे याद नहीं पड़ता कि कभी किसी बात को लेकर श्रीमतीजी इस कदर रूठी हों कि उन्हें मनाना पड़ा हो। उन्हें ज़रूर मुझको कई बार नच–नच के मनाना पड़ा होगा। मेरी हर सुविधा का ध्यान रखना, घर को व्यवस्थित और बच्चों की हर ज़रूरत की फ़िक्र। ऐसा कभी नहीं हुआ कि किसी चीज़ के लिए ज़िद ठान ली हो। घर की ज़रूरत का कोई ऐसा सामान लेना हो जो रोज़मर्रा की चीज़ों से अलग और कुछ अधिक बजट का हो तो पाँच बार सलाह–मशविरा करेंगी–मुझसे भी, बच्चों से भी। ऐसा नहीं कि पड़ोस की महिलाओं की देखादेखी किसी चीज़ की होड़ लगा लें। ...जब से बच्चे बड़े हुए हैं पूजा–पाठ में ज़्यादा रम गयी हैं। टीवी सीरियल भी ज़्यादातर धार्मिक ही। जब मैं या बच्चे कुछ देखेंगे तभी टीवी पर कोई फ़िल्म, समाचार या फिर कोई और धारावाहिक चलेगा। मगर उस समय वे घर के दूसरे कामों में लग जायेंगी। ...यानी अपना तो रब सदा माना रैंदा है। ...मनोहरजी मन–ही–मन हँसे। गाड़ी के बजाय मित्र मण्डली में होते तो यह फिकरा उछालकर वे ज़ोर का ठहाका लगाते। मगर फिलहाल वे मुस्कराकर रह गये।

अऽऽऽऽ अऽऽऽऽ अऽऽऽऽ...नया गीत शुरू हो गया था। ...मन अटकिया बेपरवा दे नाल...उस दीन दुनी दे शाह दे नाल...मन अटकिया बेपरवा दे नाल...नदियों पार रंझण दा ठाणा...कित्ते कौल ज़रूरी जाणा...मिन्नताँ करां मल्लाह दे नाल...अरे आहे...अअअअऽऽऽऽ ...आंआंआंऽऽऽऽ... अअअअअअऽऽऽऽ... सजण बिन राताँ होइयां वड्डियां... सजण बिन...अऽऽऽऽ अऽऽऽऽ अऽऽऽऽ अऽऽऽऽ आऽऽऽऽ आऽऽऽऽ आऽऽऽऽ ...मममममपपमगरे...नीसारेरेरे...सारेमपगरे...मपधरे...नीधपमगरे...

अहा, बेपरवा से प्रीत का मज़ा भी अलग है।... मनोहर जी फिर अलग दुनिया में खो गये। ...मगर अपने को तो जैसे किसी बेपरवाह से प्रेम करना आया ही नहीं। बी.ए. तक जिन स्कूल–कॉलेजों में पढ़ाई की वहाँ लड़कियों का दाख़िला ही नहीं होता था। सिर्फ़ लड़के पढ़ते थे। सो, तब तो किसी पर दिल आने का मौक़ा ही नहीं मिला। एम.ए. में आये तो एक सहपाठिनी पर रीझे, मगर आख़िर तक इज़हार नहीं कर पाये अपनी भावनाओं का। रोज़ ही उससे बातें होती थीं। क्लास नोट्स के आदान–प्रदान से लेकर विषय सम्बन्धी अनेक प्रश्नों पर सलाह–मर्शावरा करती थी वह उनसे। वे समझते थे कि उसे उनकी भावनाओं का अहसास है। इन्तज़ार करते रहे कि किसी दिन वह ख़ुद बोले कि वह उनसे प्रेम करने लगी है। फिर तो सारे रिश्ते–नाते, सारे बंधन तोड़कर उसके हो जायेंगे। मगर वह दिन ही नहीं आया। एम.ए. पूरा हो गया। क्लास आने–जाने का सिलसिला बन्द हुआ और बहुत दिनों तक मायूस रहने, तरह–तरह की उम्मीदों और ख़यालों में जीने के बाद वे नये माहौल में लौट आये थे। शहर बदला, दोस्त बदले, मगर वह टीस नहीं गयी। अब तक कहाँ गयी है।...

...अपने ही विभाग के कई चतुर सुजान हैं, जो पता नहीं किस तकनीक से अपनी शोधार्थियों–विद्यार्थियों के मन में प्रेम का बीज रोप देते हैं। बदल–बदलकर रास रचाते रहते हैं। किसी कॉलेज या कहीं किसी विश्वविद्यालय में लेक्चरशिप दिलाने का ऐसा भरोसा जगाते हैं उनमें कि वे उनके आसपास मँडराती रहती हैं। मनोहरजी ने सदा अपने विद्यार्थियों से उचित दूरी बनाये रखी। हां, एक लेक्चरर आयी

थी एडहॉक पर कुछ साल पहले, जिसे देखकर उनका मन रूमानी हो उठा था। सुनन्दा चौहान। मानव संसाधन विकास मन्त्रालय में मुख्यसचिव की पत्नी के रिश्ते में कुछ थी। विभागाध्यक्ष पर दबाव पड़ा था उसे एडहॉक रखने का। पहले ही दिन, जब वह विभाग में आयी थी, उसे देखकर मनोहरजी तरंगायित हो उठे थे। शुरुआती परिचय वग़ैरह की औपचारिकता के बाद बातचीत का सिलसिला शुरू हुआ था।

बातचीत में पटु तो थे ही मनोहरजी, विषय के अलावा तमाम राजनीतिक विषयों पर उनके स्पष्ट विचार थे। समाजवादी धारा के नेता के रूप में वे जाने–पहचाने जाते थे। समाज की विकृतियों और मुख्यधारा के तमाम राजनीतिक दलों की ख़ामियों के बारे में बोलने को उनके पास बहुत कुछ था। किसी सत्ताधारी दल से जुड़ाव न होना उनके विचारों को मज़बूती देता था, उन्हें ईमानदार बनाता था। इसलिए छात्रसंघ चुनाव के दौरान जब समाजवादी रुझान के विद्यार्थी उनसे सलाह–मशविरा करने आते थे तो उनके साथ खड़े होने में उन्हें कोई झिझक नहीं होती थी। सुनन्दा को भी शायद उनके इन्हीं विचारों ने प्रभावित किया होगा। खाली समय में वह कई सामाजिक, राजनीतिक मुद्दों पर मनोहरजी से बातचीत करती, उनके विचार जानने की कोशिश करती। उसकी यह निकटता मनोहरजी को भाने लगी थी।...

अब वे महसूस करते हैं कि उन दिनों उनके पहनावे, खानपान की रुचियों वग़ैरह में भी कुछ बदलाव आ गया था। वह अक्सर कपड़ों और खाने–पीने की अच्छी जगहों के बारे में उनसे चर्चा किया करती। साहित्य से ज़्यादा उसे बाज़ार की जानकारी थी। एक–दो बार साथ जाकर उनके लिए कुछ कुरते–पाजामे ख़रीदवाये थे, किसी रेस्तराँ में खाना खिलाया था। ...उसे लेकर मनोहरजी के मन में नये–नये सपने पलने लगे थे। रीति–रिवाजों को तोड़ने का जज़्बा भी एक–दो बार उभरा उनमें। मगर अगले साल जब वे विभागाध्यक्ष हुए और सुनन्दा की एक कॉलेज में मुस्तक़िल तौर पर नौकरी लगवा

दी तब उनका भ्रम तड़क गया। उससे मिलना–जुलना कम हो गया था। फ़ोन पर ही बातें हो पाती थीं। नौकरी के दो महीने बीते होंगे कि वह अपनी शादी का कार्ड देने विभाग आयी थी। पता चला कि जिससे उसकी शादी हो रही थी वह पिछले कई सालों से उसका बॉयफ्रेंड था। ...हा हन्त! उस दिन मनोहरजी जितना टूटे नहीं, उससे ज़्यादा लुटे हुए महसूस कर रहे थे।

आऽऽऽऽ आऽऽऽऽ आऽऽऽऽ आऽऽऽऽ...मेरे रश्के क़मर तूने पहली नज़र, जो नज़र से मिलायी मज़ा आ गया...। नया गीत। गाड़ी गुड़गाँव से फ़रीदाबाद के रास्ते में थी। पहाड़ियों का सुन्दर दृश्य। दूर–दूर तक हरियाली। स्वाभाविक रूप से उगे बबूल, पलाश, कीकर, झरबेरियों और तरह–तरह की कँटीली झाड़ियों–वनस्पतियों का ठेठ जंगल। बीच–बीच में छिटपुट बनती बहुमंज़िला इमारतें। सुबह की धूप में नहाया जंगल मनोरम लग रहा था। ...यह इलाक़ा मनोहरजी पहली बार देख रहे थे। पहाड़ी की स्वाभाविक ऊँचाई–नीचाई, घुमाव से होती हुई उठती–गिरती, मोड़ लेती सड़क। यहाँ गाड़ियों का रेला काफ़ी क्षीण हो गया था। गाड़ी सरपट दौड़ रही थी। ...दिल्ली से सटा हुआ ऐसा भी इलाक़ा है, उन्हें अन्दाज़ा नहीं था। इन जंगलों में किसी दिन पिकनिक का प्रोग्राम रखना चाहिए।...

अऽऽऽऽ अऽऽऽऽ अऽऽऽऽ आऽऽऽऽ आऽऽऽऽ आऽऽऽऽ...सानीधमपमगरेसा... रेमपरेसा...सामा...सारे...सानी...सपा...मधपा...मधपा...मगरे...मगरे... गपगपरेसा...नीगरे...नीगमरे...गमरे...गमरे...गमरेसा...नीनीनीधा...सासासारे...

...लेकिन जगह–जगह बिल्डरों और फार्महाउसों के बोर्ड! ...इस इलाक़े को तो वन क्षेत्र घोषित कर दिया जाना चाहिए। क्या पता पहले घोषित रखा हो, फिर सरकार ने नियम बदल दिया हो। ...इसमें बिल्डरों की घुसपैठ तो एक दिन इस पूरे इलाक़े को लील जायेगी। बचेगा ही नहीं कुछ। नष्ट हो जायेगा जंगल का सारा सौंदर्य! ...इस इलाक़े में बिल्डरों के प्रवेश को लेकर कभी किसी विरोध, किसी आन्दोलन की आवाज़ भी नहीं सुनायी दी। ...होना चाहिए विरोध।...

अऽऽऽऽ अऽऽऽऽ अऽऽऽऽ आऽऽऽऽ चाँद के साये में ओ मेरे साकिया,

तूने ऐसी पिलायी मजा आ गया...नशा शीशे में अँगड़ाई लेने लगा... अऽऽऽऽ अऽऽऽऽ अऽऽऽऽ आऽऽऽऽ...

गीत से ध्यान हटाकर मनोहरजी ने सगीर से बात शुरू की। 'कितने साल हुए इस सड़क को बने हुए?'

'एक पतली–सी, टूटी–फूटी सड़क तो बहुत पहले से थी सरजी। अब इधर कॉलोनियाँ बन रही हैं, सेक्टर कट गये हैं तो किसी प्राइवेट कम्पनी के सहयोग से यह चौड़ी सड़क बन गयी है। लोग इधर रहने आयेंगे, गाड़ियाँ बढ़ेंगी, तो सड़क बनाना तो ज़रूरी था न। साल–भर पहले ही शुरू हुई है। आगे टोल बूथ भी है। फ़रीदाबाद तक रास्ता अब काफ़ी आसान हो गया है।...'

'रास्ता तो आसान हो गया है, मगर इमारतें बनेंगी तो यह पूरा जंगल ही ख़त्म हो जायेगा।'

'जंगल रखकर क्या करेंगे सरजी। जिस तरह आबादी बढ़ रही है, लोगों को रहने को घर तो चाहिए ही न। लगता है, आप सूरजकुण्ड वाले रास्ते से कभी नहीं गये। उस पर तो फ़रीदाबाद तक जगह ही नहीं बची है। कितने सारे स्कूल, मन्दिर, आश्रम और हाउसिंग सोसाइटियाँ खड़ी हो गयी हैं। उधर भी चौड़ी सड़क बन रही है।'

'ये नेता लोग कुछ नहीं छोड़ेंगे। जहाँ कमाई दिखती है, ज़मीन–जायदाद के कारोबार का रास्ता खोल देते हैं। इनमें सारे नेताओं के नाते–रिश्ते वाले, नज़दीकी लोगों या फिर मोटा चढ़ावा देने वाली कम्पनियों ने अपने नाख़ून गाड़ दिये होंगे।...'

अअआऽऽऽऽ अअआऽऽऽऽ अअअअआऽऽऽऽ शेख़ साहिब का ईमान बिक ही गया...अऽऽऽऽ अअआऽऽऽऽ आआऽऽऽऽ...देखकर हुस्ने–साकी पिघल ही गया...

'सरजी, इस जंगल और बंजर पहाड़ से पेट तो नहीं भरेगा न किसी का भी। इन जंगलों के बीच कई गाँव हैं। मगर देखो न इन पत्थरों में क्या उगेगा। लोगों को खाने को तो चाहिए न। कीकर और झरबेरियाँ तो बस ढोर–डंगर के पेट भर सकती हैं। मगर ढोर–डंगर

पाल के कहाँ तक गुज़ारा होगा। इस इलाके के चारों ओर चमक है, ख़ुशहाली है। इस उजाड़ में रह रहे लोगों को भी तो इन चीज़ों की ललक होती होगी। कौन नहीं चाहता बेहतर ज़िन्दगी। बेचेंगे ही वे अपनी ज़मीनें। अब तो काफ़ी अच्छी क़ीमत मिल रही होगी इन ज़मीनों की।...' सगीर ने तर्क किया।

'यह सब इतना सीधा मामला नहीं है, सगीर मियाँ। बहुत टेढ़ा गणित है। मामला सिर्फ़ रोज़ी–रोज़गार, पेट भरने का होता तो क्या बात थी। ज़रा ग़ौर से देखेंगे तो आपको पता चलेगा कि विकास के नाम पर, नये रोज़गार पैदा करने के नाम पर यह जो जगह–ज़मीन की लूट मची है पूरे देश में, उससे सिर्फ़ मुट्ठी–भर लोग दिन पर दिन धनी होते जा रहे हैं। आप हम जैसे लोगों की ज़िन्दगी पर बहुत फ़र्क़ नहीं पड़ता। बल्कि आम आदमी तो पहले की अपेक्षा ज़्यादा क़र्ज़ में डूबता गया है। ...गुड़गाँव फैल गया, उसमें जिनकी ज़मीनों पर ये आलीशान इमारतें बनीं, बहुराष्ट्रीय कम्पनियों के दफ़्तर खुले, उन किसानों के बच्चे कितने ख़ुशहाल हुए, जाकर देखिए तो सही। बस चमचमाता घर बन गया, गाड़ियाँ ख़रीद लीं। उससे पेट तो नहीं भर रहा न। क्या कर रहे हैं वे बच्चे। पढ़ाई–लिखाई कुछ ख़ास कर नहीं पा रहे। अपराधी बन रहे हैं। ...बस नेताओं और व्यापारियों की मौज हो रही है। सौ–सौ गज के रकबे में बने फ्लैटों की क़ीमत करोड़ों में पहुँचा दी इन लोगों ने। कौन ख़रीदता है इन्हें। ज़्यादातर लोग तो तीस हज़ार के नीचे की नौकरी करते हैं। अब आप सोचिए, कहाँ से ख़रीद पायेंगे वे इन सोसाइटियों में घर। क्या उन्हें घर नहीं चाहिए। वे किराये पर रहने को विवश हैं। कमाई का आधा हिस्सा किराये पर ख़र्च कर देते हैं। मगर किसी नेता, किसी सरकार की यह चिन्ता नहीं है कि घर रहने के लिए बनें, कारोबार के लिए नहीं।...' बोलते–बोलते मनोहरजी की साँसें तेज़ हो गयी थीं।

अअअअआऽऽऽऽ शेख़ साहिब का ईमान बिक ही गया...अऽऽऽऽ अअआऽऽऽऽ आआऽऽऽऽ... देखकर हुस्ने–साकी पिघल ही गया...

टोल बूथ निकल गया था। अचानक ट्रक–ट्रॉलों का रेला मिला। पत्थरों से भरे ट्रॉले। सरपट भागता यातायात अब रेंगने लगा था। मनोहरजी ने अन्दाज़ा लगाया था कि इधर क्रशर चल रहे होंगे, जहाँ इन पत्थरों को ले जाकर बजरी बनायी जाती होगी। ...जब इतने बड़े पैमाने पर निर्माण कार्य होगा तो इनकी ज़रूरत तो बनी ही रहेगी। पहाड़ियों को छील–छेद कर बजरी बनेगी। नदियों को काटकर रेत निकलेगी। कहीं पहाड़ सीमेंट फैक्टरियों की भेंट चढ़ेंगे। और यह सब पुलिस की निगहबानी में चलता रहेगा। ...अख़बार–टीवी में आता रहता है इन ग़ौरखधन्धों का समाचार, मगर होता क्या है। कुछ नहीं। दबा देते हैं नेता लोग। चुप लगा जाता है, प्रशासन। सब कुछ क़ानूनी बना दिया जाता है। ...अब मनोहरजी को कुढ़न होने लगी थी। कर्नाटक, राजस्थान, मध्यप्रदेश, गोवा वग़ैरह के खनन माफ़िया से जुड़ी तमाम ख़बरें उनके दिमाग़ में रेले की तरह एक साथ गुज़र गयीं। उन्होंने सगीर को कोंचा, 'आप तो कह रहे थे सगीर मियाँ, कि इधर से रास्ता साफ़ मिलेगा!'

'बस दो–तीन किलोमीटर की मुश्किल है सरजी। ये ट्रॉले आगे दूसरे रास्ते पर मुड़ जायेंगे। दस मिनट में सारा जाम ख़त्म हो जायेगा।'

मनोहरजी चुपचाप खिड़की से बाहर देखते रहे। चढ़ाई चढ़ने को दम लगाते, पत्थरों से भरे ट्रॉलों और उनके लिए रास्ता बनाते पुलिसवालों को देख कर उनके मन में जैसे कड़वाहट घुल गयी थी।

...वो हटा रहे हैं परदा सरेबाम चुपके चुपके...वो हटा रहे हैं परदा ...मैं नज़ारा कर रहा हूँ सरेशाम चुपके चुपके...सरेबाम चुपके चुपके... चुपके–चुपके चुपके–चुपके...मुझे दे रहे हैं शायद वो पयाम चुपके चुपके ...अऽऽऽऽ अअऽऽऽऽ हऽऽऽऽ हऽऽऽऽ सारेगमपध धधनी पपम धनीधपमगसा ...कोई क़त्ल हो रहा है सरेआम चुपके चुपके...अऽऽऽऽ अअऽऽऽऽ हऽऽऽऽ...

...नुसरत तेज़ी से गाने में गलतियाँ भी कर जाते हैं कभी–कभी। फंबलिंग हो जाती है उनसे। शब्दों का उच्चारण गड़बड़ा जाता है उनका। एक ही शब्द को पहले ठीक से बोलते हैं, बाद में ग़लत

उच्चारण कर बैठते हैं। ...एक पके हुए गायक से यह तो नहीं होना चाहिए। ...मनोहरजी का ध्यान नुसरत के किसी उच्चारण पर अटक गया था।...

सगीर ने सही कहा था, दस मिनट बाद रास्ता साफ़ हो गया। ट्रॉले किसी दूसरी सड़क पर मुड़ गये थे। अब गाड़ी आगरा रोड पर चल रही थी। शहर की आबादी ख़त्म हुई तो खेतों की हरियाली देख जैसे मनोहरजी की बेचैनी कुछ कम हुई। सरसों गदराकर पकने को थी। उन्होंने अन्दाज़ा लगाया कि गेहूँ के खेत भी कुछ दिनों में पियरा जायेंगे। दूर से ही मथुरा रिफ़ाइनरी की ऊँची चिमनी से लगातार निकलती आग की लपट दिखने लगी थी। सुबह के आठ बजे थे। अब उन्हें चाय पीने की इच्छा हुई। सगीर से कहा, 'सगीर मियाँ, कोई साफ़–सुथरी जगह देखकर रोकियेगा, चाय पियेंगे।'

'ठीक है, सरजी। आगे सागर रत्ना है। वहीं रोक लेंगे।'

'ठीक है। आप बेहतर समझते हैं।'

...ये जो हल्का–हल्का सुरूर है, सब तेरी नज़र का कुसूर है कि शराब पीना सिखा दिया...शराब कैसी, ख़ुमार कैसा, सब तुम्हारी नवाज़िशें हैं... सारा जहान मस्त, जहाँ जाऊँ वहाँ मस्त...सहर मस्त, शाम मस्त...

मनोहरजी खेतों को देखते हुए नुसरत की आवाज़ में खो गये थे। हालाँकि यह सुरूर बहुत देर तक नहीं रहा। आगे तरह–तरह के तकनीकी संस्थानों, निजी विश्वविद्यालयों के बोर्ड और इमारतें दिखाई देने लगीं। दूर–दूर तक निर्जन इलाक़ा, न कोई गाँव न शहर–बाज़ार, बस शिक्षा संस्थानों की घेरेबन्दी। ...यह भी नेताजी लोगों का ही रहमोकरम है। मोटी–मोटी रकम लेकर सेठ–साहूकारों, भ्रष्ट अधिकारियों के बच्चों को डॉक्टरी, इंजीनियरिंग वग़ैरह की डिग्रियाँ बाँट रहे हैं। उनकी देखादेखी आसपास के किसान भी पुश्तैनी ज़मीन–जायदाद बेचकर अपने बच्चों को डॉक्टर–इंजीनियर बनाने के सपने देख रहे हैं। मगर सब कुछ लुटा के भी उनके हाथ कुछ नहीं लगता। ...पहुँच वाले बच्चे ही यहाँ से डिग्रियाँ लेते हैं और

फिर कहीं किसी कम्पनी में ऊँची तनख़्वाह पर कोई ओहदा हासिल करते हैं या फिर अपना कोई अस्पताल, कंस्ट्रक्शन कम्पनी वग़ैरह खोल लेते हैं।...

सगीर ने चाय के लिए गाड़ी रोक दी थी। मनोहरजी ने सिर को झटका दिया–टेलीविज़न–अख़बारों की ख़बरों में खोये रहने का यह नतीजा है कि हर बात विमर्श का विषय बन जाती है। ...हम बस सोचते रहते हैं, हर बात पर आपस में उलझते और लिख–लिखकर सरकार और व्यवस्था को कोसते रहते हैं, मगर होता कुछ नहीं है। हम तो जैसे सिर धुनने को अभिशप्त हैं। ...सारा जहान मस्त...। इस बार जैसे उन्होंने ख़ुद को फटकार लगायी और चाय–नाश्ते के लिए गाड़ी से उतर गये।

बीच में एक–दो बार फ़ोन करके अनुराग ने खोज–ख़बर ली थी कि मनोहरजी कहाँ तक पहुँचे, कोई परेशानी तो नहीं आ रही। ...मनोहरजी को इसीलिए छोटे शहरों, छोटी जगहों के आयोजनों में जाना अच्छा लगता है। वहाँ लोगों से जो स्नेह, आदर, लगाव मिलता है, बड़े शहरों में कभी नहीं मिलता। बड़े शहरों में सब कुछ यान्त्रिक–सा रहता है। आप ख़ुद अपने साधन से गिरते–पड़ते पहुँचिए, लोगों से हाथ मिलाइए, बनावटी हँसी–मुस्कान का आदान–प्रदान कीजिए, जो कहना–बोलना है बोलिए, आयोजकों को बिल पकड़ाइए, पैसा लीजिए, घूमना–फिरना है तो ख़ुद कीजिए, फिर वापस लौट आइए। मगर छोटी जगहों के लोग आपको सिर्फ़ बोलने–सुनने के लिए नहीं बुलाते। उनके मन में सम्मान होता है। आपकी हर ज़रूरत का ध्यान रखते हैं। इसके लिए वे बार–बार अपनी जेब नहीं टटोलते। ...युवाओं में सम्मान का भाव कुछ अधिक होता है। ...अनुराग को ही देखो, उसे रास्ते में भी मेरी सुविधा–असुविधा को लेकर चिन्ता बनी रही। ...इसीलिए तो मुझे युवाओं से लगाव है। ...यही युवा तो हमारे विचारों को आगे बढ़ायेंगे, हमारे लिखे–कहे को ज़िन्दा रखेंगे।...

ख़ैर, बारह बजे से पहले ही वे आगरा पहुँच गये थे। वहाँ उनके स्वागत में अनुराग के साथ कुछ और लड़के खड़े थे। सफ़र के बारे में पूछा–ताछा, सामान होटल में रखवाया और फिर यह कहकर थोड़ी देर के लिए रुख़्सत हो गये थे कि 'आप हाथ–मुँह धो लें, पहले चाय भिजवाते हैं, फिर भोजन करेंगे। हम आधे घण्टे बाद फिर हाज़िर होंगे। जरा उस हॉल की व्यवस्था भी एक बार देख लें, जहाँ कार्यक्रम होना है।'

पौने एक बजे दो साथियों को लेकर अनुराग वापस आया था, 'चलिए भोजन करते हैं। नीचे डाइनिंग हॉल में चलना होगा।'

मनोहरजी हाथ–मुँह धोकर पहले से तैयार थे। कमरे में ताला लगाया और नीचे उतर गये।

भोजन के समय अनुराग के साथी लड़के मनोहरजी के लेखन की तारीफ़ किये जा रहे थे। मगर मनोहरजी की चिन्ता दूसरी थी। वे जानना चाहते थे कि उद्‌घाटन समारोह में कौन–कौन लोग उपस्थित होंगे। सम्मान समारोह में किन लोगों की महत्त्वपूर्ण भूमिका होगी। किसे सबसे पहले बोलना होगा और किसे सबसे बाद में। उसी हिसाब से उन्हें अपना मानस तैयार करना था। अपने भाषण में क्या बातें कहनी होंगी, पहले से मन बना लेना होगा। सबसे पहले बोलने के लिए अलग तैयारी की ज़रूरत होती है, बाद में बोलने के लिए अलग। पहले बोलने वाला तो एक तरह से विषय प्रवर्तन कर रहा होता है, जबकि बाद में बोलने वाले को आसानी होती है कि पहले बोल चुके लोगों की कही बातों को आधार बनाकर अपनी टिप्पणी जड़ दे।...

खाना खाते हुए मनोहरजी ने पूछा, 'कार्यक्रम का उद्‌घाटन किससे करवा रहे हो अनुराग?'

'भाईसाहब, यहाँ के सांसद हैं नचिकेता नारायण, आपके साथ वह भी होंगे। वही आपको सम्मानित भी करेंगे।'

'किस पार्टी के नेता हैं?'

'भाजपा से हैं। बहुत सम्मान है उनका इस इलाक़े में। तीन बार से लगातार यहाँ के सांसद हैं। ...उनके पिताजी नलिन नारायण

सिंह की स्मृति में ही हमने कृतिकार सम्मान शुरू किया है। आप तो जानते होंगे नलिन नारायण सिंह को। बहुत सक्रिय और ऊर्जावान कवि थे। बताते हैं कि जब वे मंच पर कविताएँ पढ़ना शुरू करते थे तो लोग जोश से भर उठते थे। फ़रमाइश पर फ़रमाइश। तालियों पर तालियाँ। यहाँ के लोग बड़ी इज़्ज़त करते हैं उनकी। वे सिर्फ़ कवि नहीं, स्वतन्त्रता संग्राम सेनानी और समाज सुधारक भी थे। ...एक स्कूल अध्यापक होने के साथ–साथ आज़ादी की लड़ाई में किस तरह उन्होंने इस शहर के लोगों में जागरूकता पैदा की, उसे लोग अब तक नहीं भूले हैं। आज भी पूरे शहर में लोग उन्हें सुरासी मास्साब के रूप में जानते–पहचानते हैं।...'

मनोहरजी कुछ देर को जैसे ठण्डे पड़ गये। समझ नहीं पा रहे थे कि क्या कहें। उन्हें एक पल को पछतावा हुआ कि जो बातें वे यहाँ पहुँच कर जानने की कोशिश कर रहे हैं, उन्हें पहले ही क्यों नहीं जान–समझ लिया। तब शायद यहाँ आने के बारे में निर्णय करना उनके लिए आसान हो जाता। ...मगर उन्होंने अपने को समझाया, नेता है तो किसी–न–किसी पार्टी से तो जुड़ा ही होगा। न भी जुड़ा होता तो क्या फ़र्क़ पड़ जाता। अगर यह भाजपा से न जुड़ा होकर दूसरी किसी पार्टी से जुड़ा होता तो क्या अन्तर आ जाता। फिर राजनेता से साहित्यकार की दूरी क्यों होनी चाहिए। घृणा का भाव क्यों होना चाहिए। विरोधी विचार के मंच पर भी अपने विचार रखने का अवसर मिले तो ऐसा करने से बचने की कोई तुक नहीं है। अगर वे हमारे विचार सुनने को तैयार हैं तो हमें क्यों आपत्ति होनी चाहिए।...

भोजन के बाद वे होटल के अपने कमरे में आ गये। बिस्तर पर लेटे–लेटे कुछ देर खुद से लड़ते रहे। फिर तमाम तर्क–वितर्कों के बाद उन्होंने खुद को नये सिरे से तैयार कर लिया।

शाम को कार्यक्रम स्थल पर पहुँचे। भारी भीड़। इतनी भीड़ तो दिल्ली में कभी नहीं जुटती। हालाँकि अन्दाज़ा लगाना मुश्किल नहीं था कि भीड़ में बहुत सारे लोग सांसद महोदय की नज़दीकी

की वजह से जुटे थे। सांसद महोदय मंच पर पहुँचे तो तालियों की गड़गड़ाहट हुई। दीप जले, माल्यार्पण हुआ। मंच पर रखे सांसद महोदय के पिता के बड़े से चित्र को पुष्पहार पहनाया गया। उसके बाद सांसद महोदय की विरुदावली गायी गयी, फिर उनके पिता के योगदान पर एक लम्बा पर्चा पढ़ा गया। अनुराग ने अपनी संस्था की गतिविधियों के बारे में विस्तार से बताया।

मनोहरजी मंच पर बैठे–बैठे ऐसी संस्थाओं की गतिविधियों के बारे में सोचते रहे–आज के युवा सत्तापक्ष से करीबी बनाने, अपनी संस्था के लिए धन–साधन का जुगाड़ करने को क्या–क्या तरकीबें नहीं अपनाने लगे हैं। ...जो हो, साहित्य के लिए इतना कुछ कर रहे हैं, साहित्यकारों का सम्मान कर रहे हैं, यह कम प्रशंसनीय नहीं है। इतने बड़े आयोजन के लिए धन की व्यवस्था करना आसान भी तो नहीं है। ऐसे कार्यक्रमों के लिए हर कोई कहीं–न–कहीं से पैसे का जुगाड़ करता ही है। किसी सेठ–साहूकार, किसी नेता–मन्त्री से। कुछ नहीं तो सरकारी सहयोग के लिए निहोरा करता है। वैसे भी, जो स्थापित सम्मान हैं, उनमें राजनीति कहाँ कम है। ...महत्त्वपूर्ण यह नहीं है कि आयोजन किसके पैसे से हो रहा है, महत्त्वपूर्ण है कि आयोजन का मक़सद क्या है, उससे लाभ क्या होने वाला है। यह सोचकर मन क्यों ख़राब करना कि किसके साथ उन्हें मंच साझा करना है। नेता है तो क्या हुआ। यहाँ के लोगों का प्रतिनिधि है। ...मनोहरजी के भीतर अभी तक जो थोड़ा–बहुत जमा हुआ था, मंच पर बैठे–बैठे सबकी बातें सुनते हुए वह भी पिघल गया।

सहर्ष सम्मान ग्रहण किया। अपने बयालीस मिनट के भाषण में उन्होंने किसलय संस्था के प्रति आभार जताया। उसके कार्यों की तारीफ़ की। अनुराग से अपनी निकटता का इज़हार किया। सांसद महोदय के पिता के लेखन के बारे में कुछ देर कहा और फिर सांसद महोदय के साहित्य के प्रति लगाव की तारीफ़ की–'आज जिस तरह राजनीति की साहित्य से दूरी बढ़ती जा रही है, उसमें नचिकेता नारायण जैसे लोगों का साहित्य से लगाव, साहित्य को प्रोत्साहन

आह्लादित करता है, भरोसा जगाता है।' तालियाँ बजती रहीं। तस्वीरें खिंचती रहीं।

अगले दिन नयी सूचना तकनीक और युवा मानस विषय पर मुक्त भाव से जमकर बोले। तालियाँ और तारीफ़ें बटोरीं और ससम्मान दिल्ली का रुख़ कर लिया।

दिल्ली लौटकर अगले दिन फेसबुक पर गये तो वहाँ आग सुलगती दिखायी दी। अनुराग ने अपने कार्यक्रम की रिपोर्ट वहाँ चस्पाँ की थी। स्थानीय अख़बारों में छपी ख़बरों की कतरनों के साथ मनोहरजी की कई तस्वीरें और भाषण के प्रमुख अंश भी लगे हुए थे। मगर उसके नीचे कमेंट्स में किसी ने तीली घुसेड़ दी थी, जो लगातार सुलग रही थी– 'मनोहरजी का संघ की तरफ़ झुकाव हैरान करने वाला है। ऐसा पतन! जिस सांसद के माथे पर साम्प्रदायिक दंगे फैलाने और निर्दोष लोगों की हत्या का कलंक लगा हो, उसके साथ मंच साझा करने से भी परहेज़ नहीं किया।' फिर कमेंट पर कमेंट।

मनोहरजी सनाका खा गये। इस पहलू से वे अपरिचित थे। उन्होंने अनुराग को फ़ोन लगाया–'यह सब क्या है भाई!'

'भाईसाहब, कुछ लोगों की आदत होती है हर बात को ग़लत दिशा में मोड़ देने की। इसे लेकर विचलित क्या होना। ...स्वान रूप संसार है, भूंकन दे झख मार।...'

मगर मनोहरजी के लिए इस झँझावात को झेल पाना आसान नहीं था। कई लोगों के फ़ोन आये। उनमें उनके विद्यार्थियों के फ़ोन अधिक थे। सबको जवाब दिया, समझाया, एक तरह से अपने पक्ष में तैयार किया कि वे उनके पक्ष में कूद पड़ें फेसबुक के अखाड़े में। ...उनसे दाँव–पेंच सीख कर कई पहलवान कूदे भी अखाड़े में, पर पटखनी खाते रहे।

तीसरे दिन जब हाहाकार कुछ अधिक बढ़ गया, कुछ नामचीन साहित्यकारों ने भी लकड़ी डालनी शुरू कर दी तो मनोहरजी ने सारे

मामले पर पानी डालने की गरज से टिप्पणी लिखी–'कुछ कट्टरपन्थी क़िस्म के साहित्यकार और उनके उकसाये, भटके हुए युवा बेवजह इस प्रसंग को तूल दे रहे हैं। ...ऐसी संकीर्ण मानसिकता के चलते ही साहित्य का भला नहीं हो पा रहा।...'

मगर यह टिप्पणी पानी के बजाय घी साबित हुई। सवालों और लताड़ों की झड़ी लग गयी।

मनोहरजी हैरान। टिप्पणियाँ पढ़–पढ़कर कुछ विचलित, कुछ परेशान होते रहे। मगर उन्हीं में से उन्हें ख़ुद को संयत करने का आधार भी मिला। ...क्या भ्रष्ट भाषा है! क्या हो गया है आज के लेखकों को! विरोध में भाषा की मर्यादा भी भूल जाते हैं!...

इसी माहौल में फ़ोन आया मनोहरजी के दोस्त और समाजविज्ञान के प्रोफ़ेसर लालिता प्रसाद श्रीवास्तव का, 'क्या भाई, क्या काण्ड कर आये आगरा में! किसी ने बताया तो अभी–अभी पढ़ा मैंने सारा विवाद।'

मनोहरजी जानते थे कि लालिता प्रसादजी अब अपने समाजविज्ञान में दर्शन मिलाकर कुछ ज्ञान देंगे। साहित्य के ज़रिये समाजविज्ञान के सिद्धान्तों को पुष्ट करना उनका शगल है। इसको वे अपने अध्ययन का विशेष क्षेत्र बना चुके हैं। अब मनोहरजी की खिन्नता ख़त्म हो गयी थी। काफ़ी हद तक संयत हो चुके थे, इसलिए लालिता प्रसाद जी का दर्शन सुनने को तैयार थे।

'जब पढ़ ही चुके हैं, तो अन्दाज़ा लगा लिया होगा काण्ड का। हमारे साहित्य में यह कोई नयी बात तो है नहीं और न मैं कोई पहला आदमी हूँ, जिसे ऐसी आग में हाथ जलाना पड़ा है। अब आप बतायेंगे इसका समाजवैज्ञानिक कारण। मगर फ़ोन पर नहीं, कुछ लिखें तो बात बने।...' मनोहरजी ने कहा।

'हाँ, वह तो समझ गया मैं। देखिए, महत्त्वपूर्ण यह नहीं है कि समस्या क्या है, महत्त्वपूर्ण है कि समस्या क्यों है। कोई समस्या अपने आप में स्वतन्त्र इकाई नहीं होती। हर समस्या के साथ कई दूसरी समस्याएँ भी जुड़ी होती हैं।...'

'यह फार्मूला तो आप कई बार बता चुके हैं। अब आप जो कहना चाहते हैं उसे लिख डालिए, तब समझ में आयेगा।' मनोहरजी ने उन्हें टोका।

'नहीं, निष्कर्ष यह कि आप इस प्रकरण को दिल पर लेने के बजाय सहज ढंग से लीजिए। मस्त रहिए। इस विवाद से कोई नयी दृष्टि मिल सके तो उसे समझिए।'

'काफ़ी हद तक समझ गया हूँ। मस्त हूँ। सारा जहान मस्त, जिसे देखूँ वही मस्त, सो मैं भी मस्त।'

ज्योतिर्मय भइया की आसमानी दुकान

अपने हिसाब से दो साल पूरी मेहनत, लगन और ईमानदारी से नौकरी करने के बाद आज मैंने इस्तीफ़ा दे दिया। शुरू में तो लगता रहा कि मैं ऐसा कुछ करूँगा, जो दूसरे लोगों के लिए मिसाल होगा, मगर कम्पनी की उम्मीदों पर खरा उतरना मेरे लिए दिन–पर–दिन चुनौती बनता गया था। साल–भर बाद तो हर समय जैसे अपमान झेलना पड़ रहा था। आख़िरकार स्थिति ऐसी बनी कि नौकरी छोड़नी पड़ी। छोड़ दी।

सोचता हूँ गाँव लौट जाऊँ, वहीं कुछ करूँ। मगर वहाँ करूँगा क्या। यहाँ रहकर भी क्या करूँ। पहली नौकरी थी, सोचा था यहीं टिका रहूँगा, मगर टिक नहीं पाया। इस शहर में कोई नौकरीपेशा न हो तो गुज़ारा मुश्किल है। नयी नौकरी के बारे में सोचा नहीं है। अब नौकरी करने का मन होता भी नहीं। अपना ही कुछ काम शुरू कर दूँ। मगर नये काम में जोखिम बहुत होते हैं। ...करना तो कुछ न कुछ पड़ेगा। गाँव लौटकर जाऊँगा तो लोग हँसेंगे। कहेंगे, इतना पढ़–लिख के आ गये गाँव।...

ज्योतिर्मय भइया की याद आ रही है। उनके पास होगा कोई उपाय। उनसे बात करके मन हल्का हो जायेगा। ...मगर उनसे भी तो सम्पर्क बहुत नहीं रख पाया मैं। पिछले एक साल से उनसे मिलने नहीं गया। पास में रहकर भी इतना दूर हो गया हूँ उनसे। ...मगर उन्होंने भी इस एक साल में कहाँ मेरी खोज–ख़बर ली। ...पर उनको क्या दोष देना। मैंने ही उनसे दूरी बनायी थी। छोड़ आया था उनका

काम। हालाँकि उन्होंने तो मुझे यह नौकरी दिलाने में मदद ही की थी। मैं अपनी अकड़–फूँ में उनके काम को धोखाधड़ी समझता रहा। सिर्फ़ पैसा कमाने का माध्यम मानता रहा। उसे समाज की तरक्की का रोड़ा करार देता रहा।...

नौकरी के तनावों से घिरता गया तो अपनी ही खोल में सिमटता गया। आदमी अपनी तकलीफ़ें छिपाने की कोशिश में धीरे–धीरे अपनों से भी दूर होता जाता है। वही हुआ मेरे साथ। ज्योतिर्मय भइया से भी दूरी बढ़ाता चला गया। जब मैंने ही सम्पर्क रखना छोड़ दिया तो भला वे क्यों रखते। वे तो व्यस्त आदमी हैं। उनका अपना कारोबार है। उसकी ढेर सारी चिन्ताएँ हैं। अब तो उनका कारोबार काफ़ी बढ़ गया होगा। उनकी वेबसाइट भी मैंने काफ़ी समय से खोलकर नहीं देखी। ...इस दूरी के लिए ज़िम्मेदार ज्योतिर्मय भइया नहीं, मैं ख़ुद हूँ।...

ज्योतिर्मय भइया मेरे मन में उतरते जा रहे हैं। इस समय वे मेरे पास कुछ ज़्यादा मौजूद हैं। दिल्ली के शुरुआती दिन एक–एक कर उभर रहे हैं।...

जब दिल्ली आया तो ज्योतिर्मय भइया को देखकर मुझे बहुत हैरानी हुई थी। ज्योतिर्मय भइया यानी मेरे मँझले मामा के बड़े बेटे। बरसों बाद मैं उनसे मिला था। करीब सत्रह साल बाद। पिछली और आख़िरी बार जब वे मेरे गाँव आये थे तो उनसे मिलकर मैं अभिभूत हो उठा था। उसी साल मैंने दसवीं की परीक्षा फर्स्ट डिवीज़न में पास की थी। तब ज्योतिर्मय भइया कोलकाता के प्रेसिडेंसी कॉलेज में बी. एस.सी. कर रहे थे। वे कुछ दिनों के लिए गाँव आये थे। मैंने उनके बारे में माँ और पिताजी से बहुत कुछ सुना था। यह कि ज्योतिर्मय भइया पढ़ाई में बहुत तेज़ हैं। फालतू कामों की तरफ़ ध्यान नहीं देते। बस किताबों में खोये रहते हैं। परिवार को उनसे काफ़ी उम्मीदें हैं। सबको विश्वास है कि वे कोई बड़े सरकारी अफ़सर बनेंगे। माँ तो अक्सर ज्योतिर्मय भइया की नज़ीर दे–देकर मुझे पढ़ाई में मन लगाने को प्रेरित करती रहतीं।

पिछली बार जब ज्योतिर्मय भइया मेरे गाँव आये थे तब उनके बातचीत करने, पहनने–ओढ़ने, हँसने–मुस्कराने, नहाने–धोने, बाल सँवारने, खाने–पीने, उठने–बैठने के ढंग, उनके कपड़े, जूते हर चीज़ को मैं बड़े ग़ौर से देखता रहा था। तब उनसे बात करने में बड़ा संकोच होता था। मैं दबा–सकुचाया रहता। सोचता कि मेरी बातचीत का तरीक़ा, बोलने का लहजा पता नहीं ज्योतिर्मय भइया को कैसा लगता होगा। तब मेरे बोलने में भोजपुरी का लहजा ज़्यादा था। भोजपुरी के ही शब्द ज़ुबान पर चढ़े थे। तब ज्योतिर्मय भइया से बात करते हुए मैं सोचता कि पता नहीं मेरे बारे में वे क्या सोचते होंगे।

मगर माँ के लिए तो ज्योतिर्मय भइया जैसे देवदूत की तरह आये थे। वे दिन–भर उनकी आवभगत में लगी रहतीं–क्या खाओगे बाबू, क्या पी ओगे बाबू, हलवा बना दूँ, बेल का शर्बत बना देती हूँ बाबू। दिन–भर कुछ–न–कुछ उन्हें खिलाने–पिलाने में ही लगी रहतीं। तब बुज़ुर्गों से सुना जुमला बराबर मेरे मन में घुमड़ता रहा कि मायके से कोई आ जाये तो महिलाओं के पंख लग जाते हैं। ...ज्योतिर्मय भइया तो फिर भी माँ के भतीजे थे।

माँ ज्योतिर्मय भइया को खिलाती–पिलाती रहतीं और कहती रहतीं कि बाबू, मेरे बेटे को भी कुछ सिखाओ–पढ़ाओ ताकि यह भी तुम्हारी तरह बने। मुझसे कहतीं–सीखो कुछ अपने ज्योतिर्मय भइया से। देखो यह कितना पढ़ाकू है। पढ़ाई में हमेशा अव्वल आता है। तब ज्योतिर्मय भइया का जलवा देखकर मन–ही–मन संकल्प किया था कि मैं भी उनकी तरह बनूँगा, उन्हीं की तरह व्यवहार करूँगा।

मेरे मँझले मामा कोलकाता में जाकर बस गये थे। माँ बताती हैं कि नाना से किसी बात पर खटपट हुई थी और वे बचपन में ही कोलकाता भाग गये थे। वहाँ कई तरह के काम करने, इधर–उधर भटकने के बाद उन्होंने कपड़े की दुकान खोल ली थी। अब वे बड़े दुकानदार बन गये हैं। साल–दो साल पर कभी गाँव आते, तो सारी रिश्तेदारियों में घूम जाते। ज्योतिर्मय भइया कोलकाता में ही पैदा हुए, वहीं उनका बचपन बीता। इसलिए उनमें गाँव–गिराँव का कोई

निशान नहीं रह गया था। बस, टूटी–फूटी भोजपुरी बोल लेते थे, पर उसमें भी बांग्ला का पुट अधिक होता था।

ख़ैर, सत्रह साल बाद मैं ज्योतिर्मय भइया से मिला था, दिल्ली में। ट्रेन अपने समय पर पहुँच गयी थी–साढ़े पाँच बजे सुबह। वे ख़ुद आये थे मुझे लेने नयी दिल्ली स्टेशन पर। ...कितना बदल गये थे ज्योतिर्मय भइया। उमर के साथ–साथ शरीर में बदलाव तो आता ही है, ज्योतिर्मय भइया का चेहरा भी बदल गया था। वह तो अच्छा हुआ कि जैसे ही ट्रेन रुकी, वे सीधे मेरी सीट पर पहुँच गये थे, नहीं तो उन्हें एकदम से पहचानना मुश्किल होता मेरे लिए। शायद उनके लिए भी होता, इसलिए उन्होंने सीधे मेरी सीट पर पहुँचना ठीक समझा होगा। हालाँकि फ़ोन पर अक्सर उनसे बात हो जाया करती थी। हमेशा वे हिन्दी में बात शुरू करते और अपनी रौ में सहज भाव से नफ़ीस अंग्रेज़ी बोलने लगते।... दिल्ली आने से पहले मैंने अपनी ट्रेन और सीट वग़ैरह की जानकारी उन्हें एस.एम.एस. से दे दी थी।

चमचमाती काले रंग की एस.यू.वी. में आये थे वे। गाड़ी में बैठते ही उन्होंने सिगरेट का पैकेट उठाया और खोलकर मेरी तरफ़ बढ़ा दिया। मैंने नकार में गरदन हिलायी, तो उन्होंने बड़े सहज भाव से एक सिगरेट निकाली, होंठों में दबायी और लाइटर से जला ली। गाड़ी चलाते हुए उन्होंने बात शुरू की–अच्छा किया तुम यहाँ आ गये। इधर–उधर भटकने से अच्छा है, अपना काम शुरू कर दो। मेरे साथ लग जाओ। कुछ दिन देखो, अच्छा लगे तो करना, नहीं तो कोई दूसरा रास्ता तलाशेंगे।...

यह तो मैं जानता था कि कई कम्पनियों में काम करने के बाद ज्योतिर्मय भइया ने ऑनलाइन मार्केटिंग का अपना बिज़नेस शुरू किया है। कम्प्यूटर इंजीनियरिंग करने के बाद उन्होंने मार्केटिंग में एम.बी.ए. किया था। उन्हीं से प्रेरणा लेकर मैंने भी मार्केटिंग से एम.बी.ए. किया था। पढ़ाई पूरी होते ही ज्योतिर्मय भइया से सम्पर्क किया कि क्या करना चाहिए। उन्होंने छूटते ही कहा था–आ जाओ

मेरे पास। यहाँ पहले ट्रेनिंग लो, फिर आगे जैसा तुम्हें उचित लगे करना। बस, मैं दिल्ली आ गया।

घर पहुँचे तब तक भाभी और बच्चे स्कूल जा चुके थे। भाभी यानी ज्योतिर्मय भइया की पत्नी किसी स्कूल में पढ़ाती थीं। बच्चे भी उन्हीं के स्कूल में पढ़ते थे। ...ज्योतिर्मय भइया ने कहा, बस फटाफट तैयार हो जाओ। दस बजे हमारी कॉन्फ्रेंस है। वहाँ देखो–सुनो–समझो और फिर बाद में बताओ कि हमारी मार्केटिंग का तरीक़ा कैसा है। उसमें और क्या बदलाव किये जा सकते हैं।...

हम अलग–अलग बाथरूम में घुस गये थे। ज्योतिर्मय भइया अपने कमरे से तैयार होकर निकले तो मैं उन्हें देखकर हैरान। सिल्क का गेरुआ कुर्ता और उसी रंग का चूड़ीदार। ऊपर से बादामी रंग की कसी हुई जैकेट और कन्धे पर गेरुआ रंग का ही गमछा। पैरों में चमचमाती सफ़ेद चप्पल। मैं उन्हें देखकर हैरान। उन्हें देखता रहा। कान्फ्रेंस में यह पहनावा। ...मगर उन्होंने मेरी हैरानी दूर करते हुए समझाना शुरू किया– 'मैंने पण्डिताई की ऑनलाइन मार्केटिंग शुरू की है। उसी की दूसरी कॉन्फ्रेंस है। साल में दो बार होती है।...'

'पण्डिताई की ऑनलाइन मार्केटिंग!' स्वाभाविक रूप से मेरे मुँह से निकला।

'क्यों, नहीं हो सकती?' सवाल के जवाब में उन्होंने सवाल दागा था।

'हो सकती होगी तभी आपने शुरू की है। मगर मैंने अभी तक सुनी नहीं थी।...'

'धमाकेदार मार्केटिंग चल रही है। ...जो किसी ने न सोचा–सुना हो, वह बिज़नेस शुरू करो तो धमाका होता ही है। अब तो दूसरे कई लोगों ने भी मेरे आइडिया की नक़ल शुरू कर दी है।'

'मगर यह आइडिया आपको आया कहाँ से।'

इस बीच सेवक नाश्ता लगा गया। ज्योतिर्मय भइया मेरी थाली में सब्ज़ी डालते हुए मुस्कराये। कटोरी में रायता परोसते हुए उन्होंने

प्रवचनकारी लहजे में बताना शुरू किया–'तार जुड़ गया एक दिन ऊपर वाले से। बस उसी ने जैसे मेरे कानों में कहा, पण्डिताई की ऑनलाइन मार्केटिंग शुरू कर दो।...'

'विश्वास नहीं हो रहा।'

'करना पड़ेगा। ...दरअसल, मैं परेशान था। निराश। कई कम्पनियों में झख मारने के बाद भी मन को सन्तोष नहीं हो रहा था कि मैं कुछ ढंग का काम कर रहा हूँ। फिर कम्पनियों की ख़्वाहिश ऐसी कि रातोरात उनका बिज़नेस आसमान पर पहुँचा दूँ। कोफ़्त होने लगी थी, पूरी मार्केटिंग व्यवस्था से। कमाई बढ़ाने की ऐसी होड़ कि सेल्स के लोगों को साँस लेने की फुर्सत नहीं। एक साल के भीतर तीन कम्पनियों की नौकरी छोड़ चुका था। अब समझ में नहीं आ रहा था कि क्या करूँ। कुछ अपना शुरू करने की बेचैनी थी मन में, मगर मार्केट में जिस तरफ़ नज़र डालता भीड़ ही भीड़। अगरबत्ती, मोमबत्ती, माचिस तक की मार्केटिंग में गलाकाट होड़। निराश होकर एक शाम को पहुँच गया मन्दिर। भगवान के चरणों में शीश रखकर पड़ा रहा। शायद शीश नवाये देर हो गयी थी। मन्दिर के पुजारी का हाथ मेरे सिर पर पड़ा। मैंने भगवान की तरफ़ देखा, फिर पुजारी की तरफ़। भगवान और पुजारी को देखने के बीच के क्षणों में ही जैसे मेरे कान में किसी ने कहा–पण्डिताई की ऑनलाइन मार्केटिंग करो, सफलता मिलेगी। बस, मिल गया रास्ता।'

'मगर पण्डिताई की ऑनलाइन मार्केटिंग...कैसे।'

'भोजन करते रहो, मैं बताता हूँ। ...देखो, आमतौर पर होता यह है कि लोग पूजा–पाठ के लिए पुजारियों पर निर्भर होते हैं। उनमें से बहुत सारे लोगों को अपने और अपनों के भविष्य को लेकर चिन्ता रहती है। आज जिस तेज़ी से देश और समाज का विकास हो रहा है, उसमें लोगों में असुरक्षा और भय भी बढ़ रहा है। तरह–तरह के भय हैं लोगों में। और असुरक्षा में आदमी भागता है चमत्कार की तलाश में। और चमत्कार कहाँ सम्भव है–मन्दिरों, मस्जिदों, गुरद्वारों, गिरजाघरों में। और चमत्कार करने का दावा करता कौन है–पुजारी

लोग, बाबा, तान्त्रिक–मान्त्रिक लोग। तो फिर आदमी कहाँ–कहाँ नहीं तलाशता इन चमत्कार करने वालों को, जीवन में ख़ुशहाली और सम्पन्नता बिखेरने वाले लोगों को। ...सो, मैंने उन भटकते लोगों की सुविधा के लिए ऑनलाइन व्यवस्था कर दी है। इससे अलग दूसरी तरह के लोग भी हैं, जो जीवन में शान्ति चाहते हैं। अशान्ति बहुत है लोगों के मन में। जिसके पास पैसा बहुत है, वह भी अशान्त है, जिसके पास नहीं है, वह भी अशान्त है। अशान्त मन की शान्ति के लिए लोग भागते हैं मन्दिरों, बाबाओं की शरण में। हमने मन को शान्ति प्रदान करने वाले साधनों को घर बैठे उपलब्ध करा दिया है। ...कुछ सॉफ्टवेयर डेवलप किये हैं, जिनके ज़रिये आदमी घर बैठे पूजा–पाठ कर सकता है, तन्त्र–मन्त्र का लाभ उठा सकता है। आध्यात्मिक साहित्य भी वहाँ उपलब्ध है। चाहे तो सीधा डाउनलोड कर लो, चाहे तो ऑनलाइन मँगा लो। हमने बहुत सारे पुजारियों–तान्त्रिकों–ज्योतिषियों, मन्दिरों वग़ैरह को नेटवर्क से जोड़ दिया है। लोग हमारी वेबसाइट खोलते हैं और अपने सवालों के जवाब पा जाते हैं। हमारी वेबसाइट के बहुत सारे मेंबर भी हैं–कुछ साल भर वाले, कुछ आजीवन। हम अपने मेंबर्स को रोज़ भविष्यफल, त्योहार, व्रत–उपवास, दान–दक्षिणा वग़ैरह के बारे में जानकारी देते हैं। किसी को घर में हवन–पूजा, शादी–विवाह कराना है, वह हमारी वेबसाइट पर जाकर पुजारियों–ब्राह्मणों से सम्पर्क कर सकता है। हर काम का निर्धारित शुल्क है। इस तरह ग्राहकों को ब्राह्मणों से बारगेनिंग करने की झंझट से छुट्टी मिल जाती है। हम अपने नेटवर्क से जुड़े पुजारियों–ज्योतिषियों वग़ैरह को समय–समय पर ट्रेनिंग देते रहते हैं। वैसे कोई पुजारी या ज्योतिषी चाहे तो हमारे दफ़्तर आकर कभी भी कोई बात पूछ–जान सकता है। ...आज हमारे नेटवर्क से जुड़े उन्हीं पुजारियों, तान्त्रिकों, ज्योतिषियों वग़ैरह की दिन–भर की कॉन्फ्रेंस है।...'

'दिलचस्प है। मैंने तो कभी सोचा न था कि यह भी एक बिज़नेस हो सकता है।' मैंने आश्चर्य प्रकट किया।

‘दुनिया का हर काम एक तरह का बिजनेस है। पण्डिताई तो बहुत पुराना बिज़नेस है। हमने सिर्फ़ उसे नेटवर्क से जोड़ दिया है। इससे पण्डितों को भी आसानी हो गयी, उनके ग्राहकों को भी हो गयी। जो पण्डित लोग पहले इधर–उधर इश्तिहार छपाये फिरते थे, फिर भी ग्राहक नहीं मिलते थे, उन्हें हमसे जुड़कर रोज़ बिजनेस मिल रहा है।...’

मैं ज्योतिर्मय भइया को बोलते सुनकर हैरान था। उनकी भाषा को लेकर भी, उनके विचारों को लेकर भी। जो ज्योतिर्मय भइया पहले अंग्रेज़ी में संवाद करना सहज महसूस करते थे, हिन्दी बोलते तो न सिर्फ़ उसका लहजा गड़बड़ रहता, उसमें भोजपुरी, बांग्ला, अंग्रेज़ी का ऐसा घालमेल होता कि कई बार सुनकर हँसी आती, वही इस तरह शुद्ध हिन्दी बोलना सीख गये हैं। ...जो पहले धर्म–कर्म, ज्योतिष वग़ैरह को ढकोसला समझते थे, वही अब उसके प्रमोटर बन गये हैं। ...कारोबार आदमी की भाषा और विचार भी बदल देता है, मैंने पहली बार महसूस किया।

कॉन्फ्रेंस के लिए एक बड़ा एअरकंडीशंड ऑडिटोरियम बुक कराया गया था। जब हम वहाँ पहुँचे तो काफ़ी लोग जमा हो चुके थे। ज्योतिष, कर्मकाण्ड, योग, वास्तु वग़ैरह की किताबें, उपकरण, यन्त्र वग़ैरह बेचने वालों ने कई स्टॉल सजा रखे थे। एक विश्वविद्यालय के ज्योतिष विभाग ने अपना परामर्श केन्द्र सजा रखा था। बाहर चहल–पहल थी। ज्योतिर्मय भइया पहुँचे तो अभिवादन में कई हाथ जुड़ गये। लगभग सभी ने ज्योतिर्मय भइया की तरह ही गेरुआ वस्त्र पहन रखे थे। मैं समझ गया कि यह उनकी कम्पनी का पहनावा या फिर आज के प्रोग्राम का ड्रेस कोड होगा। उनमें से दो–तीन लोग ज्योतिर्मय भइया के पास आये, व्यवस्था की जानकारी दी। ज्योतिर्मय भइया ने सबसे मेरा परिचय कराया। हॉल के पीछे बड़ा–सा पण्डाल लगा था, जिसमें दोपहर के भोजन के लिए तैयारियाँ चल रही थीं।

गणेश वन्दना के साथ कार्यक्रम शुरू हुआ। नये सदस्यों का स्वागत किया गया। सबने मंच पर आ–आकर अपना परिचय दिया। फिर वही पुराना नुस्ख़ा–पुराने सदस्यों ने बारी–बारी से मंच पर आकर अपना अनुभव साझा करना शुरू किया। अध्यात्म की ऑनलाइन सेवा से पहुँच रहे लाभों का बखान करना शुरू किया। सबके अनुभवों का निचोड़ यही कि वे पहले जजमान तलाशते रहते थे, शहर में जीवनयापन भी मुश्किल से हो पाता था। ग़रीब ब्राह्मण की छवि थी उनकी। मगर जब से इस ऑनलाइन सेवा से जुड़े हैं, उनके जीवन में बदलाव आया है। उनकी जीवन–शैली में बदलाव आया है। अब वे लुँगी–लोटा वाले ग़रीब ब्राह्मण की छवि से मुक्त हो गये हैं। ...नये सदस्यों में विश्वास भरने और जो अभी तक सदस्य नहीं बन पाये हैं, उन्हें भरमाने का यह तरीक़ा पुराना पड़ गया है, पर ज्योतिर्मय भइया की कम्पनी उसका सहारा ले रही थी।

दोपहर तक यही चलता रहा। भोजन के बाद ज्योतिर्मय भइया मंच पर चढ़े थे। तालियाँ गूँजीं। उन्होंने सधे हुए मैनेजमेंट गुरु की तरह बोलना शुरू किया–'भोजन से पहले तक आप सबने अपने अनुभव साझा किये, एक दूसरे को जानने–समझने का प्रयास किया। हमारे नये सदस्य काफ़ी कुछ परिचित हो चुके होंगे इस व्यवस्था से। इसलिए मैं इस ऑनलाइन सेवा के बारे में कुछ नहीं कहूँगा। मैं आप लोगों को कर्मकाण्ड, ज्योतिष वग़ैरह के बारे में भी कुछ नहीं बताऊँगा, क्योंकि वह तो आप मुझसे बेहतर समझते हैं। मैं तो सिर्फ़ आपसे बात करूँगा कि किस तरह अपने ज्ञान को आप बाज़ार में बेहतर तरीक़े से बेच सकते हैं। मैं कुछ बातें जो बार–बार आप लोगों से कहता रहा हूँ, वह फिर से दोहराऊँगा और उसके बाद बात करूँगा अपनी आगे की योजनाओं और सुविधाओं के बारे में।

देखिए, एक कहावत है कि जो ज़माने के साथ चलता है, जमाना भी उसके साथ चलता है। आप सब जिस सेवा से जुड़े हैं, उसमें पुराने ज़माने से पुरानी मान्यताओं से चिपके रहने की जड़ता रही है। नये को नकारने की प्रवृत्ति रही है। यानी जो कुछ नया हो

रहा है, जो कुछ आधुनिक है, सब बेकार है, समाज को भ्रष्ट करने वाला है। यही कह–कहकर हमारे सारे पण्डित अपने को और अपनी संस्कृति को पवित्र साबित करने की कोशिश करते रहे हैं। यह सही तरीक़ा नहीं है। इस तरह नकार भाव का प्रचार करने से हमें बचना है। मनुष्य का स्वभाव है कि वह आगे बढ़ना चाहता है, मगर पण्डितजन उसे पीछे की तरफ़ खींचते हैं। यह ठीक नहीं है।

मेरा कहना है कि आप मनुष्य के स्वभाव को समझिए। वह क्या चाहता है। आज़ादी। खाने–पीने, पहनने–ओढ़ने, घूमने–फिरने, दोस्त–मित्र बनाने की आज़ादी। अपने ढंग से जीने की आज़ादी। मगर हम क्या करते हैं, धर्म के नाम पर, कर्मकाण्ड के नाम पर उसकी आज़ादी को बाधित करने की कोशिश करते हैं। और जब हम उसे रोकते हैं तो क्या होता है, उसे बुरा लगता है। उसके मन में आपके काम के प्रति नकार भाव पैदा होता है। वह आपके काम का मज़ाक़ उड़ाता है। आपसे दूर भागने का प्रयास करता है। और वह दूर भागेगा तो फिर आपके काम की क्या ज़रूरत रह जायेगी। इसलिए उसे दूर मत भागने दीजिए, उसे अपने से जोड़िए।...

और लोग आपके काम की सराहना कब करेंगे, आप पर भरोसा कब करेंगे, आपके नज़दीक कब आयेंगे। जब आप उनकी आज़ादी को कम–से–कम बाधित करेंगे। ...आप याद कीजिए अपने बचपन के दिनों को। आपको कौन लोग ज़्यादा पसन्द आते थे। जो आपको हर समय डाँटते–फटकारते, हर समय आपकी आदतें सुधारने के लिए टोकते रहते थे वे या फिर वे जो प्यार से बातें करते थे, आपके साथ मित्र की तरह व्यवहार करते थे। ...इसलिए आप मित्र जैसा व्यवहार करेंगे तो लोग आपके करीब आयेंगे, आपको पसन्द करेंगे, आपके काम पर भरोसा करेंगे, आपकी बातों पर विश्वास करेंगे।

ज़माना बिज़नेस का है। यह मत भूलिए कि जो हम–आप कर रहे हैं, वह भी बिज़नेस है। और बिज़नेस चाहे जो भी हो, उसमें प्रतियोगिता थोड़ी–बहुत होती ही है। फिर उस काम का मज़ा ही क्या, जिसमें प्रतियोगिता न हो। तो हम सब तरह–तरह की प्रतियोगिताओं

का सामना कर रहे हैं। बचपन से करते आ रहे हैं और हर प्रतियोगिता में पास होने के लिए उसकी तरह ख़ुद को तैयार करते आ रहे हैं। सो, इस बिज़नेस की प्रतियोगिता के लिए भी ख़ुद को तैयार कीजिए। अपने को उसके लायक बनाइए। आप जिन लोगों के साथ बिज़नेस कर रहे हैं, उनकी भाषा सीखिए, उनके मन को समझिए, उनके अनुरूप अपने आचरण को बनाइए। हमने दूसरे बिज़नेस की तरह नये तरीक़े तो इस्तेमाल करने शुरू कर दिये, पर क्या हमने उनकी तरह ख़ुद को बदला है– आप सब अपने आप से पूछिए।...

आप में से कितने लोगों ने कम्प्यूटर चलाने और अंग्रेज़ी बोलने का अभ्यास शुरू कर दिया है।'

मैंने हॉल में नज़र दौड़ायी। कुछ हाथ ऊपर उठे थे। बहुत सारे लोग टुकुर–टुकुर देखे जा रहे थे।

'यह ठीक नहीं है। कम्प्यूटर और अंग्रेज़ी का अभ्यास ज़रूरी है। जैसे आप संस्कृत श्लोकों को रट मारते हैं, हिन्दी में उनकी व्याख्या रट मारते हैं, उसी तरह अंग्रेज़ी में भी उनकी व्याख्या रट डालिए। फिर देखिए कि जब आप संस्कृत श्लोकों की व्याख्या हिन्दी के साथ–साथ अंग्रेज़ी में सुनाते हैं तो आपके जजमान पर क्या प्रभाव पड़ता है। अपने ग्राहक को प्रभावित करना किसी भी बिज़नेस का पहला उसूल होता है। आप वही नहीं कर रहे, कीजिए।...'

मैं ज्योतिर्मय भइया को सुनता रहा, ख़यालों में डूबता–उतराता रहा। मैं सोच रहा था कि किस तरह ज्योतिर्मय भइया ने मार्केटिंग के सिद्धान्तों को अध्यात्म की ऑनलाइन मार्केटिंग से जोड़ दिया है।...

ज्योतिर्मय भइया बोल चुके तो उनकी कम्पनी के दो युवा साथियों ने ऑडियो–विजुअल प्रोग्राम के ज़रिये कम्पनी की नयी योजनाओं और नयी सुविधाओं के बारे में जानकारी देनी शुरू की। हालाँकि मैंने महसूस किया कि कम्प्यूटर के ज़रिये बतायी जा रही बातों से कई लोगों को ऊब हो रही है, मगर मेरे लिए वे ख़ासी दिलचस्प थीं। एक बार फिर मैं ज्योतिर्मय भइया की क़ाबिलियत के सामने नतमस्तक हो गया था।

अगले दिन ज्योतिर्मय भइया मुझे अपने दफ़्तर ले गये थे। लाजपत नगर में एक बड़ी व्यावसायिक इमारत की दूसरी मंजिल पर एक बड़े–से हॉल का लकड़ी से पार्टीशन करके बनाया गया दफ़्तर। ज्योतिर्मय भइया के लिए काँच वाला बन्द केबिन था, बाक़ी लोग खुले केबिनों में बैठे थे। बीस–पच्चीस लोगों के बैठने की जगह। करीब पन्द्रह लोग उस समय काम कर रहे थे। सब युवा लड़के–लड़कियाँ। कॉलेज से नये–नये निकले हुए।

ज्योतिर्मय भइया ने सबसे मेरा परिचय कराया। हालाँकि उनमें से कई से मैं पिछले कल कॉन्फ्रेंस के समय मिल चुका था। फिर भी कई थे, जिनसे औपचारिक परिचय नहीं हो पाया था। वहाँ काम कर रहे लड़के–लड़कियों में ज़्यादातर ऑनलाइन प्रोग्रामिंग का काम करते थे। कुछ लड़कियाँ कस्टमर डीलिंग कर रही थीं। दो लड़कियाँ मार्केट रिसर्च के लिए थीं।

सारी व्यवस्था बड़ी कम्पनियों की तरह। प्रोफ़ेशनल माहौल। देखकर मैं बहुत प्रभावित हुआ था। वहाँ काम कर रहे लड़के–लड़कियों से परिचय कराते हुए ज्योतिर्मय भइया ने घोषणा कर दी थी–'ये प्रशान्त हैं। इन्होंने सेल्स में एम.बी.ए. किया है। अब हमें ज्वाइन करेंगे।...'

मैंने तो ज्योतिर्मय भइया के साथ काम करने का मन भी नहीं बनाया था। उन्होंने ख़ुद मुझे अपने साथ जोड़ लिया था। उन्होंने कुछ इस तरह मुझे अपनी कम्पनी का हिस्सा बना लिया था, कि मुझे कुछ कहने का मौक़ा ही नहीं मिला। उन्होंने मार्केटिंग रिसर्च का काम कर रही लड़कियों को अपने केबिन में बुलाया और उन्हें समझाया कि प्रशान्त तुम्हें हेड करेंगे।...

इस तरह बिना कहीं भाग–दौड़ किये मुझे कॉलेज से निकलते ही नौकरी मिल गयी थी। उसी दिन से मैंने एक तरह से काम शुरू कर दिया था। ज्योतिर्मय भइया ने कुछ लोगों से फ़ोन पर बात की, मेरे लिए अलग किराये का घर तय कर दिया। शाम को जाकर घर देखा, अच्छा था। एक कमरा, रसोई, टॉयलेट और छोटी–सी बैठक। किराये की पेशगी ज्योतिर्मय भइया ने ख़ुद दे दी थी।

मैं ख़ुद चाहता था कि अलग किराये का घर लेकर रहूँ। रिश्ते और पेशे को साथ मिलाना ठीक नहीं होता। दोनों में से कोई ठीक से निभ नहीं पाता। यह तो अच्छा हुआ कि ज्योतिर्मय भइया ने अपने आप मेरे मन की बात समझ ली। ...प्रोफ़ेशनल आदमी हैं, व्यावहारिक बातों को अच्छी तरह समझते हैं। मार्केटिंग के अनुभव ने उन्हें आदमी का मन पढ़ने में दक्ष बना दिया है। पिछली रात की बातचीत से उन्होंने मेरे मन का अन्दाज़ा लगा लिया होगा।...

बस, अगले दिन दोपहर को ज्योतिर्मय भइया ने अपने दफ़्तर के एक आदमी को मेरे साथ लगा दिया। मैंने घर की साफ़–सफ़ाई करायी, कुछ ज़रूरी सामान ख़रीदे और रहने का बन्दोबस्त कर लिया। ज्योतिर्मय भइया ने एक टिफिन सर्विस वाले से बात करके खाने–पीने का इन्तज़ाम भी कर दिया था। वह रोज़ सुबह का नाश्ता और रात का खाना दे जाने लगा।

इस तरह कहें कि ज्योतिर्मय भइया की कम्पनी में मैंने ट्रेनिंग शुरू कर दी या कहें कि पहली नौकरी करने लगा। मगर पता नहीं क्यों मेरा मन बार–बार टोकता कि प्रशान्त तुम इस काम में टिक नहीं पाओगे। यह काम तुम्हारे लायक है नहीं। मेरे मन में तो किसी बड़ी कम्पनी में नौकरी के सपने थे, जहाँ टाई–कोट पहनकर जाना होता हो, बड़े–बड़े बिज़नेसमैन के साथ डील करनी होती हो। ज्योतिर्मय भइया की कम्पनी में दिन–भर ज्योतिष, तन्त्र–मन्त्र, जन्मपत्री, भविष्यफल तैयार करने, कर्मकाण्डी पण्डितों और जीवन से निराश, ऊबे–उकताये लोगों से डील करने का काम था। इन सब में न तो मेरा विश्वास है और न मैंने कभी सोचा था कि इस तरह लोगों को किसी अमूर्त चीज़ के प्रति उकसाने वाले धन्धे की मार्केटिंग करूँगा।

हालाँकि इस काम में अलग तरह का अनुभव हो रहा था, लोगों के मन को समझने का एक अलग कोण खुला था मेरे सामने। मगर उसमें मन लग नहीं रहा था। आदमी का मन उसी काम में लगता है, जिसमें उसकी रुचि हो। तीन महीने में ही बुरी तरह ऊब गया था मैं। मैंने ज्योतिर्मय भइया से कहा भी कि मुझे किसी और कम्पनी में

काम करना है, यहाँ मन रम नहीं रहा। बुरा नहीं माना था उन्होंने। उन्होंने सहज भाव से कहा था कि ठीक है, मैं देखता हूँ कुछ लोगों से बात करके, शायद तुम्हारे मन–मुताबिक़ काम मिल जाये। मगर दूसरा काम तलाशने में करीब महीना निकल गया। मेरी खीझ बढ़ती जा रही थी। हालाँकि मैंने भी अपनी तरफ़ से कई कम्पनियों में बायोडाटा भेजा था, पर कहीं से बुलावा नहीं आया था।...

संयोग भी अजीब घटित होते हैं। मैंने जिन कम्पनियों में अपना बायोडाटा भेजा था, उनमें से जिस दिन एक का बुलावा आया उसी दिन ज्योतिर्मय भइया से कुछ खटपट हो गयी।...

हुआ यों कि आम चुनावों की घोषणा हो चुकी थी। पार्टियों ने पहले से अपने–अपने हथकण्डे अपनाने शुरू कर दिये थे। एक राजनीतिक दल ने ज्योतिर्मय भइया की कम्पनी से सम्पर्क किया था कि वह उसका ऑनलाइन चुनाव प्रचार करे। ज्योतिर्मय भइया का रुझान भी उसी पार्टी की तरफ़ था। वह कर्मकाण्ड, ज्योतिष वग़ैरह को विज्ञान की तरह प्रचारित–प्रसारित करने की हिमायती थी। इसलिए ज्योतिर्मय भइया ने मार्केटिंग के लिहाज़ से मेरी राय पूछी थी। मैंने छूटते ही कहा था– 'किसी राजनीतिक दल से प्रत्यक्ष रूप से जुड़ना हमारे कारोबारी हितों को प्रभावित कर सकता है। अगर वह पार्टी चुनाव जीत गयी, उसकी सरकार बन गयी तो हो सकता है, हमारा कारोबार फैलाने में कुछ मदद करे। मगर वह सरकार नहीं बना पायी तो हम सदा के लिए दूसरे दलों की नज़र में किरकिरी बने रहेंगे। फिर वह सरकार बना भी ले गयी तो इस बात की क्या गारंटी है कि वह कितने समय तक सत्ता में रहेगी। जैसे ही वह हटेगी, दूसरी पार्टी जो सत्ता में होगी, वह हमारी दुश्मन न बन जाये।'

ज्योतिर्मय भइया ने ध्यान से मेरी बात सुनी, फिर मुस्कराये। जो बातें तुम कह रहे हो, वे बहुत मामूली हैं। क्या दूसरी राजनीतिक पार्टियाँ अपने चुनाव प्रचार के लिए पीआर कम्पनियों की मदद नहीं लेतीं। क्या तुम्हें नहीं पता कि कई बार एक ही कम्पनी दो विरोधी दलों के प्रचार–प्रसार का काम करती हैं। और जहाँ तक दूसरी

पार्टियों की दुश्मनी का सवाल है, यह तो हमारा कारोबार है। जैसे दूसरी चीज़ों का विज्ञापन तैयार कराते हैं, ऑनलाइन प्रसारित करते हैं, उसी तरह इस पार्टी का चुनाव प्रचार करेंगे। उसका पैसा मिलेगा हमें। और यह तो हमारे लिए एक अच्छा मौक़ा है। कोई राजनीतिक पार्टी हमें अपने चुनाव प्रचार के लिए कह रही है, यह हमारे लिए अचीवमेंट है। अगर हमारे प्रचार का असर अच्छा पड़ा तो दुश्मनी तो भूल जाओ, दूसरी पार्टियाँ भी हमें अप्रोच करेंगी।...

'मगर भइया, आप यह मत भूलिए कि आपकी कम्पनी न तो एडवरटाइजिंग की है और न पीआर की। यह तो अध्यात्म का ऑनलाइन कारोबार करती है। और जिस पार्टी ने आपको चुनाव प्रचार के लिए अप्रोच किया है, उसका मक़सद भी आपको पता है। वह जानती है कि आपके प्रचार का प्रभाव कर्मकाण्ड, ज्योतिष वग़ैरह में विश्वास करने वालों पर पड़ेगा और इस तरह जितने लोग आपके ऑनलाइन कारोबार से जुड़े हैं, वे उस पार्टी के पक्ष में प्रचार करना शुरू कर देंगे। और यह तो छिपी बात नहीं कि आपके कारोबार से जुड़े लोग भी वही हैं जो उस पार्टी की विचारधारा में यक़ीन करते हैं।...'

'इसमें बुराई क्या है। हर पार्टी की विचारधारा से जुड़े लोग होते हैं और हर पार्टी चाहती है कि जिस भी तरह से हो सके, वह अपने समर्थकों तक अपनी बात पहुँचाए। ...और कौन कारोबारी है, जिसका किसी–न–किसी पार्टी की तरफ़ झुकाव नहीं है। यह अलग बात है कि अपने कारोबारी हितों में उन्हें कई बार समझौते करने पड़ते हैं। पर अगर मेरे कारोबार से जुड़े लोगों का जुड़ाव इस पार्टी से है और वह अपनी बात उन तक पहुँचाना चाहती है तो उसमें बुराई क्या है।...'

'पर आप इस बात से अनजान नहीं हैं कि जिस पार्टी का प्रचार करने का आप बीड़ा उठाने वाले हैं, उसकी विचारधारा कितनी कट्टर और सामाजिक विध्वंस करने वाली है।...'

'छोड़ो यार, क्या सिरफिरी बातों पर यक़ीन करके भरे बैठे हो। एक मार्केटिंग के आदमी को ऐसी बातें शोभा नहीं देतीं। हमारा

मक़सद सिर्फ़ बेचना होना चाहिए, अधिक–से–अधिक ग्राहक बनाना होना चाहिए। हमारी कम्पनी को चुनाव प्रचार का ठेका मिल रहा है, हमें बस उससे मतलब है। कौन पार्टी क्या करती है, क्या सोचती है, किसके साथ क्या व्यवहार करती है, किसके साथ उसके क्या रिश्ते हैं, उससे हमें क्या मतलब। हम जो काम करेंगे, उसका पैसा वह देगी। वह फिलहाल हमारे लिए एक ग्राहक है और ग्राहक हम यह देखकर नहीं बनाते कि उसका चरित्र कैसा है। वह क्रिमिनल है कि साधु है, यह सोचकर ग्राहक बनायेंगे तो फिर कर चुके कारोबार।...'

ज्योतिर्मय भइया की बात पर मुझे ग़ुस्सा तो बहुत आया, पर मैंने उसे ज़ाहिर करने से ख़ुद को रोक लिया। इसलिए कि उस मीटिंग में मार्केटिंग रिसर्च टीम और कंटेंट डिज़ाइनिंग के दूसरे कर्मचारी भी बैठे थे। उनके सामने ज्योतिर्मय भइया से उलझना ठीक नहीं था। वे दूसरे कर्मचारियों से राय–विमर्श करते रहे। मैं सिर्फ़ सुनता रहा। आगे कुछ नहीं कहा। सारे वाह–वाह, बहुत बढ़िया–बहुत बढ़िया। कम्पनी के लिए अच्छा मौक़ा है, कहते रहे।

दफ़्तर से लौटकर घर पहुँचा तो भी मैं भरा हुआ था। जब तक ज्योतिर्मय भइया से अपने मन की बात कह नहीं लेता, तब तक मुझे चैन नहीं आने वाला था। मगर दफ़्तर में बात करना ठीक नहीं समझा। इसलिए उनसे फ़ोन पर बात की–'भइया, मुझे एक कम्पनी से कॉल आयी है, इंटरव्यू के लिए। परसों बुलाया है। इसलिए कल मैं दफ़्तर नहीं आ सकूँगा, परसों भी। कुछ तैयारी कर लेना चाहता हूँ।'

'गुड। किस कम्पनी से कॉल आयी है।'

मैंने बताया।

वे चहके–'अरे, वहाँ तो मेरी पहचान का एक आदमी है मार्केटिंग हेड। वही इंटरव्यू लेगा तुम्हारा। अभी बात कर लेता हूँ। ...ठीक है, तुम छुट्टी करो। निश्चिन्त होकर जाओ इंटरव्यू देने। पक्का तुम्हारा हो जायेगा। ...और हाँ, तुम आज बहुत ग़ुस्से में थे। इस तरह वहाँ भी मत उलझ जाना।...'

'भइया, दरअसल मैं उस पार्टी की विचारधारा से सहमत नहीं हो पा रहा था, इसलिए ग़ुस्सा आ गया था। आपकी जगह मैं होता तो कभी उस पार्टी का प्रपोजल एक्सेप्ट नहीं करता।'

'चलो, कोई बात नहीं। कभी अपना काम शुरू करोगे तो तुम्हें शायद समझ आयेगा कि कारोबार में विचारधारा का भेदभाव करने से क्या नुकसान उठाना पड़ता है। ...अभी तुम अनुभव जुटाओ। अच्छी कम्पनी में जा रहे हो। बस, अपने टेंपरामेंट पर ध्यान दो। कारोबारी का मिज़ाज मुलायम होना चाहिए, तुममें वह है नहीं। गाँव के ज़मींदार किसान का मिज़ाज है, किसी के आगे न झुकने वाला। सबको डण्डे से हाँकने वाला। ...बाइ द वे, आल द बेस्ट। वहाँ तुम्हारा पक्का होगा, मैं अभी एनश्योर कर रहा हूँ।...'

और सचमुच मुझे उस कम्पनी में काम मिल गया। ज़रूर इसमें ज्योतिर्मय भइया की सिफ़ारिश ने काम किया होगा।

उस कम्पनी में काम मेरी पसन्द का था। मैंने इस जज़्बे के साथ वहाँ काम शुरू किया था कि मार्केटिंग में मिसाल क़ायम करूँगा। आगे कहाँ तक पहुँचना है, सी.ई.ओ. तक के सपने मैंने पहले ही दिन से देख डाले थे। मगर नौकरी में तिकड़मी लोगों की कमी कहाँ होती है। हर कोई सबसे ऊँचे पायदान तक पहुँचने के सपने देखता है और उसकी कोशिश यही होती है कि जो पायदान वह चढ़ चुका वहाँ तक पहुँचने की कोशिश कर रहे लोगों के लिए इतनी कठिनाइयाँ पैदा कर दे कि वे आसानी से न चढ़ पायें। इसलिए कि वह अपने को सबसे ऊपर रखना चाहता है। वही हुआ मेरे साथ, मेरे हेड को शायद मेरे कामकाज के तरीक़े से भय पैदा हो गया था। उसे लगने लगा था कि मैं कम्पनी मालिकों की नज़र में न चढ़ जाऊँ, इसलिए मेरे काम में किसी–न–किसी तरह नुक्स निकालकर मुझे परेशान करने लगा। रोज़ किसी–न–किसी बात को लेकर चिकचिक।...

क्या पता ज्योतिर्मय भइया जो मेरे मिज़ाज को लेकर कह रहे थे, वह बात भी सही हो। क्या पता मेरा व्यवहार मुलायम न हो और यह बात मेरे हेड को नागवार गुज़रती रही हो।...

मगर अब क्या करना चाहिए।...क्या ज्योतिर्मय भइया से बात करूँ। ...इस तरह उनसे दूरी बनाकर रहना भी तो ठीक नहीं। आख़िर वे मेरे रिश्तेदार हैं। मेरे भले–बुरे की फ़िक्र उन्हें रहती है। मैंने भले उनके काम को पसन्द नहीं किया, पर उन्होंने हर तरह से मेरी मदद तो की न।...

अब समझ आ रहा है कि ज्योतिर्मय भइया के काम से अलग दूसरी कम्पनियों के काम नहीं हैं। आख़िर ज्योतिर्मय भइया भी पैसा कमा रहे हैं, विदेशी मुद्रा भी कमा रहे हैं। सरकार को टैक्स दे रहे हैं। उन्होंने कई लोगों को रोज़गार दे रखा है। बहुत सारे लोगों के काम को प्रमोट कर रहे हैं। उनके काम से अगर बहुत सारे लोगों को फ़ायदा पहुँच रहा है, बहुत सारे लोगों को रोज़गार मिल रहा है तो वे ग़लत कैसे हैं। ...मैं ही अपनी अकड़–फूँ में लोगों से बिगाड़ कर लेता हूँ। ज्योतिर्मय भइया सही कह रहे थे कि धन्धे में विचारधारा मत घुसेड़ो।...

बात करता हूँ ज्योतिर्मय भइया से। जब तक कहीं और काम नहीं मिलता, मैं उन्हीं की कम्पनी ज्वाइन कर लेता हूँ। ...घर का काम है, उसका दायरा छोटा ज़रूर है, पर है तो काम। दूसरी कम्पनियों की तरह इसमें टाँग अड़ाने वाले भी कम होंगे। एक ज्योतिर्मय भइया को ही तो सन्तुष्ट रखना होगा। उनसे लड़–झगड़ भी लूँ तो वे मेरे साथ वैसा व्यवहार कभी नहीं करेंगे, जैसा दूसरी कम्पनियों के लोग करते हैं।...

मैंने तय किया कि रात को ज्योतिर्मय भइया से बात करूँगा।

मगर फिर ख़ुद से ही लड़ाई शुरू हो गयी–जिस काम को तुम मन से स्वीकार नहीं कर पा रहे, उसे कर कैसे पाओगे। फिर उलझोगे, भागोगे। उससे बेहतर है कहीं और काम तलाश करो। किसी मल्टीनेशनल कम्पनी में बायोडाटा भेजो, लोगों से बात करो। ...मगर मल्टीनेशनल कम्पनी में भी क्या गारंटी कि बिना अड़चन काम कर सकूँगा। वहाँ चमक–दमक अधिक होती है, इसका मतलब यह नहीं कि वहाँ कुचाली लोग नहीं होते। उनके धन्धे साफ़–सुथरे

ही होते हैं। मंल्टीनेशनल कम्पनी का क्या है। जिसने भी अपने देश से बाहर शाखा खोल ली, वही मल्टीनेशनल हो गया। क्या पता ज्योतिर्मय भइया की कम्पनी भी अब तक मल्टीनेशनल हो गयी हो। विदेशों में उनके ग्राहक तो थे ही। क्या पता अब तक उन्होंने कुछ देशों में अपने दफ़्तर खोल लिए हों। अब तो उसी पार्टी की सरकार बन गयी है, जिसका उनकी कम्पनी ने ऑनलाइन चुनाव प्रचार किया था। उसका लाभ ज्योतिर्मय भइया को ज़रूर मिला होगा। ...कम्पनी चाहे जो तलाश कर लूँ, पैसे भले कहीं ज़्यादा मिल जायें, पर झंझटें कम कहीं नहीं हैं। ज्योतिर्मय भइया के साथ तो मन मारकर काम करना पड़ेगा, मल्टीनेशनल कम्पनियाँ तो मान मारकर काम लेंगी। वहाँ सम्मान को ताक पर रखकर काम करना होगा।...

क्या करूँ, अभी तक तय नहीं कर पाया हूँ।

रास्ते का टूटा हुआ मोड़

पिछले दो दिन से गाँव की चट्टी पर बमचक मची हुई है। मगर ब्रह्मराज बाबू पर जैसे उसका कोई असर नहीं। सदा से वे ऐसे ही रहे हैं। गाँव के बहुत सारे झगड़ों–लफड़ों, राजनीतिक सरगर्मियों के बारे में वे सुनते तो रहते हैं, पर उन पर ध्यान नहीं देते। बहटिया देते हैं, नज़रअन्दाज़ कर देते हैं। इन दिनों दिन–भर चट्टी पर दो–तीन गुटों में बँटकर लोग गरमा–गरम बहसते या फिर खुसुर–फुसुर बतियाते रहते हैं, मगर रामाशंकर हलवाई की दुकान पर बैठे, अख़बार पढ़ते ब्रह्मराज बाबू को उससे कोई मतलब नहीं। उनका ध्यान गाँव की तरफ़ मुड़ते रास्ते के उस मोड़ पर लगा रहता है, जहाँ डामर–गिट्टी का रिश्ता टूट चुका है, वहाँ धीरे–धीरे बड़ा गड्ढा बनता जा रहा है। अनजान मोटरसाइकिल सवार तेज़ रफ़्तार चलते हुए उस मोड़ से गुज़रते हैं और बजरी पर रपटकर अक्सर गिर जाते हैं। रोज़ ही एक–दो रपट जाते हैं। अगर कोई रामाशंकर हलवाई की दुकान के सामने रुककर गाँव में किसी के घर पहुँचने का रास्ता पूछता है, तो ब्रह्मराज बाबू उसे बड़े इत्मीनान से समझाते हैं कि आगे मोड़ पर मोटरसाइकिल धीरे चलाना, वहाँ रास्ता टूटा हुआ है, बजरी पर रपटकर गिरने का ख़तरा है। जो उनकी हिदायत पर अमल करते हैं या जो पहले एकाध बार रपट चुके हैं, वे तो सावधानी बरतते हुए निकल जाते हैं। जो नहीं ध्यान देते वे रपटकर गिरते ही हैं। जब कोई रपट कर गिरता है, तो ब्रह्मराज बाबू के मुँह से अनायास निकलता है– 'गिरा ससुरा'। और फिर वे अख़बार पर नज़रें गड़ा देते हैं।

फिर अक्सर दुकान पर बैठे लोगों में रास्ते की बदहाली या नौजवानों की तेज़रफ़्तारी पर चर्चा छिड़ जाती है। मगर ब्रह्मराज बाबू अख़बार में नज़रें गड़ाये हल्के से कोई जुमला उछालकर चुप हो जाते हैं। 'जवानी की नज़र गड्ढे नहीं देख पाती' या फिर 'ख़ून का उबाल चोट खा के ही शान्त होता है' जैसे जुमले। ब्रह्मराज बाबू तुरन्त जुमले गढ़ने और उछाल देने में माहिर हैं। तत्काल उनके मुँह से कोई नया, कभी न सुना गया जुमला फूट पड़ता है। इसलिए उनके साथ रामाशंकर हलवाई की दुकान पर बैठने वाले कुछ नवहे ब्रह्मराज बाबू को कई पुरानी कहावतों का रचयिता घोषित कर चुके हैं। जैसे 'अधजल गगरी छलकत जाय' या फिर 'चार दिन की चाँदनी फिर अँधेरी रात' का पेटेंट ब्रह्मराज बाबू के नाम दर्ज करा चुके हैं। इस चक्कर में स्कूल का कई बच्चे अपनी किताब के बहुत सारे मुहावरों–कहावतों के रचयिता ब्रह्मराज बाबू को मानते हैं। अध्यापक लाख दुरुस्त करें, पर उनके मन में जो अंकित हो गया है, मिटता ही नहीं।

ब्रह्मराज बाबू यानी ब्रह्मराज ठाकुर। फ़ौज से हवलदार होकर रिटायर्ड हैं। मगर गाँववालों का क्या है, जो गाँव में आ के बस गया, उसका मोल धेले बराबर। ब्रह्मराज बाबू तो नौकरी से पहले जब गाँव में रहते थे, तब भी एक तरह से निस्संग ही थे। गाँव की गतिविधियों से उनका जुड़ाव कम ही था।...

गाँव में उनके कई नाम प्रचलित हैं। जिसको जिस नाम से पुकारने में आसानी होती है, वह उन्हें उसी नाम से पुकारता है। ज़्यादातर लोग उन्हें सिपाही कहकर बुलाते हैं। कुछ पुराने लोग उन्हें छोटे ठाकुर, तो कुछ कलाकार सिपाही कहते हैं। कुछ चिबिल्ले नवहों ने उनका नाम बिगाड़कर ब्रह्मराज ठाकुर की जगह बमबाज ठाकुर रख दिया है। कुछ उन्हें सिपाही चाचा कहते हैं। मगर ब्रह्मराज ठाकुर के भइया यानी बड़े भाई रामराज ठाकुर के लिए तो वे आज भी छोटे ही हैं। वे उन्हें आज तक छोटे कहकर पुकारते हैं। मगर कौन किस नाम से पुकारता है, ब्रह्मराज बाबू को फ़र्क़ नहीं पड़ता।

इधर गाँव की चट्टी पर पोखर की ज़मीन को लेकर बमचक मची हुई है और उधर ब्रह्मराज बाबू सारी बहसों को बहटियाते हुए अख़बार में गर्दन गोते रहते हैं। चर्चा होती रहती है, वे सुनते रहते हैं। वैसे भी वे बोलते कम, सुनते और देखते ज़्यादा हैं। बोलते हैं तो बहुत धीमे, मखमली आवाज़ में। जैसे ख़ुद से बतिया रहे हों। जैसे बुदबुदा रहे हों। शायद ही कोई ऐसा हो जो दावा करे कि कभी उसने ब्रह्मराज बाबू को किसी बात पर ग़ुस्से में चिल्लाते देखा–सुना है। कोई उनकी बात सुनता है या नहीं, इसकी भी परवाह वे नहीं करते। जो बोलना था, बोल दिया। बस।

चट्टी पर बमचक इसलिए मची है कि ग्राम प्रधान ने गाँव के पोखर वाले भीटे की ज़मीन बालेन्दु राय को स्कूल के लिए पट्टे पर देने का फ़ैसला किया है।

चट्टी पर बहसते लोगों में से कोई कहता है– 'जब से कश्मीरवा परधान बना है, अनेत किये पड़ा है। अरे क़ानून ने उसे गाँव–समाज की ज़मीन किसी को पट्टे पर देने का अधिकार दिया है, तो इसका मतलब ई थोड़े है कि बिना सोचे–समझे, बिना राय–बात किये कोई भी जगह–ज़मीन जिसको मन किया उसे दे दोगे।...'

'अरे क़ानून ने अधिकार दिया है तो उसका भी दिशा–निर्देश है कि नहीं।' किसी ने बीच में टोका। 'गाँव–समाज की ज़मीन किसी भूमिहीन को, किसी ग़रीब को देने का, उसे समाज की भलाई के काम में लगाने का नियम है कि बालेन्दु राय जैसे ज़मींदार को पट्टे पर देने का नियम है, आंय, बताइए भला।...'

'अरे ऊपर से दबाव बना है भाई। कलक्टर ने आदेश दिया है, तब न परधनवा पट्टा कर रहा है। ...बालेन्दु राय को कौन नहीं जानता। चंट आदमी है। जब से केन्द्र में उसकी पार्टी की सरकार बनी है और दूर का उसका रिश्तेदार मन्त्री बना है, उसके पैर आसमान में हैं। ...परधनवा पहले से उसके चक्कर में रहता है। अब उसको लालच होगा कि बालेन्दु राय उसे विधायक–सिधायक का टिकट दिलवा देंगे। ...अरे, मोटा चढ़ावा गया होगा ऊपर तक।' तीसरे ने जैसे पर्दे की बात ज़ाहिर की।

'चढ़ावा चढ़ाके कोई गाँव की आँख में धूल झोंकेगा और हम चुप बैठे रहेंगे, आंय! मन्त्री–सन्त्री का पावर होगा वहाँ दिल्ली में। गाँव में तो भाई जो पंचायत चाहेगी वही होगा। ...ई पोखरा पहचान है हमारी। हम इसको अइसे कैसे किसी को तोड़ने देंगे भाई। ...पहले पंचायत में फ़ैसला होगा। ...पंचायत ख़िलाफ़ होगी तो पट्टा परधान का बाप भी नहीं कर सकता। रद्द करना होगा पट्टा।...' कुछ क्रान्तिकारी क़िस्म के एक नवहे ने हुँकार भरी।

ऐसे ही तर्क–वितर्क, किचकिच, झिकझिक, चिकचिक, बमचक उधर सड़क पार गोवर्धन की चाय की दुकान पर गोल बनाये लोगों के बीच भी चल रही है। कुछ सर्वोदयी क़िस्म का एक गुट उधर परमानन्द मेडिकल स्टोर के सामने पड़ी चौकी और बेंचों पर बैठा नियम–क़ायदों की व्याख्याएँ कर रहा है। उधर कोने में बरगद के नीचे धनेसर पान भण्डार पर कश्मीर प्रधान के समर्थक नवहों का दल मुँह में पान की पीक भरे मुस्कराते हुए इन सब दलों–गुटों की बहसों और सरगर्मियों को बस देख–सुन रहा है। उसमें कोई उत्तेजना नहीं। उसे विश्वास है कि प्रधान के फ़ैसले को टालना किसी के बूते की बात नहीं। थोड़े दिन बमचक मची रहेगी, फिर पुलिस फ़ोर्स आ के पोखर के भीटे को तुड़वा देगी, सारा मामला शान्त हो जायेगा। उधर दुकानों पर लोग बहस कर रहे हैं, इधर प्रधान–समर्थक नवहा दल मुस्करा रहा है।

इसी बीच किसी की मोटरसाइकिल के पीछे बैठकर कश्मीर प्रधान रामाशंकर हलवाई की दुकान के सामने थोड़ी देर के लिए रुके और ब्रह्मराज बाबू को सलाम ठोंका–'प्रणाम सिपाही चाचा।'

ब्रह्मराज बाबू ने मुस्कराकर उनके अभिवादन का जवाब दिया। पूछा–'क्या हालचाल हैं प्रधानजी? सब कुशल–मंगल तो है न?'

'सब आशीर्वाद है चाचा।' कश्मीर प्रधान ने कहा और चालक की पीठ पर हाथ धरा तो मोटरसाइकिल आगे बढ़ गयी। बरगद के नीचे पान की दुकान के सामने जाकर रुकी और कश्मीर प्रधान वहाँ खड़े अपने समर्थक नवहा दल से हाथ मिलाते हुए उनमें

शामिल हो गये। ब्रह्मराज बाबू ने यह सब देखा और फिर अख़बार में नज़रें गड़ा दीं।

ब्रह्मराज बाबू की नज़रें अख़बार पर ज़रूर थीं, पर मन कहीं और डोलने लगा। ...कश्मीर प्रधान को भइया ने ही चुनाव जितवाया। दलित के लिए सीट रिज़र्व हुई तो गाँव–भर में घूमकर भइया ने सबको समझाया कि इस बार कश्मीर को प्रधान बनाया जाये–पढ़ा–लिखा है, ईमानदार और मेहनती है। ग़रीब परिवार का है, गाँव के भले के लिए काम करेगा। ...भइया की बात कम ही लोग टालते हैं। सो, सहमति बनी कि कश्मीर को प्रधान बनाया जाये। बन गया कश्मीर प्रधान।...

नाम भी अजब रखा है इसके बाबू ने। ...ब्रह्मराज बाबू सोच रहे हैं। ...कश्मीर के पिता मलेऊ, उनके तीन बेटे और दो बेटियाँ हुईं। मलेऊ ज़िन्दगी भर हमारे घर हलवाही करते रहे। उन्होंने अपने तीनों बेटों के नाम पता नहीं क्या सोचकर जगहों के नाम पर रखे। बड़ा बेटा नेपाल, दूसरा पंजाब और सबसे छोटा यह–कश्मीर। बेटियों को उन्होंने मिठाइयों के नाम दिये–इमरती और अनरसा। ...दोनों बड़े बेटे बहुत पहले दिल्ली चले गये थे। राजमिस्त्री का काम करते हैं। जब तक मलेऊ ज़िन्दा थे, वे गाँव आते रहे। मलेऊ मरे और उन दोनों ने गाँव–घर से नाता ही तोड़ लिया। पता चला, वहीं घर बनाकर बस गये हैं। ...कश्मीर ने पढ़ाई–लिखाई की। भाइयों का सहयोग नहीं मिला, फिर भी पढ़ाई पूरी की। बी.एस.सी. है। मगर आरक्षण के बावजूद कोई सरकारी नौकरी नहीं मिली। बालेन्दु राय के नर्सरी स्कूल में पन्द्रह सौ रुपया महीना पर कई साल तक पढ़ाया। मगर उसका मन वहाँ लगता नहीं था। कुछ बड़ा करने का सोचता रहता था। सरकारी नौकरी के लिए बहुत कोशिश की, मगर बेकार। भइया के पास आकर बैठता। बहुत आदर देता है, वह हमारे परिवार को। भइया को भी उससे बहुत उम्मीदें हैं। भइया अक्सर अफ़सोस ज़ाहिर करते सुने जाते हैं, कि बताओ इतना होनहार लड़का है, मगर क़ायदे का कोई ठिकाना नहीं मिल पा रहा उसे। आरक्षण का हल्ला तो बहुत रहता है, मगर इसे उसका कोई लाभ नहीं मिला। ...इसी तरह तो

नौजवान गुमराह होते हैं। ...ब्रह्मराज बाबू भइया की बातें बस सुनते रहते हैं, कोई प्रतिक्रया नहीं देते।

ब्रह्मराज बाबू के लिए भइया का आदेश दुनिया में सर्वोपरि है। भइया जो कह दें, वे आँख मूँदकर उस पर अमल करते हैं। ब्रह्मराज बाबू रिटायर होकर गाँव लौटे तो भइया ने उनसे दो बातें कहीं–पहली ट्रैक्टर पुराना हो रहा है, नया ख़रीदना है। दूसरी, एक बढ़िया राइफ़ल होनी चाहिए घर में। आज तक भइया ने ब्रह्मराज बाबू से किसी चीज़ के लिए मुँह नहीं खोला। वे तो बस ब्रह्मराज बाबू की हर ज़रूरत पूरी करने को तैयार रहते हैं। उनकी हर सुविधा का ख़याल रखते हैं। सो, ब्रह्मराज बाबू कब पीछे हटने वाले थे। भइया ने मुँह खोलकर कुछ कहा हो और वे आनाकानी करें! नया ट्रैक्टर ख़रीदा गया। हालाँकि घर में एक बारह बोर की दुनाली थी और ब्रह्मराज बाबू ख़ुद हथियारों के पक्ष में कभी नहीं रहे, पर भइया के शौक़ का उन्होंने ध्यान रखा। नयी राइफ़ल भी ख़रीद लाये, रिटायर्ड फ़ौजियों को बन्दूक़ का लाइसेंस मिलने में परेशानी नहीं होती, सो मिल गया। मगर ब्रह्मराज बाबू ने वह राइफ़ल कभी कन्धे पर नहीं रखी। भइया और उनका बेटा सुभाष ही बड़े शान से उसे लेकर चलते हैं।...

हथियारों के तो वे बचपन से ख़िलाफ़ रहे, पर फ़ौज में जाने के बाद ब्रह्मराज बाबू का विचार और दृढ़ हो गया कि हथियारों के बल पर न तो सुरक्षा कायम की जा सकती है और न शान्ति। हथियार ख़ुद में भय पैदा करते हैं, आदमी को हिंसक बनाते हैं। पर यह बात वे भइया को कैसे समझाते। वे तो बस गर्दन झुकाकर अब तक भइया की बात सुनते आये हैं। भइया ने कहा कि 'छोटे, एक बढ़िया–सी राइफ़ल होनी चाहिए अपने पास। ये सुभाष तो अपनी कमाई से अपने शौक़ पूरा कर ले वही काफ़ी है। शादी में इसे इतनी अच्छी कार मिली, मगर बाबू साहब को जीप का शौक़ चढ़ा। ले आये ख़रीदकर। फालतू में इधर से उधर घूमते रहते हैं। घर के काम में मन लगता नहीं। सुबह सोकर उठेंगे, नहा–धोकर कॉलेज जायेंगे, इधर–उधर गप्पबाज़ी करके देर रात को लौटेंगे, सो

जायेंगे। घर में किस चीज़ की ज़रूरत है, खेत में कहाँ क्या हो रहा है, कोई फ़िक्र नहीं।...'

भइया इसी तरह अपने बेटे सुभाष की आलोचना करते रहते हैं। वह भइया के सामने कम ही आता है। बहुत ज़रूरी बात हुई तभी कुछ कहता है। मगर मुझसे ख़ूब खुला हुआ है। बचपन से ही हम दोनों में दोस्ताना जैसा है। कुछ भी बात होगी, चाचा यह बात, चाचा वह बात। जब पढ़ता था तो उसे किसी भी चीज़ की ज़रूरत होती, मुझसे अधिकारपूर्वक माँगता। ...अब भी उसकी आदत कहाँ गयी है। जब मैं रिटायर होने वाला था तो उसने माँग रखी कि चाचा, मुझे मिलिट्री कैंटीन से एक मोबाइल सेट दिलाना। मेरे रिटायरमेंट से पाँच दिन पहले ही इलाहाबाद पहुँच गया था। उसने अट्ठाईस हज़ार रुपये का फ़ोन ख़रीदा। फिर मैंने भइया और भाभी के लिए भी चीज़ें ख़रीदी थीं। सारा सामान बाँध–बूँध कर हम चाचा–भतीजा साथ लौटे थे।

भइया ने अट्ठाईस हज़ार रुपये के मोबाइल फ़ोन के बारे में सुना तो कई दिन तक गरजते रहे। सुभाष को जो सुनाना था, वह तो उन्होंने सुनाया ही, मुझे भी परोक्ष रूप से सुना डाला। ...चार–पाँच साल हो गये सुभाष को सरकारी इंटर कॉलेज में पढ़ाते। अच्छी तनख़्वाह मिलती है, मगर अपने पैसे से फ़ोन नहीं ख़रीदा, चाचा के पैसे से फ़ोन लेना था उसे। ...अब भी मेरे सामने वह बच्चा ही बना रहता है। ...भइया बेकार में उसे डाँटते रहते हैं।...

मगर मेरे बारे में भइया के ख़याल इसके बिल्कुल उलट हैं। कभी किसी बात पर मेरी निन्दा नहीं की। कभी किसी बात पर टोका नहीं, रोका नहीं, डाँटा नहीं। खेत में कभी काम करने जाता तो रोक देते–'छोटे, तुम घर जाओ। यहाँ काम करने वालों की कमी नहीं है। जब तक मैं हूँ, तुम्हें चिन्ता करने की ज़रूरत नहीं।' और सुभाष को इसीलिए डाँटते–फटकारते रहते हैं कि वह खेती के कामों में दिलचस्पी नहीं दिखाता। ...अरे क्यों दिखाये, उसका बाप ज़िन्दा हैं अभी, उसका चाचा ज़िन्दा है। उसे किस बात की चिन्ता। अभी उमर है उसकी खेलने–खाने, शौक़ पूरे करने की। मगर भइया को समझाए कौन।...

नहीं, मैं जानता हूँ भइया को, वे मुँह से भले कड़वी बात बोल देते हैं, पर दिल में सुभाष के प्रति कोई मैल नहीं है। उस दिन मैं दोपहर को भीतर कमरे में लेटा था, तो कोई भैया से मिलने आया था। पता नहीं क्या बात चली तो भैया ने उससे सुभाष की आलोचना शुरू कर दी। उस आदमी ने टोका भी था—'अरे बाबू साहब, अब सुभाष बाबू बड़े हो गये हैं। कॉलेज में पढ़ाते हैं, एक बच्चे के बाप बन चुके हैं। अब तो उनकी निन्दा बन्द कीजिए।' भइया थोड़ी देर चुप रहे, फिर कहा—'अपने बच्चों क़ी तारीफ़ करने से उनकी तरक्की रुक जाती है, इसलिए नहीं करता उसकी तारीफ़।' ...अजीब पुराने ख़यालों के हैं भइया।...

अख़बार में नज़रें गड़ाये ब्रह्मराज बाबू इन्हीं सब बातों में खोये हुए थे कि एक आवाज़ ने उनका ध्यान भंग किया—'प्रणाम चाचा।' ब्रह्मराज बाबू ने नज़र उठायी। कमलेश और मधुर थे। ये दोनों उसी तरह ब्रह्मराज बाबू को आदर देते हैं जैसे सुभाष। सुभाष के ही मित्र हैं। दसवीं तक तीनों एक साथ पढ़े हैं। सुभाष तो आगे पढ़कर इंटर कॉलेज में मुलाज़िम हो गया, मगर मधुर और कमलेश इस नेता, उस नेता के पीछे घूमते रहते हैं। कोई मुस्तक़िल काम नहीं। वे दोनों जितना आदर करते हैं ब्रह्मराज बाबू का, उतना ही उन्हें छेड़ते भी हैं। वे दोनों आकर ब्रह्मराज बाबू की बगल में बैठ गये थे।

इतने में बनवारी मास्टर भी पहुँच गये। गाँव के प्राइमरी स्कूल में हेडमास्टर हैं। दूसरे गाँव के रहने वाले। महाबातूनी। स्कूल और पढ़ाई—लिखाई को छोड़कर बाक़ी दुनिया—जहान की चाहे जितनी बातें करा लो उनसे। घर से सीधे चट्टी पर आकर रामाशंकर हलवाई की दुकान पर बैठ जाते हैं। चौकी पर पालथी मारे अख़बार तो कम पढ़ते हैं, पार्टियों के भीतर की ख़बरें ज़्यादा सुनाते हैं। एक बार बहस छिड़ गयी तो फिर स्कूल को भूल जाते हैं। गदोरी में खैनी मलते हुए रामाशंकर की दुकान से ही स्कूल की गतिविधियों पर नज़र रखते हैं। अगर स्कूल में बच्चे शोर मचाते हैं तो दौड़ाते हैं रामाशंकर की दुकान से किसी को—जाकर कहो बलेसर मास्टर को कि बच्चों को

कुछ काम दें, शोर क्यों मचा रहे हैं। ...अगर बनवारी मास्टर स्कूल जाते भी हैं तो पढ़ाते कम, बच्चों को डाँटते–फटकारते, मारते–पीटते ज़्यादा हैं। इसलिए बच्चे उनसे पढ़ते कम, डरते ज़्यादा हैं।...

आते ही बनवारी मास्टर ने ब्रह्मराज बाबू को छेड़ दिया–'क्या सिपाही जी, ये क्या बमचक मचा हुआ है दो दिन से। ...अरे हमने तो सुना है, ये तालाब आपके दादे–परदादों ने बनवाया था। अब उसकी ज़मीन पट्टे पर दे रहे हैं, परधानजी। आप उसे रोकने की कोशिश नहीं कर रहे।'

ब्रह्मराज बाबू ने कोई जवाब नहीं दिया।

बनवारी मास्टर ने उन्हें हुलकारा–'अरे कैसे सिपाही हैं आप। यह सब सुनकर आपका ख़ून नहीं खौलता।'

ब्रह्मराज बाबू फिर भी चुप। नज़रें अख़बार में गड़ाये रहे। उनकी तरफ़ से जवाब मधुर ने दिया–'अरे माटसाब, चाचा फ़ौज में कोई गोला–बारूद चलाने का काम थोड़े करते थे। ट्रेनिंग के बाद तो इन्होंने कभी बन्दूक़ अपने कन्धे पर रखी भी नहीं। आर्टिस्ट आदमी हैं। रंगों से खेलते रहे। तस्वीरें बनाते रहे। फ़ौज में रहकर भी सिविलियन लाइफ़ जीते रहे। इनकी अपनी अलग दुनिया है। इन्हें क्या लेना–देना इस बमचक से। बड़े काका हैं न इन बातों की फिकर करने के लिए।...'

ब्रह्मराज बाबू उनकी बातें सुनते रहे और एक बार फिर खो गये पुराने दिनों में। ...गाँव की चट्टी यानी जहाँ बसें रुकती हैं, चाय–पान, कपड़े–किराने वग़ैरह की दुकानें हैं। हफ़्ते में दो बार सब्जी–तरकारी का हाट लगता है। सड़क से थोड़ा हटकर पश्चिमी तरफ़ बड़ा–सा पोखर है। दो तरफ़ सफ़ेद कंकड़ को कूटकर चूने–सुर्खी से जमाये पक्के घाट हैं। पोखर के चारों ओर ऊँचा भीटा है। भीटे पर आम, इमली, महुआ, गूलर, पीपल, ताड़, खजूर के सघन पेड़ लगे हैं। सड़क की तरफ़ वाले घाट के पास एक मन्दिर है। एक कुआँ भी। राहगीर वहाँ रुककर पानी पीते, पेड़ों की छाँव में मन्दिर के सामने बने चबूतरे पर विश्राम करते रहे हैं। त्योहारों पर लोग पहले पोखर

में नहाते और मन्दिर में जल चढ़ाते थे। कई मौक़ों पर बड़ा भण्डारा भी होता था। रामनवमी के दिन आज भी बड़ा मेला लगता है। पोखर के चारों ओर मिठाई, जलेबी–पकौड़ों, घरेलू सामान, खिलौनों और साज–सिंगार की दुकानें ही दुकानें लगती हैं। कई गाँवों के लोग जुटते हैं। ...ब्रह्मराज बाबू की स्मृति में अपने बचपन के दृश्य उभर रहे हैं, जब वे स्कूल से लौटते वक़्त दोस्तों के साथ पोखर में छलाँग लगाकर देर तक नहाते थे।...

भइया बताते हैं कि हमारे तरदादा ने यह पोखर ख़ुदवाया और इसके घाट बनवाये थे। बड़े मन से पोखर के चारों ओर बगीचा लगाया था। तब ज़मींदारी का ज़माना था, पोखर–कुएँ ख़ुदवाना, मन्दिर बनवाना आसान था। लोग श्रमदान करते थे। ...मगर जब काश्तकारी बन्दोबस्ती क़ानून बना तो पोखर और उसके आसपास की सारी ज़मीन को गाँव–समाज की सम्पत्ति घोषित कर दिया गया। उसके बाद पूरा गाँव मिलकर पोखर की सफ़ाई, मन्दिर की देखरेख और वहाँ के बाग़ की देखरेख करने लगा। साल में एक बार गरमी में श्रमदान करके पोखर की सफ़ाई ज़रूर होती। साल–भर पोखर में पानी भरा रहता। साफ़ पारदर्शी पानी। मगर पिछले पन्द्रह–बीस सालों से पोखर की सफ़ाई नहीं हुई। गाद भरती गयी और वह उथला हो गया है। पोखर के भीतर सरपत का जंगल खड़ा हो गया है। अब कोई उसमें नहाने नहीं आता। सर्दी बीतते न बीतते तालाब सूख जाता है। किनारे के भीटे पर बहुत सारे पेड़ सूख या आँधी–पानी में गिर चुके हैं। वहाँ साल में एक बार मेले के अलावा लोगों का आना–जाना नहीं होता। लगभग वीरान ही रहता है पोखर का इलाक़ा। ...वैसे भी अब पोखर–तालाब की ज़रूरत कहाँ रह गयी है। पहले के ज़माने में लोग इस तरह पानी बचाकर रखते थे, अब तो पम्प आ गये हैं –घर में भी बाहर भी। अब नहाने–धोने–खेत सींचने के लिए कौन पोखर–तालाब पर निर्भर है। तालाब रहे न रहे क्या फ़र्क़ पड़ता है।...

'भाई, पोखर में पानी रहता है कि नहीं, उसमें कोई नहाता है कि नहीं, मतलब इससे नहीं है। मतलब है कि कोई चीज़ गाँव–समाज

की है, तो उसके बारे में फ़ैसला गाँव–समाज को करना चाहिए। पोखर सूख रहा है तो उसकी सफ़ाई की ज़िम्मेदारी गाँव के लोगों को उठानी चाहिए। या फिर अगर उसका कोई और इस्तेमाल करना है, तो गाँव के लोग मिल कर तय करें। अकेले ग्रामप्रधान अगर अपने स्वार्थ में आकर फ़ैसला करे तो यह उचित नहीं है।' बनवारी मास्टर की आवाज़ सुनायी दी।

अरे, बनवारी मास्टर ने मेरे मन की बात कैसे सुन ली। ...कहीं मैं बड़बड़ा तो नहीं रहा था! ...ब्रह्मराज बाबू ने सोचा और सचेत हुए।

मधुर और बनवारी मास्टर में तर्क–वितर्क चल रहा था।

ब्रह्मराज बाबू उठे और घर की तरफ़ चल पड़े। वे सुबह तभी तक रामाशंकर हलवाई की दुकान पर बैठते हैं, जब तक भीड़ नहीं होती। दस–साढ़े दस बजे तक बैठते हैं, अख़बार पढ़ते हैं और फिर वापस घर। जब बनवारी मास्टर पहुँच जाते हैं तो इसी तरह दिन–भर बहसा–बहसी चलती रहती है। ब्रह्मराज बाबू को चूँकि इन बहसों, बेकार की बातों में कोई रस नहीं आता, इसलिए भी वे वहाँ नहीं बैठते।...

मगर आज घर लौटते हुए उनके मन में मधुर और बनवारी मास्टर की बातें गूँजती रहीं।... 'अरे कैसे सिपाही हैं आप। यह सब सुनकर आपका ख़ून नहीं खौलता।...' 'अरे माटसाब, चाचा फ़ौज में कोई गोला–बारूद चलाने का काम थोड़े करते थे। ट्रेनिंग के बाद तो इन्होंने कभी बन्दूक अपने कन्धे पर रखी भी नहीं। आर्टिस्ट आदमी हैं। रंगों से खेलते रहे। तस्वीरें बनाते रहे। फ़ौज में रहकर भी सिविलियन लाइफ़ जीते रहे।'...

हम बतायें न बतायें, लोग हमारे बारे में बहुत कुछ जान लेते हैं। ...ब्रह्मराज बाबू सोच रहे थे–हमें लगता है कि लोग हमारे बारे में बहुत कुछ नहीं जानते, जो हम कहेंगे–बतायेंगे, वही जानेंगे, मगर यह हमारी भूल है। लोग जान लेते हैं बहुत कुछ हमारे बताये बिना भी हमारे बारे में। ...और अगर किसी बात को छिपाने का प्रयास करें, तो उसमें लोगों की दिलचस्पी कुछ ज़्यादा ही होती है। ...फिर गाँव में

तो निजी और सार्वजनिक के बीच भेद ही बहुत कम है। ...जिस बात को हम छिपाना चाहें, उसे भी लोग जान लेते हैं। ...हालाँकि मधुर ने जो मेरे बारे में बताया, वह कोई छिपी बात तो है नहीं। फ़ौज में मेरा पद सिपाही और फिर हवलदार का ज़रूर था, पर मैं काम तो आर्टिस्ट का ही करता था।...

बारहवीं का इम्तिहान हुआ ही था कि भइया ने कहा–छोटे, फ़ौज में भर्ती हो जाओ। अब तक हमारे ख़ानदान में कोई फ़ौजी नहीं हुआ, तुम हो जाओ। ...तब फ़ौज में भर्ती के लिए महीने में दो दिन लाइन लगानी पड़ती थी। लम्बाई और सीना नाप होने के बाद लम्बी दौड़, ऊँची कूद वग़ैरह की परीक्षा होती थी। भर्ती अफ़सर को जो लड़के ठीक लगते, भर्ती हो जाते थे। ब्रह्मराज बाबू भी गये, लाइन में खड़े हुए और पहली ही बार में हो गये भर्ती। अगली तारीख़ पर मेडिकल टेस्ट हुआ और वहीं परवाना कट गया। भेज दिये गये ट्रेनिंग के लिए नसीराबाद, राजस्थान।...

ट्रेनिंग के बाद पहली पोस्टिंग हुई पठानकोट में। पंजाब। कर्नल बख़्शी की कोठी पर संतरी की ड्यूटी लगी। दो संतरी एक साथ ड्यूटी करते थे। एक ड्यूटी देता तो दूसरा आराम करता। एक दिन सुबह–सुबह ब्रह्मराज बाबू पेड़ के नीचे बैठे काग़ज़ पर कोई चित्र बना रहे थे। कर्नल उधर से सैर के लिए निकले थे। ब्रह्मराज बाबू को पता नहीं चला। कर्नल उनके पीछे खड़े उन्हें चित्र बनाता देखते रहे। फिर कड़क आवाज़ में बोले–'जवान!'

ब्रह्मराज बाबू हड़बड़ा गये। काग़ज़–पेंसिल हाथ से छूट गये। वे झट सावधान की मुद्रा में खड़े होकर उतनी ही तेज़ आवाज़ में बोले– 'जी जनाब।'

'ब्रश भी चलाना जानते हो?'

'जी जनाब।'

'कल से तुम्हारी ड्यूटी चेंज। ऑर्डर शाम तक मिल जायेगा। कल से वर्कशॉप ज्वाइन करो।' कर्नल बख़्शी ने कहा।

'जी जनाब।'

कर्नल ने अपनी चाल बढ़ायी और आगे बढ़ गये। ब्रह्मराज बाबू वहीं खड़े कर्नल को जाते देखते रहे। काफ़ी देर तक समझ नहीं पा रहे थे कि उन्हें सज़ा मिली है या पुरस्कार। साथी संतरी ने समझाया तब जाकर उन्हें समझ आया कि उनके मनमाफ़िक़ काम मिलने वाला है। अब तक उन्हें पता नहीं था कि फ़ौज में भी इस तरह के काम होते हैं। फ़ौज का मतलब तो वे अब तक लड़ाई में गोला–बम चलाना ही समझते आ रहे थे।

शाम को तबादले का कागज़ मिल गया। अगले दिन ब्रह्मराज बाबू वर्कशॉप पहुँचे। कर्नल बख़्शी वहाँ हाज़िर थे। ब्रह्मराज बाबू ने तनकर सैल्यूट ठोंका। कर्नल ने सदा की तरह कठोर चेहरे से उनका स्वागत किया। एक सिपाही को बुलाकर समझाया कि आज से यह भी वर्कशॉप में काम करेगा। काम समझाओ।

बस, उसी दिन से कन्धे पर राइफ़ल ढोने से मुक्ति मिल गयी। छावनी की दीवारों पर शौर्य के चित्र उकेरने लगे। बोर्ड पेंट करने लगे। गाड़ियों की नम्बर प्लेटें लिखने लगे। कर्नल बख़्शी को उनका काम भा गया। उन्हें ब्रह्मराज बाबू में कला की प्रतिभा दिखी। कर्नल बख़्शी ख़ुद भी मिज़ाज से कलाकार थे। ब्रह्मराज सिंह का बड़े चित्रकारों के चित्रों से परिचय कराया। उनकी बनायी तस्वीरों की किताबें, उनके कैटलॉग उन्हें देखने–पढ़ने को दिये। यह अलग दुनिया थी ब्रह्मराज बाबू के लिए। कहाँ यह मानकर फ़ौज में भर्ती हुए थे कि सीमा पर दुश्मनों से लड़ेंगे, कहाँ रंगों की नयी दुनिया उनके सामने खुलने–खिलने लगी। अभी तक तो वे शौक़िया चित्र बनाया करते थे। बचपन से चित्र बनाने में उनकी रुचि थी। मगर उन्हें कहाँ पता था कि चित्र बनाकर अपने विचारों को व्यक्त भी किया जा सकता है, चित्रों के ज़रिये कोई सन्देश भी दिया जा सकता है।...

कर्नल बख़्शी की आत्मीयता ब्रह्मराज सिंह को मिली। वे सिपाही से हवलदार हो गये। मगर इसी बीच कर्नल बख़्शी ब्रिगेडियर बने और उनका तबादला हो गया श्रीनगर। ब्रह्मराज बाबू का मन

उचट–सा गया। बस नौकरी करने लगे। छावनी की दीवारों पर चित्र उकेरने में पहले जैसा उत्साह नहीं रहा।...

इसी बीच वह हादसा हो गया उनके साथ। कर्नल दानापुर दानव की तरह उनकी ज़िन्दगी में आया और उनकी बीवी को ले उड़ा। ...ब्रह्मराज बाबू की ज़िन्दगी का वह सबसे कड़वा अध्याय है। जब भी उस घटना की याद आती है, वे कड़वाहट से भर जाते हैं, मगर उसे प्रकट नहीं होने देते।...

ब्रह्मराज बाबू चट्टी से घर की ओर चले तो रास्ते के टूटे हुए मोड़ पर आकर रुक गये। सोचा, इस मोड़ को जल्दी दुरुस्त कराना चाहिए। गड्ढा गहरा होता जा रहा है। ...अब इस रास्ते पर भारी गाड़ियों का आना–जाना लगा रहता है। कारें और ट्रैक्टर दिन–भर गुज़रते रहते हैं। मोटरसाइकिल वाले रपटकर गिर जाते हैं। बहुत नज़दीक पहुँचने पर भी यह गड्ढा दिखता नहीं। मोड़ तीखा है। यह वैसे भी तेज़ रफ़्तार गाड़ियों के लिए ख़तरनाक है। तिस पर यह गड्ढा। ...उस दिन भइया ने कश्मीर प्रधान से कहा तो था इस टूटे हुए मोड़ को ठीक कराने के लिए। पता नहीं उन्होंने कहाँ तक बात आगे बढ़ायी। ...चलो, अबकी बार मुलाक़ात होगी तो मैं भी कहूँगा प्रधान से। ...सोचा और ब्रह्मराज बाबू आगे बढ़ गये।

फिर वही कर्नल दानापुर का चेहरा मन में उतर आया। बुरी यादें एक बार मन में उभर आती हैं तो उन्हें झटककर दूर करना कठिन होता है। उनकी शाखा–दर–शाखा खुलती जाती है। ...ब्रह्मराज बाबू नहीं चाहते कि कर्नल दानापुर के बारे में सोचें, पर मधुर ने फ़ौज के दिनों की बात क्या छेड़ी, सब बातें एक–एक कर उभरती गयीं। ब्रह्मराज बाबू को तो अब याद भी नहीं रहता कि वे कभी फ़ौज में थे। घर में ट्रेनिंग के बाद वर्दी में खिंचायी उनकी तस्वीर टँगी है। उसे देखकर भी अब फ़ौज के दिनों की स्मृतियाँ नहीं उभरतीं। दीवार पर टँगी तस्वीरें शुरुआत में तो स्मृतियों को जगाती–पोसती, ख़ुशी या गम साझा करती हैं, पर रोज़ देखते–देखते धीरे–धीरे उनका प्रभाव ख़त्म होता जाता है। ...मगर मधुर ने ब्रह्मराज बाबू की स्मृतियों को

कुरेद दिया। वे सोच रहे हैं–स्मृतियाँ बड़ी बेरहम होती हैं। वे कब उभरकर अच्छे–खासे मिज़ाज को कसैला कर दें, पता नहीं होता। काश, स्मृतियों को मिटाने और सहेजने की कोई विधि होती, कोई तकनीक होती।...

ब्रह्मराज बाबू की नागपुर में पोस्टिंग हुई तो स्वतन्त्र मकान मिल गया। उनकी शादी हुए तीन साल हो चुके थे। तब तक पत्नी मोनिका ज़्यादातर मायके में ही रहती थी। कभी ब्रह्मराज बाबू के घर आकर कुछ दिन रह जाती। ब्रह्मराज बाबू मोनिका को अपने साथ नहीं रख पा रहे थे। मोनिका पढ़ी–लिखी थी। टीचर्स ट्रेनिंग की थी। एक दिन कर्नल बख़्शी ने जब ब्रह्मराज बाबू से उनके परिवार के बारे में पूछा और उन्होंने बताया तो कर्नल बहुत उत्साहित हुए थे। उन्होंने कहा, ले आओ अपने स्पाउस को, यहाँ आर्मी वेलफेयर सोसाइटी के स्कूल में उसे नौकरी मिल जायेगी। मैं कह दूँगा। क्वार्टर के लिए एप्लाई करो, मैं सिफ़ारिश करूँगा। मिल जायेगा। दोनों साथ रहो। ...ब्रह्मराज बाबू को बात जँच गयी थी। मगर हफ़्ता–भर बाद ही तो कर्नल बख़्शी का प्रोमोशन के बाद तबादला श्रीनगर हो गया था।...

उसके आठ–नौ महीने बाद ब्रह्मराज बाबू की पोस्टिंग नागपुर हो गयी थी। हवलदार के पद पर तरक्की के साथ। उन्होंने ब्रिगेडियर बख़्शी को फ़ोन कर बताया था। बख्शी ने ही तो उनके प्रोमोशन की सिफ़ारिश की थी। बहुत ख़ुश हुए। छूटते ही कहा, अब तुम अपना स्पाउस ले आओ। वहाँ के आर्मी स्कूल में उसे काम मिलेगा। क्वार्टर के लिए अर्ज़ी दो, मैं कह दूँगा। वहाँ कर्नल पाटील हैं, मेरा नाम लेकर उनसे मिलो। मदद करेंगे।...

नागपुर पहुँचकर ब्रह्मराज बाबू के सामने एक नयी दुनिया खुली। क्वार्टर भी मिल गया। वे पत्नी मोनिका को भी साथ ले गये। उसे आर्मी स्कूल में पढ़ाने की नौकरी मिल गयी। ज़िन्दगी के सबसे बेहतरीन दिन थे वे। ...मगर कहते हैं न कि सुख के दिन बहुत लम्बे नहीं होते।...

कर्नल दानापुर आर्मी स्कूल का इंचार्ज था। मोनिका चढ़ गयी उसकी नज़र में। ...बावन साल का अधेड़ कर्नल, पर मन से रंगीला। पत्नी मर चुकी थी उसकी आठ साल पहले किसी बीमारी से। एक बेटा था, वह एनडीए खड़गवासला में एअरफ़ोर्स की ट्रेनिंग ले रहा था। ...कर्नल दानापुर की इस उमर में भी औरत की लालसा नहीं गयी थी। ...ब्रह्मराज बाबू ने सिर को झटका–दोष सिर्फ़ दानापुर को क्यों दें। मोनिका के भी ख़्वाबों को पंख लग गये थे नागपुर पहुँचकर। साल–भर साथ रहने के बाद ही उसके रंग–ढंग बदले हुए नज़र आने लगे थे। बड़ी–बड़ी ख़्वाहिशें थीं उसकी। ब्रह्मराज बाबू का पेंटिंग बनाने का शौक़ उसे तनिक नहीं भाता था। वह तो उन्हें किसी बड़े रोबदार, महत्त्वाकांक्षी फ़ौजी अफ़सर की तरह देखना चाहती थी। बड़ा–सा सजा–धजा घर, नौकर–चाकर, ख़ूब पैसे। फ़ौजी अफ़सरों का रोब उसे बहुत आकर्षित करता था। ...ब्रह्मराज बाबू ने फिर सिर झटका। ...क्या पता मोनिका ने ही कर्नल दानापुर को फाँसने की पहल की हो। ...ब्रह्मराज बाबू की साल–भर के लिए गुवाहाटी में पोस्टिंग हो गयी थी। तब मोनिका नागपुर में ही रह रही थी। ...उसी दौरान कर्नल दानापुर के साथ उसके सम्बन्ध गाढ़े हुए होंगे। ...जब आदमी अपनी ज़मीन से कटकर आसमान की तरफ़ देखने लगता है तो यही होता है। वह सिर्फ़ उड़ने की सोचता है। चाहता है कि बस उड़ता रहे। ...मोनिका अगर अपनी जड़ों से जुड़ी रहती, तो हज़ार दानापुर कोशिश करते, वह उनके चंगुल में न फँसती।...

कर्नल दानापुर ने नौकरी के दौरान ही नागपुर के बाहरी इलाक़े में कहीं अपना एक नर्सरी स्कूल खोल लिया था। उसकी आगे तरक्की की सम्भावना नहीं रह गयी थी, इसलिए प्री–मेच्योर रिटायरमेंट लेकर वह अपना स्कूल चलाने लगा था। ...ब्रह्मराज बाबू गुवाहाटी से नागपुर आ गये थे। तभी कर्नल दानापुर ने प्री–मेच्योर रिटायरमेंट ली थी। रिटायरमेंट के महीने–भर के भीतर ही वह मोनिका को ले उड़ा था। ...दानापुर के पैसे, रुतबे, अपने स्कूल और जगह–ज़मीन से ही प्रभावित हुई होगी मोनिका।

...ख़ैर, एक न एक दिन आदमी को अपनी ज़मीन का, अपनी जड़ों का अहसास होता ही है। वह लौटकर आता ही है, अपनी ज़मीन पर। ...आयेगी मोनिका भी एक दिन उड़ते–उड़ते थककर अपनी ज़मीन पर।...

मगर जिस बेशर्मी से वह कर्नल दानापुर के साथ गयी, उसकी कल्पना ब्रह्मराज बाबू ने कभी नहीं की थी। ...उस दिन रात को करीब आठ बजे कर्नल दानापुर ब्रह्मराज बाबू के क्वार्टर में आया था। आफ़िसर्स मेस में बैठकर पीता रहा होगा। ठीक–ठाक पी चुका था। ज़बान लड़खड़ा रही थी। तब ब्रह्मराज बाबू कोई चित्र बना रहे थे। मोनिका किचन में कुछ बना रही थी या यों ही खटपट कर रही थी। कर्नल दानापुर आया और दरवाज़े पर ही टेक लेकर खड़ा हो गया। ब्रह्मराज बाबू ने उसे बैठने को कहा, पर बैठा नहीं। लड़खड़ाती ज़बान में दो–टूक बोला, 'मोनिका को लेने आया हूँ।' फिर उसने रिवॉल्वर हाथ में ले ली। 'हम दोनों एक–दूसरे से प्यार करते हैं। साथ रहने का फ़ैसला किया है। तुमने अगर चूँ–चपड़ की तो उतार दूँगा गोली तुम्हारी खोपड़ी में।...'

ब्रह्मराज बाबू अवाक्। यह क्या हो गया। ...उन्होंने मोनिका की तरफ़ देखा। वह किचन के दरवाज़े पर टेक लगाये खड़ी थी। ब्रह्मराज बाबू ने उसकी तरफ़ देखा तो वह बड़ी बेशर्मी से चलकर कर्नल दानापुर के पास आयी और उससे चिपक गयी। ...ब्रह्मराज बाबू को कुछ समझ नहीं आ रहा था। उनके मुँह से पता नहीं कैसे बस यही निकला था, 'अगर ऐसा है तो मेरे रोकने या चूँ–चपड़ का कोई फ़ायदा नहीं। मोनिका मेरे घर में रहकर भी आपके साथ ही तो रह रही थी। ...तो फिर आपके घर में ही रहे, वही अच्छा...'

दोनों एक–दूसरे की कमर में हाथ डाले उसी वक़्त चले गये थे ब्रह्मराज बाबू के क्वार्टर से। मोनिका ने पहले से अपना सूटकेस तैयार रखा था। ...ब्रह्मराज बाबू उन्हें जाते देखते रहे। ...ओफ़्फ़ क्या बेशर्मी भरा दृश्य था वह। ...अब ब्रह्मराज बाबू के दिमाग़ में झंझावात था। ...यों तो मोनिका काफ़ी पहले से मुझसे कटी–कटी रहने और

मुझे जली–कटी सुनाने लगी थी। हमारे बीच सम्बन्ध मधुर नहीं रह गये थे। पर मेरे गुवाहाटी से लौटने के बाद तो वह साथ रहते हुए भी मुझसे दूर ही हो गयी थी।...

अब ब्रह्मराज बाबू के भीतर तूफ़ान उठ रहा था कि कैसे इस मामले को रफ़ा–दफ़ा करना है। ब्रह्मराज बाबू ने तो मोनिका के जाने को बर्दाश्त कर लिया था, पर यह अकेले की बात नहीं थी। गाँव में भइया को कैसे शान्त करेंगे, मोनिका के परिवारवालों को कैसे शर्मिन्दगी से बचायेंगे। यहाँ छावनी में जो फुसफुसाहटें उभरेंगी उनका सामना कैसे करेंगे।... हज़ार सवाल, पर जवाब कोई नहीं। ...रात बड़ी बेचैनी में कटी।...

मोनिका के जाने के बाद ब्रह्मराज बाबू के अकेलेपन में सबसे ज़्यादा साथ दिया था हवलदार ओंकार किरकिरे और उसकी पत्नी ने। ओंकार ब्रह्मराज बाबू के साथ ही वर्कशॉप में था। उसकी पत्नी मालती भी आर्मी स्कूल में पढ़ाती थी। शुरू में ही मोनिका से उसकी गहरी दोस्ती हो गयी थी। इस नाते वह ब्रह्मराज बाबू को भइया कहकर बुलाने लगी थी और फिर उन्हें सचमुच का भाई बना लिया था। ...मालती ने कुछ दिनों पहले ही संकेत दे दिया था कि 'भाईसाहब, मोनिका के लक्षण ठीक नहीं हैं, ज़रा उस पर नज़र रखिए।' मगर ब्रह्मराज बाबू नज़र रखकर ही क्या करते। उससे मारपीट तो वे कर नहीं सकते थे। ऐसा करना उनके स्वभाव में नहीं था।...

ओंकार को पता चला कि मोनिका कर्नल दानापुर के साथ रहने चली गयी है, तो वह मालती के साथ आया था। बहुत ग़ुस्से में था, 'ब्रह्मराज, कर्नल दानापुर को छोड़ना नहीं है। दोनों को ख़त्म कर देंगे। इतनी बेशर्मी! शिकायत करेंगे हायर अथॉरिटी से।' ...ब्रह्मराज बाबू ने उसे समझा–बुझाकर शान्त कराया, 'क्या फ़ायदा यार। इस तरह मोनिका मेरे पास आ भी जाये तो मेरी होकर तो रहेगी नहीं। और जो बेइज़्ज़ती होनी थी, वह तो हो चुकी।...'

फ़ौज में अघोषित नियम है कि कोई किसी की बीवी पर बुरी नज़र नहीं रखता। ...अगर दानापुर सर्विस में होता तो उसे पनिशमेंट

ज़रूर मिलता। ब्रह्मराज बाबू चाहते तो इस हरकत के लिए उसका कोर्टमार्शल हो सकता था। मगर अब तो वह रिटायरमेंट लेकर बाहर चला गया है।...

ओंकार तो शान्त हो गया, पर सबसे मुश्किल थी भइया को समझाने की। ब्रह्मराज बाबू ने बीच का रास्ता निकाला। भइया को चिट्ठी लिखी कि वे कुछ दिनों के लिए उनके पास नागपुर आ जायें। चिट्ठी पाते ही भइया भागे गये थे नागपुर। ब्रह्मराज बाबू ने बड़े ठण्डे दिमाग़ से उन्हें सारी बात बतायी थी। भइया इस कदर आगबबूला हुए थे कि उन्हें शान्त कराने में आधा दिन लग गया था ब्रह्मराज बाबू को। उन्होंने तो तुरन्त दानापुर और मोनिका की छाती में गोली उतारकर जेल जाने का फ़ैसला कर लिया था। ...ख़ैर, ब्रह्मराज बाबू के तर्कों से वे शान्त हुए। ...मगर गुमसुम हो गये थे। रोते रहे थे देर तक। जब मन का आक्रोश आँखों से झर गया तो उन्होंने मोनिका के पिताजी को भी समझाने की ज़िम्मेदारी ले ली थी। लौट आये थे वे अगले ही दिन गाँव।...

ब्रिगेडियर बख़्शी को पता चला तो वे भी दानापुर की हरकतों पर बहुत नाराज़ हुए। फ़ोन करके ब्रह्मराज बाबू को कहा कि उसके ख़िलाफ़ हायर अथॉरिटी से शिकायत करो। ब्रह्मराज बाबू ने उन्हें भी उन्हीं तर्कों से शान्त किया, जिनसे भइया और ओंकार को कराया था। मगर ब्रिगेडियर बख़्शी को पता था कि ब्रह्मराज बाबू के लिए नागपुर छावनी में रहना मुश्किल होगा, इसलिए उन्होंने कर्नल पाटील से कहकर तुरन्त उनका तबादला उनके घर के पास इलाहाबाद छावनी में करा दिया था।...

अब ब्रह्मराज बाबू मोनिका से दूर चले आये थे। पर दूरी बढ़ने से स्मृतियाँ ख़त्म नहीं होतीं। ...अजीब मिट्टी के बने हैं ब्रह्मराज बाबू। उन्हें आज भी लगता है कि मोनिका उनके साथ ही है। वह एक दिन लौट कर उनके पास ज़रूर आयेगी।...

ब्रह्मराज बाबू को याद आया कि ओंकार से बात हुए कई दिन हो गये। ओंकार ने नागपुर में ही आर्मी वेलफेयर सोसाइटी की

हाउसिंग कॉलोनी में घर बुक करा लिया था। उसने ब्रह्मराज बाबू पर भी दबाव डाला था कि घर बुक करा लें, पर उन्होंने नहीं कराया। उन्हें तो रिटायरमेंट के बाद गाँव लौटना था। ...उनकी गाँव लौटने की ज़िद भी तो मोनिका को नहीं भाती थी। इसी बात को लेकर वह कितनी बार ब्रह्मराज बाबू से उलझ चुकी थी। ...ओंकार रिटायरमेंट के बाद वहीं रहता है। उसी कॉलोनी में दानापुर ने भी घर ख़रीदा था। वह भी वहीं रहता है मोनिका के साथ। ओंकार या फिर मालती का फ़ोन आता है तो वे अपने साथ–साथ मोनिका की भी ख़बर देते हैं। वे जानते हैं कि ब्रह्मराज बाबू मोनिका का समाचार जानकर राहत महसूस करते हैं। ...पिछले महीने बात हुई थी ओंकार से। मोनिका के बारे में बताया था कि वह ठीकठाक है। ...बच्चा न होने की वजह से थोड़ी उदास रहती है। दानापुर का बेटा शादी के बाद परिवार के साथ नार्थ–ईस्ट में है। कम ही आता है।...

विचित्र है, मोनिका को मुझसे शिकायत रहती थी कि मैं उसे बच्चा नहीं दे पा रहा। ...दानापुर के साथ जाकर भी उसे यह सुख नहीं मिला।...

चलते–चलते ब्रह्मराज बाबू ने मोबाइल निकाला और ओंकार को फ़ोन मिला दिया। फ़ोन मालती ने उठाया। उसकी आवाज़ में एक अजीब तरह का संकोच था। जैसे जानबूझकर वह कुछ कहने से हिचक रही हो। ब्रह्मराज बाबू ने उसका संकोच ताड़ लिया। पूछा, 'क्या बात है, मालती। सब ठीक–ठाक तो है। तुम्हारी आवाज़ से कुछ ठीक नहीं लग रहा।...'

'...दरअसल, भाईसाहब...तीन दिन से हम सोच नहीं पा रहे कि आपको बतायें या न बतायें। ...दरअसल...'

'ऐसी क्या बात हो गयी मालती, जो मुझे बताने में तुम्हें संकोच हो रहा है। ओंकार कहाँ है, उसे फ़ोन दो।...'

'वो यहीं हैं भाईसाहब। ...दरअसल, बीते बुधवार को मोनिका की डेथ हो गयी।...'

'...'

'अचानक रात को उसके पेट में ज़ोर का दर्द हुआ। हॉस्पिटल ले गये, मगर रास्ते में ही चल बसी। ...हम इसलिए आपको नहीं बताना चाहते थे कि पता नहीं सुनकर आपको कैसा लगेगा। ...वैसे ठीक हुआ भाईसाहब। टंटा कटा।...'

'...ठीक है मालती। ...बाद में बात करेंगे।' ब्रह्मराज बाबू ने फ़ोन काट दिया।

वे घर पहुँच चुके थे। भइया चार–पाँच लोगों के साथ नीम के पेड़ के नीचे बैठे थे। ब्रह्मराज बाबू ने दूर से ही सुना, भइया ने बलराज को आवाज़ देते हुए कहा, 'कश्मीर प्रधान को बुला लाओ। कहना, मैं उससे मिलना चाहता हूँ।'

ब्रह्मराज बाबू के भीतर झंझावात चल रहा था। सीधा अपने कमरे में घुस गये। भाभी आँगन के पार रसोई में शायद कुछ कर रही थीं। अच्छा हुआ कि उन्हें उनके आने का पता नहीं चला, नहीं तो नाश्ते के लिए ज़िद करतीं। ब्रह्मराज बाबू आँखें बन्द करके लेट गये। पिछले दिनों की अनेक स्मृतियाँ मन में उमड़–घुमड़ रही थीं। मोनिका का चेहरा उनके सामने था। उसके साथ बिताये दिनों की यादें उमड़–घुमड़ रही थीं। ...वे आँखें बन्द किये लेटे रहे, स्मृतियाँ उन्हें घेरे रहीं। आँखें छलक जाना चाहती थीं। वे ज़बर्दस्ती आँखों को छलकने से रोके हुए थे। मन हो रहा था कि कहीं अकेले कोने में छिप जायें और फूट–फूटकर रो लें। ...मगर आँखें दिल का राज़ खोल ही देती हैं। भइया के सामने पड़ेंगे तो उनसे छिपाना मुश्किल होगा। इसलिए वे लेटे रहे।...

कुछ देर बाद ही कश्मीर प्रधान आ गये थे।

भइया और प्रधान के बीच बातें शुरू हुईं। ब्रह्मराज बाबू लेटे–लेटे बातें सुन रहे थे।

'यह क्या सुन रहा हूँ प्रधानजी। आप पोखर वाली ज़मीन बालेन्दु राय को पट्टे पर दे रहे हैं?' भइया ने ठण्डे स्वर में कहा।

'हाँ काका, आपने सही सुना है। बालेन्दु राय स्कूल खोलना चाहते हैं। इधर आसपास के इलाक़े में कोई बढ़िया स्कूल नहीं है।

सब जगह के बच्चे अच्छी पढ़ाई करके अपना भविष्य सँवार रहे हैं, मगर हमारे गाँव के बच्चे वही सरकारी स्कूल में गिनती–पहाड़ा रट रहे हैं। अच्छा स्कूल खुलेगा तो हमारे इलाके की किस्मत सँवर जायेगी। ...वैसे भी वह पोखर अब किसी काम का तो रहा नहीं। वहाँ की ज़मीन का किसी अच्छे काम में इस्तेमाल हो जाये तो इसमें किसी को क्या एतराज़ होना चाहिए।...' प्रधान ने तर्क दिया।

'कितने पैसे दिये हैं बालेन्दु राय ने इस काम के लिए आपको?' भइया ने सीधा सवाल किया था।

'क्या बात कर रहे हैं काका, मैं बिकाऊ नहीं हूँ। एक अच्छे काम के लिए यह ज़मीन पट्टे पर दे रहा हूँ।...'

'इतना ही अच्छा करने का मन था तो वह ज़मीन किसी ग़रीब को दे देते। तब शायद किसी को एतराज़ न होता। बालेन्दु राय उस ज़मीन का अपने कारोबार के लिए इस्तेमाल करेंगे। स्कूल खोलकर पैसा कमायेंगे। वे चाहें तो कहीं और भी ज़मीन ख़रीद सकते हैं, पैसे की कमी नहीं है उनके पास। मगर पोखर वाली ज़मीन पर उन्होंने इसलिए नज़र गड़ा रखी है कि वह सड़क के किनारे है, कहीं से भी वहाँ आना–जाना सुविधाजनक है और आप पर दबाव बनाकर या कुछ ले–देकर वह ज़मीन मुफ़्त में मिल सकती है। ...यह मत भूलिए प्रधानजी कि हमने मदद न की होती तो आप प्रधान न बने होते। प्रधान बनने का मतलब यह नहीं कि मनमानी शुरू कर दें।...'

'काका, मुझे जिताने का मतलब यह नहीं कि आपने मुझे ख़रीद लिया। मैं जो कुछ कर रहा हूँ, वह सब क़ानूनी रूप से सही है। ...आपको जो करना है, कर लीजिए।...'

'वो तो हम करेंगे ही, पर यह मत भूलिए कि यह पहला और आख़िरी मौक़ा है जो आप प्रधान बने हैं। ...अगली बार के लिए तो भूल ही जाइए।...'

'अरे, अगली बार की चिन्ता किसे है। आप किंगमेकर हैं तो बनवाइए किसी और को। देख लेंगे हम भी।...'

प्रधान पलटकर जाने लगे कि अचानक ब्रह्मराज बाबू घर के

भीतर से राइफ़ल लिए निकले और प्रधान की कनपटी पर लगा दिया, 'अगर ये पट्टा हुआ तो समझो तुम्हारी खोपड़ी उड़ गयी।'

भइया और उनके साथ खड़े लोग अवाक्। किसी ने ब्रह्मराज बाबू को इस रूप में नहीं देखा था। प्रधान सकपका गया। उसकी ऊपर की साँस ऊपर, नीचे की नीचे। थूक गटककर हकलाते हुए बोला, 'आप एक प्रतिनिधि पर हथियार उठा रहे हैं चाचा। यह मत भूलिए कि एक जनप्रतिनिधि के काम में अड़ंगा डालना क्राइम है।...'

'मुझे क़ानून मत समझाइए। बस इतना याद रखिए कि पोखर की ज़मीन का पट्टा नहीं होगा। और हाँ, आज के बाद भइया से इस लहजे में बात की तो सारा क़ानून मैं घुसेड़ दूँगा भीतर।...' ब्रह्मराज बाबू ने बहुत ठण्डे स्वर में कहा।

'अरे छोड़ छोटे। बात हो गयी है सबसे मेरी। कल से पोखर की सफ़ाई के लिए श्रमदान शुरू होगा। देखते हैं, किस क़ानून के तहत कराते हैं ये पोखर का पट्टा।...' भइया ने आवाज़ दी थी।

पटाक्षेप

रात को गुसलखाने जाने को उठे तो नासिर क़ाज़मी साहब दरवाज़े पर ही गश खाकर गिर पड़े। गनीमत कहिए कि गंजामी साहब की मदद से उनके ख़िदमतगार सुल्तान मियाँ उन्हें उठाकर तुरन्त अस्पताल ले आये। वरना डॉक्टर तो कह रहे थे कि थोड़ी और देर हो गयी होती तो कुछ भी हो सकता था। क़ाज़मी साहब अब ख़तरे से बाहर हैं और सुल्तान मियाँ ख़ुश हैं कि उनकी वजह से साहब की जान बच गयी।

अब क़ाज़मी साहब को देखने जो भी आ रहा है, सुल्तान मियाँ तफ़सील से रात की सारी बात बता रहे हैं। सुल्तान मियाँ यों तो क़ाज़मी साहब के सामने चुप–चुप रहते हैं, मगर हैं बड़े बातूनी। एक बार शुरू हो जायें तो दिल्ली से लेकर मुम्बई तक की सारी कहानियाँ तफ़सील से सुनाते हैं। कब साहब ने कहाँ क्या किया, किस नाटक में उन्होंने धूम मचा दी, कौन–कौन प्रोड्यूसर उनके पीछे पड़े रहे, पर साहब ने उनके साथ काम करने से मना कर दिया। ...क़ाज़मी साहब से जुड़े इतने सारे क़िस्से हैं उनके पास कि सुनने वाला थक जाये, पर सुल्तान मियाँ सुनाने से न थकें। वे जब कोई क़िस्सा सुनाते हैं तो भूल जाते हैं कि वह क़िस्सा उसी आदमी को पहले भी कई बार सुना चुके हैं। जब क़ाज़मी साहब ड्रामा स्कूल में प्रोफ़ेसर थे, तो उनसे मिलने अक्सर विद्यार्थी घर आया करते थे। जब क़ाज़मी साहब होते तब तो वे उनसे बातचीत करके चले जाते, मगर जब क़ाज़मी साहब नहीं होते तो सुल्तान मियाँ ही उनके प्रोफ़ेसर होते थे। घण्टों उन्हें

बिठाकर क़िस्से सुनाते रहते। उन्हें इस बात से कोई फ़र्क़ नहीं पड़ता था कि मिलने आया आदमी नया है या पहले से आता रहा है।...

पर आज तो सुल्तान मियाँ के पास बताने को नयी बात थी। क़ाज़मी साहब के अस्पताल में भर्ती होने की ख़बर पाकर कोई मिज़ाजपुर्सी के लिए आया था। सुल्तान मियाँ क़ाज़मी साहब के बिस्तर के पास ही बैठे थे। क़ाज़मी साहब नींद में थे। मुलाक़ाती ने सुल्तान मियाँ से जानना चाहा कि कब, क्या, कैसे हुआ, तो सुल्तान मियाँ शुरू हो गये– 'पता नहीं कल पीछे से क्या हुआ था। ...साहब शूटिंग से लौटे तो कुछ परेशान लग रहे थे। सीधे अपने कमरे में घुस गये। रोज़ तो लौटते ही पूछते थे–आज खाने में क्या बना है सुल्तान मियाँ। मगर कल लौटे और बिना कुछ बोले, सीधे अपने कमरे में घुस गये। थोड़ी देर बाद कपड़े बदले बग़ैर किचन में आये। मुझसे सलाद काटने को कहा और कबड से काँच का गिलास लिया, फ्रिज से ठण्डा पानी और बर्फ़ निकाली और फिर अपने कमरे में चले गये। ...मैं सलाद लेकर गया तो साहब पैग बना रहे थे। उनका चेहरा नीचे को झुका था, नज़रें गिलास पर थीं। मैंने देखा कि साहब के चेहरे पर ग़ुस्सा था। ...कुछ पूछने की हिम्मत न हुई। सलाद रखकर मैं वापस आ गया। ...काफ़ी दिनों बाद साहब ने शराब को हाथ लगाया था। मैं साहब की आदतों से वाक़िफ़ हूँ। जानता हूँ कि पीते वक़्त साहब सलाद के साथ कुछ नमकीन भी लेते हैं। सो, मैं उनके बिना कहे, कुछ नमकीन भी रख आया था। ...बड़े मन से कल रात मैंने मेथी गोश्त बनाया था। साहब को बहुत पसन्द है...मगर यह सब हो गया तो सब बेकार गया।...'

बताते–बताते गोश्त की बात उठी तो सुल्तान मियाँ को ध्यान आया कि कल रात का बनाया मेथी गोश्त तो कुकर में ही पड़ा है। वह अब किसी काम का नहीं रह गया होगा। कुकर में भी बास आ गयी होगी। घिस–घिसकर धोना पड़ेगा।

मुलाक़ाती ने टोका तो सुल्तान मियाँ वापस लौटे–'हाँ, तो साहब आये होंगे कि उसके करीब आधे घण्टे बाद ही गोविन्द गंजामी साहब

आ गये। साहब से फ़ोन पर बात हुई होगी। हमारे पड़ोस में ही रहते हैं। थिएटर करते हैं। फ़िल्मों के लिए गाने लिखते हैं। कुछ सीरियल वग़ैरह में भी काम किया है। आजकल खाली हैं। करीब रोज़ ही किसी–न–किसी वक़्त साहब से मिलने आ जाते हैं। साहब के ख़ास दोस्तों में हैं। साहब बताते हैं कि गंजामी साहब ने ही दबाव बनाकर उन्हें दिल्ली से मुम्बई बुलाया था। ...गंजामी साहब आये तो दोनों कमरा बन्द करके पीते रहे, पता नहीं क्या–क्या बातें करते रहे। मैं तो बाहर बैठक में टीवी देखने लगा था। फ़िल्म आ रही थी, सलमान खान की–बाडीगाड। ...कुछ देर बीता होगा कि गंजामी साहब ने धड़ से दरवाज़ा खोला और हड़बड़ाये हुए मुझे पुकारने लगे–जल्दी आओ, जल्दी आओ सुल्तान। क़ाज़मी साहब गश खाकर गिर गये। ...भागा हुआ गया मैं। साहब दरवाज़े पर बेहोश पड़े थे। मैंने और गंजामी साहब ने उन्हें उठाया। उनके चेहरे पर पानी के छींटे मारे, पर साहब को होश ही नहीं आया। फिर हम दोनों ने मिलकर उन्हें लिफ्ट तक पहुँचाया। मैं गाड़ी में लेकर उन्हें अस्पताल आ गया। ख़ुदा की मेहरबानी, साहब की जान बच गयी। पूरी रात बड़ी बेचैनी में गुज़री है। गंजामी साहब भी रात–भर अस्पताल में रहे। डॉक्टरों से पता नहीं क्या अंग्रेज़ी में बातें होती रहीं उनकी। सुबह मुझे बोलकर गये कि चिन्ता की कोई बात नहीं। साहब अब ठीक हैं। दो–एक दिन में अस्पताल से छुट्टी मिल जायेगी।...'

'मोनिका मैडम नहीं थीं घर पर?' मुलाक़ाती ने पूछा।

सुल्तान मियाँ ने इधर–उधर आसपास देखा। फिर क़ाज़मी साहब की तरफ़ देखा। टप–टप टपकती ग्लूकोज़ की बूँदें उनके जिस्म में जा रही थीं। वे गहरी नीद में थे। सुल्तान मियाँ आश्वस्त हुए कि उनकी बात कोई सुनने वाला नहीं, तो वे लगभग फुसफुसाते हुए बोले–'वो तो आजकल बाहर ही ज़्यादा रहती हैं। किसी फ़िल्म में काम कर रही हैं न। शूटिंग के सिलसिले में पाँच दिन से बाहर ही हैं। पता नहीं कब लौटेंगी, यह तो साहब को ही पता होगा। ...साहब ने उनसे शादी करके अपना बुढ़ापा ख़राब कर लिया।...'

'क्यों, पटती नहीं क्या साहब की उनसे?' मुलाक़ाती ने सवाल किया।

सुल्तान मियाँ सतर्क हो गये। मुलाक़ाती को ग़ौर से देखा। उन्हें शायद उस पर शक हुआ। उन्हें ख़ुद पर भी शक हुआ कि बोलने की रौ में वे कुछ ऐसा तो नहीं बोल गये, जो साहब की शान के ख़िलाफ़ हो। आख़िर यह आदमी है कौन, जो साहब के घर का भेद ले रहा है। सुल्तान मियाँ ने खाँसकर गला साफ़ किया और लगभग डाँटने के अन्दाज़ में बोले–'ऐसा किसने कह दिया आपसे। ...अभी साहब को आराम करने देते हैं। ज़्यादा बातचीत करेंगे तो उन्हें खलल पड़ेगा। कल आइएगा, तब तक साहब शायद बातचीत करने लगें।' और सुल्तान मियाँ उठकर बेवजह तिपाई पर रखी दवाइयों को समेटने लगे।

मुलाक़ाती चला गया तो सुल्तान मियाँ के मन में उधेड़बुन चलने लगी। उस मुलाक़ाती को लेकर तरह–तरह के ख़याल, तरह–तरह के सवाल मन में उभरने लगे। ...यह शहर है बहुत ख़राब। पता नहीं क्या सोचकर साहब यहाँ चले आये। दिल्ली ठीक था। वहाँ रोज़ कोई न कोई साहब से मिलने आता रहता था। यहाँ तो इक्का–दुक्का कोई आता है। गंजामी साहब ही हैं जो रोज़ आ जाते हैं, वरना क़ाज़मी साहब जैसा यारबाश आदमी एक तरह से अकेला पड़ गया है। ...दिल्ली की तो सारी सड़कें, सारी जगहें मेरी देखी हुई हैं, यहाँ तो न मैं किसी को जानता, न पहचानता। दिन–भर घर में पड़ा रहता हूँ। ...हालाँकि साहब ने कई बार कहा कि सुल्तान मियाँ मुम्बई घूम आया करो, बहुत सारी जगहें हैं यहाँ देखने की। मगर मन ही नहीं होता मेरा कहीं जाने का। ...साहब भी कहीं जाना हो तो ज़्यादातर लोकल ट्रेन से जाते–आते हैं। प्रोड्यूसर लोग गाड़ी भेज देते हैं। अपनी गाड़ी से कम ही कहीं निकलते हैं। जब वे अपनी गाड़ी से कहीं जाते हैं तभी मैं भी घूम आता हूँ उनके साथ।...

सुल्तान मियाँ पिछले तीस साल से क़ाज़मी साहब के यहाँ काम कर रहे हैं। अब वे उनके परिवार के सदस्य ही हो गये हैं। सुल्तान

मियाँ के बीवी–बच्चे दिल्ली में ही हैं। बीवी घर बैठे कशीदे का काम करती है, बच्चे वहीं के स्कूल में पढ़ते हैं। दिल्ली छोड़कर उनके यहाँ आने की कोई तुक नहीं। साहब का भी क्या पता, कितने दिन मुम्बई में टिकें। कब मन उखड़े और बोल दें कि चलो सुल्तान मियाँ, वापस चलते हैं। ...दिल्ली तो आना–जाना लगा ही रहता है।...

सुल्तान मियाँ के सबसे छोटे खालू ने नौकरी पर रखवाया था उन्हें क़ाज़मी साहब के यहाँ। तब सुल्तान मियाँ नये–नये गाँव से आये थे दिल्ली। एकाध जगह काम कर चुके थे, पर बात जमी नहीं थी। उनके खालू जामिया के जिस प्रोफ़ेसर के घर में काम करते थे, उन्हीं के दोस्त थे क़ाज़मी साहब। खालू से ज़िक्र किया था क़ाज़मी साहब ने ख़िदमतगार के लिए, बस खालू ने सुल्तान को उनके यहाँ रखवा दिया। क़ाज़मी साहब अकेले रहते थे। सुबह–शाम का खाना बनाना होता था, घर की साफ़–सफ़ाई, उसके बाद दिन–भर कोई काम नहीं। क़ाज़मी साहब ड्रामा स्कूल के लिए निकल जाते तो सुल्तान मियाँ घर में अकेले पड़े रहते। दिन काटने के लिए टीवी देखते या फिर सो जाते।

क़ाज़मी साहब ने सुल्तान मियाँ का खालीपन दूर करने के लिए रास्ता निकाला था। उन्हें गाड़ी चलाना सिखा दिया। बड़ी हसरत थी सुल्तान मियाँ को गाड़ी चलाने की बचपन से ही। क़ाज़मी साहब ने एक तरह से उनकी मन माँगी मुराद पूरी कर दी थी। अब सुल्तान मियाँ का रोज़मर्रा बदल गया। सुबह–सुबह घर का सारा काम निपटाते, नाश्ता तैयार करते, डिब्बे में दोपहर के लिए खाना भरते और क़ाज़मी साहब को गाड़ी में बिठाकर ड्रामा स्कूल निकल जाते। अब वे क़ाज़मी साहब के हर वक़्त के ख़िदमतगार थे। साहब जहाँ हों, वहीं वे भी होते। साहब स्कूल में पढ़ाते तो सुल्तान मियाँ बाहर गाड़ी में लेटे–लेटे अपनी नींद पूरी कर लेते। स्कूल के चपरासियों, दूसरे ड्राइवरों के साथ बैठकर गप्पें मारते। स्कूल के बच्चे–बच्चियाँ भी उन्हें पहचानने लगे थे। वे भी खाली वक़्त में सुल्तान मियाँ को घेरकर क़िस्से–कहानियाँ सुनते।

इस तरह सुल्तान मियाँ का दिन कैसे गुज़र जाता, पता ही नहीं चलता।

अहह क्या दिन थे दिल्ली के। ...एक बार तो स्कूल के बच्चों ने साहब से कहा कि सुल्तान मियाँ को भी ड्रामे में रोल देना चाहिए। ...सुल्तान मियाँ याद कर रहे थे। ...साहब मुस्कराये थे। फिर बोले, अगर सुल्तान मियाँ की ख़्वाहिश है, तो मुझे कोई एतराज़ नहीं। बस, मैं भी रिहर्सल करने लगा। उस ड्रामे में मेरा छोटा–सा रोल था, पर क्या मज़ा आया था काम करके। ...अहह...

सुल्तान मियाँ ख़यालों में खोये थे कि क़ाज़मी साहब ने धीमे स्वर में उन्हें पुकारा–'सुल्तान मियाँ।'

सुल्तान मियाँ ख़यालों से वापस लौटे–'जी हुज़ूर।'

'गंजामी साहब चले गये क्या?'

'जी हुज़ूर। कह गये थे कि नहा–धोकर जल्दी ही वापस आ जायेंगे। आते ही होंगे। कुछ चाहिए था क्या हुज़ूर?'

'नहीं, बस यों ही।'

'अब कैसा महसूस कर रहे हैं हुजूर?'

'काफ़ी बेहतर। ...आपने कुछ खाया–पीया?'

'जी हुज़ूर, आप मेरी चिन्ता न करें। आपको कुछ दूँ?'

'नहीं।...' क़ाज़मी साहब ने होंठों पर जीभ फेरी और आँखें बन्द कर लीं।

सुल्तान मियाँ क़ाज़मी साहब के चेहरे को ग़ौर से देखते रहे।

इस बीच गंजामी साहब आ गये– 'क्या हुआ, क़ाज़मी साहब कुछ कह रहे थे?'

'हाँ, आपको पूछ रहे थे।'

गंजामी साहब ने क़ाज़मी साहब के सिर पर हाथ फेरा। क़ाज़मी साहब ने आँखें खोल दीं। गंजामी साहब ने पूछा– 'अब कैसा महसूस कर रहे हैं?'

'बेहतर। ...सुल्तान मियाँ को घर जाने देना चाहिए। नहा–धो लेंगे। खा–पीकर कुछ आराम कर लेंगे। ...मेरी चेकबुक लेते आयेंगे।...'

गंजामी साहब और सुल्तान मियाँ ने एक–दूसरे की तरफ़ देखा। गंजामी साहब ने कहा–'बिल्कुल ठीक बात है। मैं तो हूँ ही यहाँ। सुल्तान मियाँ आप थोड़ा आराम कर आइए। ...अब काज़मी साहब बिल्कुल ठीक हैं। चिन्ता की कोई बात नहीं।...'

'जो आपका हुकुम हुज़ूर।' सुल्तान मियाँ ने कहा।

गंजामी साहब कुछ किताबें और पत्रिकाएँ साथ ले आये थे। काज़मी साहब के बिस्तर के बगल में रखे बिस्तरनुमा सोफ़े पर पालथी मारकर बैठ गये और किसी पत्रिका के पन्ने पलटने लगे। मगर काज़मी साहब को लेकर जो बातें उनके भीतर उथल–पुथल मचा रही थीं, वे बार–बार किसी रिपीट शो की तरह उभर आ रही थीं। गंजामी साहब पलट तो पत्रिका के पन्ने रहे थे, पर हक़ीक़त में भीतर उनकी ज़िन्दगी के पन्ने पलट रहे थे।

काज़मी साहब आंगिक अभिनय के विशेषज्ञ प्रोफ़ेसर माने जाते हैं। पूरी ज़िन्दगी थिएटर को समर्पित कर दी। हम दोनों ने साथ ही ड्रामा स्कूल में दाख़िला लिया था। मैंने डायरेक्शन में कोर्स किया और काज़मी साहब ने ऐक्टिंग में। ...ड्रामा स्कूल के तीसरे साल में प्रोजेक्ट के तहत ख़ुद कोई नाटक तैयार करके उसे मंच पर पेश करना होता था। हम सात लोगों ने एक टीम बनायी और तय किया था कि ख़ुद नाटक लिखेंगे, ख़ुद डायरेक्ट करेंगे, म्यूज़िक देंगे, स्टेज, लाइटिंग वग़ैरह सब ख़ुद करेंगे। मैंने नाटक लिखने और डायरेक्ट करने की ज़िम्मेदारी ली थी। बाक़ी लोगों को दूसरी ज़िम्मेदारियाँ सौंपी गयी थीं।

तय हुआ था कि हम रोज़ शाम को ड्रामा स्कूल के बगल वाले गोल पार्क में बैठकर अपने–अपने काम के बारे में डिसकस करेंगे। शुरुआती परेशानी यह थी कि नाटक की थीम क्या हो। किसी ने कहा कि कंटेम्परेरी सब्जेक्ट उठाते हैं–महँगाई, करप्शन वग़ैरह। मीता ने सुझाया था कि महिला समस्या को उठाना चाहिए, मसलन घरेलू हिंसा। सबने अपने–अपने विचार दिये, सबने एक–दूसरे के

विचारों का खण्डन किया। नासिर क़ाज़मी सिगरेट पीता, सबकी बातें सुनता रहा। मैंने उकसाया तो बोला–'देखो, इश्यू बेस्ड ड्रामा खेलने में कोई ख़राबी नहीं है। मगर फिलहाल हमें यह सोचना चाहिए कि ड्रामा तैयार करने का हमारा मक़सद क्या है। ...इस ड्रामे से हमारी क़ाबिलियत जाँची जानी है। ड्रामा लिखने की, डायरेक्शन की, ऐक्टिंग, म्यूजिक, स्टेज, लाइटिंग, कोरियोग्राफ़ी वग़ैरह–वग़ैरह की। इसलिए हमें यह तय करना चाहिए कि जो विषय चुनें उसमें सबकी क़ाबिलियत उभरकर आये। केवल सब्जेक्ट हावी न हो जाये।...'

'क्या सब्जेक्ट हो सकता है ऐसा, कुछ है तुम्हारे दिमाग़ में।' मैंने पूछा था।

नासिर ने सिगरेट का धुआँ उगलते हुए कहा था–'तुम तो ओड़िशा बेस्ड हो, वहाँ का कोई फोकटेल–लोककथा– उठा लो, उसी को डेवलप करो, उसे कंटेंपरेरी बनाओ।'

'यार, मेरे माता–पिता ज़रूर ओड़िशा के हैं, पर मैं तो पक्का यूपी वाला हूँ। वहीं पैदा हुआ, पला–बढ़ा, पढ़ा–लिखा। इलाहाबादी चाहे जितना बुलवा लो मुझसे, ओड़िया तो बस कामचलाऊ है मेरी। वहाँ की फोकटेल के बारे में कुछ पता नहीं।...'

'तो फिर यूपी की कोई ऐसी लोककथा उठाओ, जिस पर काम न हुआ हो या बहुत कम काम हुआ हो। उसे नये ढंग से डेवलप करो।... देखो, लोककथा को ड्रामे का विषय बनाओगे तो उससे तुम्हारा मक़सद पूरी तरह सध जायेगा। उसमें डांस, म्यूज़िक, एक्टिंग, सटायर, रोमांस सब कुछ की गुंजाइश होगी। ऑडियंस को एंटरटेन करने के लिए मसाला डालने की जगह भी ख़ूब होगी। ...लोरिक–चनैनी की कथा सुनी है तुमने? ...उसे डेवलप करो। कंटेंपरेरी आसपेक्ट दो उसे। उसमें महिला सशक्तिकरण को भी डाल सकते हो, करप्शन, महँगाई वग़ैरह को भी सटायरिकल तरीक़े से डाल सकते हो। उसमें लोकसंगीत से प्रभाव पैदा कर सकते हो, एक नये तरह का डांस उसमें दिखा सकते हो। ...नया भी होगा और करने को बहुत कुछ होगा।...'

नासिर का विचार सबको जँच गया था। हमने काम शुरू कर दिया था। मैंने लोरिक–चनैनी की कथा ढूँढ़ निकाली थी। उसे कंटेंपरेरी बनाने के लिए हम लोगों ने ख़ूब बहस–मुबाहिसे के बाद अन्तिम रूप दे दिया था। उसमें डायलॉग सीधे–सीधे भी रखे गये थे और बहरत में भी रखे गये थे। जगह–जगह लोरिकी गायन की गुंजाइश रखी गयी थी। तय हुआ था कि इसमें आधुनिक शैली के अलावा रामलीला और पारसी शैली का भी उपयोग किया जायेगा। अब डायरेक्शन के लिए मुझे कुछ सामग्री चाहिए थी। तब नासिर ने ही सुझाया था कि इलाहाबाद के पास फाफामऊ के करीब हर साल नौटंकी मेला लगता है, वहाँ से कुछ सूत्र हाथ लग सकते हैं। मैं गया था वहाँ। लोरिकी गायन की शैली और अहिरऊ नाच रिकॉर्ड करके ले आया था। ...नासिर ने ही सुझाव दिया था कि इसे खेलते हुए केवल मंच पर केन्द्रित न रहो। मंच के बाहर खुले मैदान की तरफ़ से, दर्शकों के बीच से भी कलाकारों को अभिनय करते, नाचते–गाते प्रदर्शन करना चाहिए। इसलिए हमने मुक्ताकाशी–ओपन एयर थिएटर में इसे खेलने का तय किया था। ...वह ड्रामा जम गया था। सबसे अलग, सबसे नया, सबसे प्रभावी। उस साल का सबसे उम्दा नाटक था वह। ...क्या किरदार निभाया था नासिर ने लोरिक का। ...ग़ज़ब ढा दिया था। क्या लोरिकी गायी थी, क्या अहिरऊ डांस किया था। ...इसकी एनर्जी देखते बनती थी उसमें। ...ऑडियन्स ने स्टैंडिंग ओवेशन दिया था–उठकर देर तक तालियाँ बजायी थीं।...

गंजामी साहब ने पत्रिका पर से ध्यान हटाकर क़ाज़मी साहब की तरफ़ देखा। वे गहरी नींद में थे। उनके चेहरे पर शान्ति थी। बायें हाथ की नस के ज़रिये ग्लूकोज़ की बूँदें उनके भीतर समा रही थीं। ...डॉक्टर ने रात को बताया था कि गहरे मानसिक तनाव की वजह से उनके दिमाग़ में ख़ून का बहाव गड़बड़ा गया था। ऐसे में कई बार दिमाग़ की नस फटने का ख़तरा रहता है। ब्रेन हैमरेज हो सकता है। ...दो–तीन दिन रिलैक्स करेंगे तो स्वस्थ हो जायेंगे। डॉक्टरों ने उन्हें ऐसी ही दवाएँ दी हैं, जिससे वे ज़्यादातर समय नींद में रहेंगे।...

मैंने ही ज़िद करके इसे मुम्बई बुलाया था। यह तो आने को तैयार नहीं था। ड्रामा स्कूल से रिटायर होकर आराम से दिल्ली में रहना चाहता था। कुछ किताबों पर काम करना चाहता था, मगर मैंने दबाव डाला तो आ गया। ...दिल्ली में अकेले रहकर भी क्या करता। फ्रस्ट्रेट ही होता। मोनिका यहाँ आ गयी थी। एक सिनेमा कम्पनी में उसे नौकरी मिल गयी थी। एक सीरियल में काम करने लगी थी। ...अच्छा थोड़े लगता है कि क़ाज़मी दिल्ली में रहे और मोनिका मुम्बई में। ...ढलती उम्र में शादी की है। ...रिटायरमेंट के बाद वैसे भी कई तरह की एंग्जाइटी होती है, इमोशनल सपोर्ट की ज़रूरत होती है। ड्रामा स्कूल में काम कर रहे थे, तब तक तो मिलने–जुलने वालों की कमी नहीं थी। रिटायरमेंट के बाद कौन पूछता है। वहाँ अकेले घर में बन्द रहता। पड़ोस के बुड्ढों के साथ दिन–भर ताश खेलता या पार्क में बैठकर पेड़–पत्तों–चिड़ियाँ वग़ैरह को निहारता। ...मोनिका भी नहीं चाहती थी कि यह दिल्ली में रहे। वह तो शुरू से चाहती थी कि यह मुम्बई आ जाये, कहीं–न–कहीं कुछ रोल मिल जायेगा। आख़िर थिएटर में इतना नाम कमाया है, इसे काम देने में किसी को गुरेज थोड़े न होगा। ...चलो काम न भी करे, साथ रहेंगे दोनों यही क्या कम है। ...इसीलिए मैंने दबाव बनाया था।...

क़ाज़मी टैलेंटेड आदमी है। ...मगर टैलेंटेड लोगों में एटीट्यूड की जो परेशानी होती है, वह इसमें ख़ूब है। ...ज़िद ठानी हुई थी कि फ़िल्म में काम नहीं करेंगे। बस थिएटर करेंगे। सारे तो थिएटर छोड़कर पैसा कमाने फ़िल्मों में भाग जाते हैं, मैं थिएटर सँभालूँगा। ...जैसे इसके सँभाले से थिएटर सँभल जाता। अकेला चना भाड़ फोड़ने चला था। ...कितनी जिरह की थी इसने मुझसे मुम्बई आने के बाद फ़िल्मों और सीरियल में काम करने को लेकर। मैंने कहा, 'भइया ज़माना बदल गया है और जो बदले ज़माने के मुताबिक़ ख़ुद को नहीं ढालता उसे बेवकूफ कहते हैं। ज़माना टेलीविज़न का है। लोग अब थिएटर देखने नहीं जाते। इतना समय नहीं है अब लोगों के पास। घर बैठे टेलीविज़न पर सब कुछ देखना चाहते हैं। फ़िल्में

भी हफ़्ते–भर से ज़्यादा नहीं टिकतीं सिनेमाहॉलों में। तीसरे–चौथे महीने टेलीविज़न के किसी चैनल पर उतर आती हैं। उनकी कमाई अब सिनेमाहॉल से नहीं, यू–ट्यूब से होती है। बड़े–बड़े ऐक्टर टीवी सीरियलों में काम करने लगे हैं। ...और एक तुम हो जो किताबी सिद्धान्त लिए थिएटर को बचाने की ज़िद पाले बैठे हो। कौन देखता है, आजकल थिएटर। थिएटर करने वाले भूखों मर रहे हैं। ...थिएटर करना है तो करो, कोई रोक थोड़े रहा है, पर फ़िल्मों, सीरियलों में काम करके गुज़ारे का पैसा कमाओ, फिर समय मिले तो थिएटर भी करो। बहुत सारे बड़े एक्टर ऐसा कर रहे हैं। फ़िल्मों में नाम कमाने के बावजूद उन्होंने थिएटर का अपना शौक़ मरने नहीं दिया है। जब फ़िल्मों में काम नहीं करते, तब थिएटर करते हैं। तुम काहे फ़िल्मों से तौबा किये बैठे हो भाई।...'

मोनिका ने तो डाँटा भी था–'खाली सिद्धान्तों से ज़िन्दगी नहीं चलती। जो हक़ीक़त है, उसे स्वीकार करो। थिएटर के लिए सरकार का मुँह ताकते रहना पड़ता है। आपके पास इतना तो पैसा है नहीं कि एक भी नाटक अपने बल पर कर लें। सारी पूँजी लगाकर कर भी लेंगे तो मिलेगा क्या, सोचा है कभी। मुफ़्त में दिखाओ तो हज़ारों देखने आ जाते हैं, टिकट ख़रीदकर देखने वाले इक्का–दुक्का होते हैं। डुबा बैठेंगे सारी पूँजी। ...अभी तक ड्रामा स्कूल में थे तो कोई दिक्क़त नहीं थी, सरकारी मदद मिल रही थी, ख़ूब नाटक खेले, धूम मचायी, अब जो भी करेंगे अपने पैसे से करना पड़ेगा। और घर फूँककर तमाशा कब तक देखेंगे आप।...'

बड़ी मुश्किल से तैयार हुआ था क़ाज़मी फ़िल्म और सीरियल में काम करने को। उन दिनों इसी का एक विद्यार्थी बालेन्दु भटनागर सीरियल बना रहा था–तीन तलाक़ के मसले पर। एक्टर्स की तलाश में था। मैंने उससे कहा कि नासिर क़ाज़मी के लायक कोई काम हो तो उन्हें भी जोड़ो अपने साथ। वह ख़ुश हो गया–'अरे, क़ाज़मी साहब मुम्बई में हैं, मुझे तो पता ही नहीं। अगर वे मेरे सीरियल में काम करें तो मेरा काम तो बहुत आसान हो जायेगा। मैं सेकेंड लीड

रोल के लिए किसी एक्टर की तलाश में हूँ। ओम पुरी साहब से बात हुई थी। वे तैयार थे काम करने को, मगर उनकी फीस बहुत है। अभी उतना अफोर्ड कर पाना मेरे बूते का नहीं। ...फीस तो कम दे पाऊँगा, मगर क़ाज़मी साहब को इस सीरियल में काम करके मज़ा बहुत आयेगा।...' मैंने बालेन्दु को आश्वस्त किया था कि नासिर को उसके सीरियल में काम करने को तैयार कर लूँगा।

उसी शाम मैं नासिर के घर पहुँचा था। मैंने कहा, 'भाई नासिर, आज तुम्हारे लिए एक ख़ुशख़बरी लेकर आया हूँ, मगर बताऊँगा तभी, जब ग़म ग़लत करने का प्रबन्ध करोगे।'

'ख़ुशख़बरी देने आये हो कि ग़मी की ख़बर लेकर आये हो, जो पहले ग़म ग़लत करोगे, फिर सुनाओगे।' क़ाज़मी ने तंज कसते हुए कहा था। ...मज़ाकिया तो ख़ूब है। किसी भी बात को पकड़कर व्यंग्य कर लेना इसकी ख़ूबी है। बातें करने का अन्दाज़ ऐसा कि अनजान को भी पल–भर में अपना बना लेता है। इसीलिए तो ड्रामा स्कूल में स्टूडेंट्स इसके मुरीद सबसे ज़्यादा थे। स्टूडेंट्स के साथ बैठकर कहीं भी नुक्कड़ पर चाय पी लेने, सिगरेट फूँक लेने, घण्टों बहसने–बतियाने में इसे कोई गुरेज नहीं होता था। मानो वे इसके स्टूडेंट्स नहीं दोस्त हों।...

ख़ैर, इसने आलमारी से बोतल निकाली, सुल्तान को गिलास, पानी, बरफ, सलाद और नमकीन लाने को कहा। इसे ख़ुशख़बरी को लेकर कोई उत्सुकता नहीं, सुनने की जैसे कोई हड़बड़ी नहीं थी। मैं सोच रहा था कि पूछेगा कि क्या ख़बर लेकर आये हो, सुनाओ तो सही। मगर नहीं। पहला पैग पीने के बाद मैंने ख़ुद इससे कहा–'तुम्हारे लिए एक ऑफर है और ख़बरदार जो इसे करने से मना किया। अगर तुमने काम नहीं किया तो समझो मैं तुम्हारे यहाँ आना–जाना बन्द कर दूँगा।'...हालाँकि मुझे इस तरह जज़्बाती नहीं होना चाहिए था। ...मगर मैं तो चाहता था कि नासिर कहीं काम शुरू करे। मुझे विश्वास था कि यह कहीं भी काम करेगा, अपनी एक्टिंग से मामला जमा देगा। अपनी पहचान बना लेगा। फिर हज़ार रास्ते खुलेंगे।...

मेरी ज़िद सुनकर नासिर मुस्कराया था–'अच्छा, ऐसी बात है तो भई कुछ ख़ास ही होगा। मगर ऑफर क्या है, सुनें तो सही।'

'तुम्हारा एक स्टूडेंट होता था, बालेन्दु भटनागर। याद है?'

नासिर ने दिमाग़ पर ज़ोर डाला–'हाँ, याद है। चार–पाँच बैच पहले ड्रामा स्कूल से कोर्स पूरा किया था। दो साल पहले मिला था मुझसे– मुम्बई में ही सीरियल वग़ैरह बना रहा है। ...बहुत पाजी है। ड्रामा स्कूल में कोर्स ज़रूर कर रहा था, पर उसका मन दूसरे धन्धों में ज़्यादा लगता था। इस–उस नेता, अधिकारी से साठ–गाँठ करता रहता था। फ़िल्म प्रोड्यूसरों के पीछे भागता रहता था। एक नम्बर का फितूरी। ...मिला तो बता रहा था कि कोई सीरियल बना रहा है, दूरदर्शन के लिए। वह तो तेरह एपीसोड का ही था, कमीशंड प्रोग्राम था कोई। वह तो कब का ख़त्म हो गया होगा। ...क्या कुछ नया कर रहा है अभी?...तुम्हें कहाँ मिल गया?...'

'अभी वह एक नया सीरियल बना रहा है। इसके पहले उसके तीन सीरियल टेलीकास्ट हो चुके हैं। इस बार नये विषय पर सीरियल बना रहा है–तीन तलाक़ के मुद्दे पर। उसमें सेकेंड लीड रोल के लिए तुम्हें लेना चाहता है। ...मना मत करना।...'

नासिर चौंका था– 'तीन तलाक़ के मुद्दे पर?...उसे क्या इल्म है इस मसले पर। ...नया विषय देखा और लपक लिया। ...स्क्रिप्ट भी उसने ख़ुद लिखी होगी, डायरेक्ट भी ख़ुद कर रहा होगा। चवन्नी लगाकर बारह आने कमाने की फ़िराक़ में होगा। ...तुम्हें पता है कि ड्रामा स्कूल के बाद वह मुम्बई आया तो स्टैंड–अप कॉमेडियन का काम करने लगा था! ...जो आदमी पैसे के लिए ख़ुद को बाज़ार में बेचने को तैयार हो, उससे कुछ बेहतर की उम्मीद कैसे कर सकते हैं। ...आप भी महराज, इतने जज़्बाती हो जाते हैं कभी–कभी कि तरस आता है, आप पर। ...ख़ैर, तुमने वादा किया है तो मैं मना नहीं करूँगा। मगर उससे कहो कि एक बार स्क्रिप्ट तो सुना दे, ताकि मैं अपना किरदार समझ सकूँ।...'

'उसमें क्या है। कल ही लेकर आता हूँ उसे। ...या कहो तो बाहर कहीं किसी कॉफ़ी हाउस में बैठ लेते हैं।'

'हाँ, बाहर ही ठीक रहेगा।'

मैं पहली बार किसी को लेकर नासिर में ऐसा नकार भाव देखा था। घर आने से उसने कभी किसी को मना नहीं किया। घर कोई आये तो यह बहुत ख़ुश होता है। ऐसे ख़ातिरदारी में जुटेगा कि पूछिए मत। मगर स्क्रिप्ट सुनने के लिए यह बाहर कहीं बैठने को राज़ी हुआ था।

ख़ैर, बैठने की जगह बालेन्दु ने ही तय की थी। एक बीयर बार की खुली छत पर। मैं नासिर को लेकर तय समय पर पहुँच गया था। बड़ी गर्मजोशी से मिला था नासिर से बालेन्दु। बहुत ख़ुश था कि उसके सीरियल में नासिर के काम करने से उसकी टीआरपी बढ़ जायेगी।...

बालेन्दु ने सबके लिए स्कॉच आर्डर किया था। स्कॉच के साथ–साथ उसने स्क्रिप्ट सुनानी शुरू की, तो नासिर ने शुरू में ही टोक दिया था– 'तीन तलाक़ के मसले पर तुमने कोई रिसर्च की है या कल्पना से कहानी गढ़ डाली है।'

बालेन्दु सकपकाया था, पर तुरन्त सामान्य होकर कहा–'बिल्कुल सर, बिना रिसर्च के इस प्रोजेक्ट पर काम करना सम्भव नहीं है।'

'क्या तुमने रिसर्च किया है कि तलाक़ के मामले में मुस्लिम कम्युनिटी के अन्दर ख़ुदकुशी के कितने मामले हुए हैं अब तक।'

'सर, इस एंगल से तो रिसर्च नहीं किया, पर हमारे प्रोजेक्ट का मक़सद यह है भी नहीं। हम कोई डॉक्यूमेंट्री तो बनाने नहीं जा रहे। सोप ऑपेरा बना रहे हैं। इतने फैक्चुअल कंटेंट में जाने से स्टोरी किल हो जायेगी न सर।'

'मगर फ़िक्शन को भी फैक्ट से एकदम अलग तो नहीं कर सकते न। ...आप अपनी स्टोरी में दिखा रहे हैं कि हीरोइन तलाक़ के बाद ख़ुदकुशी कर लेती है। ...ऐसे किसी इंसीडेंट का फैक्ट तो होगा आपके पास।...'

'सर नहीं है, तो हो जायेगा ऐसा इंसीडेंट। आप देख नहीं रहे, किस तरह औरतें उतर आयी हैं तलाक़ के ख़िलाफ़ सड़कों पर।

किस मानसिक यन्त्रणा से उन्हें गुज़रना पड़ता है तलाक़ के बाद, यह तो छिपी बात नहीं है। एक फ़िल्मकार सिर्फ़ फैक्ट्स तक महदूद रहे तो फिर क्या क्रिएटिव करेगा। क्रिएटिव तो वह है जो आने वाले वक़्त को पहले ही देख ले।... वैसे भी हमारे सीरियल का मक़सद तलाक़ के बाद स्त्रियों की मानसिक यन्त्रणा को दिखाना है। तलाक़ के ख़िलाफ़ जो आन्दोलन चल रहा है, उसे दिखाना है। ...इस वक़्त वीमेन एमपावरमेंट का मार्केट है। ऑडियन्स जो देखना चाहती है, जैसे सीरियल्स का ट्रेंड चल रहा है, हम उससे अलग जायेंगे तो मार खायेंगे। ...फिर हमें कुछ नया और अलग भी तो करना है।...'

मैंने देखा कि नासिर का चेहरा सख़्त हो गया था। यह टेबल पर अपना गिलास घुमाते हुए गर्दन झुकाये बालेन्दु की बातें सुन रहा था। मुझे लगा कि अब नासिर कुछ ऐसा न कह बैठे, जिससे बात बिगड़ जाये। मैंने टेबल के नीचे इसका हाथ दबाया। इसने क्षण–भर को मेरी तरफ़ देखा, फिर बालेन्दु से मुख़ातिब हुआ–'ठीक है, आप स्क्रिप्ट मेरे पास छोड़ जाइए। मैं पढ़ लूँगा। कब से आप शूटिंग शुरू कर रहे हैं, बता दीजिएगा। जो कुछ फार्मेलिटीज़ होंगी, वह भी पूरा कर दूँगा।...'

बालेन्दु पहले से तैयारी करके आया था। उसने बैग से चेकबुक निकाली, एक लाख एक सौ एक रुपये की पेशगी की रकम भरकर उसने नासिर की तरफ़ बढ़ा दिया। फिर उसने एग्रीमेंट के पेपर नासिर की तरफ़ बढ़ा दिये। नासिर ने बिना किसी हील–हुज्जत के चेक जेब के हवाले किया और एग्रीमेंट पेपर्स पर दस्तख़त कर दिये। ...मैं ख़ुश था कि मैं मुम्बई में नासिर के लिए कोई काम तलाश सका।...

डॉक्टर राउंड पर आये थे। उन्होंने क़ाज़मी साहब के सिर पर हाथ रख कर देखा, दाहिने हाथ की नब्ज़ टटोली और मेडिकल पेपर्स की फ़ाइल उठाकर देखने लगे। क़ाज़मी साहब की नींद खुल गयी थी– 'अब आप कैसा महसूस कर रहे हैं।' डॉक्टर ने पूछा था।

'बेहतर।' क़ाज़मी साहब ने संक्षिप्त उत्तर दिया था।

डॉक्टर गंजामी साहब की तरफ़ मुख़ातिब हुए थे, 'अब काफ़ी बेटर पोज़ीशन है। अगर ये चाहें तो इन्हें सूप या खिचड़ी वग़ैरह दे सकते हैं। मैं बोल देता हूँ, इनकी डाइट के लिए। ...एक दिन और यह डिप चलेगी, फिर तय करेंगे। कल के बाद इन्हें घर भी जाने को कह सकते हैं।...'

डॉक्टर चले गये, तो गंजामी साहब ने क़ाज़मी साहब से पूछा– 'क्या खाओगे?...बाहर से कुछ लाता हूँ। अस्पताल का खाना तो बेस्वाद होगा।...'

'अभी कुछ नहीं। ...शाम को सूप ले लूँगा। ...तुमने कुछ खाया?'

'हाँ, मैं हैवी नाश्ता करके आया हूँ। ...तुम जूस वग़ैरह कुछ तो ले लो फिलहाल।'

'अभी कुछ नहीं। ...शाम को।' क़ाज़मी साहब ने कहा और आँखें बन्द कर लीं। दवा का असर था। फिर नींद में चले गये।

डॉक्टर चले गये, क़ाज़मी साहब को नींद आ गयी तो गंजामी साहब सोफ़े से उठकर खिड़की के पास खड़े हो गये। बाहर सड़क पर गाड़ियों का रेला था। अस्पताल से थोड़ी दूरी पर मच्छी बाज़ार में अभी चहल–पहल शुरू नहीं हुई थी। शाम को भीड़ बढ़ जायेगी। ...गंजामी साहब बाहर की दुनिया को देख तो रहे थे, पर दिमाग़ में फिर से क़ाज़मी साहब की रील शुरू हो गयी थी।...

नासिर आजमगढ़ के किसी गाँव से दिल्ली आया था। इसके वालिद गाँव में बैंड पार्टी चलाते थे–शामिलबाजे वाली। साथ में शामियाना, कनात, क्रॉकरी की दुकान भी चलाते थे। नासिर अकेला लड़का था, बाक़ी इसकी चार बहनें थीं। इसके वालिद चाहते थे कि यह भी बैंड पार्टी में शामिल हो जाये। इसलिए उन्होंने इसे क्लैरिनेट बजाने और गाने की तालीम देनी शुरू की थी। मगर इसका मन शामिलबाजे में लगता न था। गाँव से हाईस्कूल करके शहर आ गया पढ़ने, वहाँ से इलाहाबाद होते हुए दिल्ली आ गया। स्कूल के दिनों से ही इसमें थिएटर का जुनून पैदा हो गया था। कॉलेज पूरा हुआ

तो इसने ड्रामा स्कूल का टेस्ट दिया, दाख़िला मिल गया और फिर इसके मनमाफ़िक़ रास्ता मिल गया। ...दिल्ली का ही होकर रह गया। ड्रामा स्कूल पास करने के बाद कुछ दिनों तक रिपर्टरी में काम करता रहा, फिर वहीं असिस्टेंट प्रोफ़ेसर बन गया। जब तक वालिद ज़िन्दा थे, शादी का दबाव डालते रहे, मगर इसने नहीं की। ...पता नहीं कैसे मोनिका से इसे इश्क़ हो गया और ऐसा हुआ कि रिटायरमेंट से एक साल पहले दोनों ने शादी कर ली। ...शुरू में सब यही कहते कि मोनिका ने नासिर को सीढ़ी की तरह इस्तेमाल करने के लिए शादी की है। वह इसके कनेक्शंस इस्तेमाल करके फ़िल्मों में करिअर बनायेगी और फिर इसे छोड़ कर फुर्र हो जायेगी। मगर अब तक मोनिका के व्यवहार से ऐसा कुछ नहीं लगा। जो कुछ उसने हासिल किया है, अपने बल पर किया है।...

अड़ियल नासिर ही है। गाँव से आये लोगों में विचित्र क़िस्म के कॉम्प्लीकेशंस होते हैं। या तो वे मॉडर्न बनने की धुन में ऐसे रम जायेंगे कि अंग्रेज़ उनसे शरमाने लगें, नहीं तो अपनी जड़ों से ऐसे चिपके रहेंगे कि जैसे वही सारी परंपरा और संस्कृति के रक्षक हों। नासिर में भी कुछ अजीब तरह के विरोधाभास हैं। है तो प्रोग्रेसिव, खुले दिमाग़ का, लिबरल, मगर कब अपने आग्रहों का खूँटा गाड़कर उसके इर्द–गिर्द घूमने लगे, कब किस बात पर उखड़ जाये, पता नहीं चलता। जिस पर यक़ीन करेगा उसके सात ख़ून भी माफ़ कर देगा, मगर किसी से चिढ़ गया तो ज़िन्दगी–भर उसे लेकर गाँठ पाले रहेगा। ...बालेन्दु की स्क्रिप्ट पढ़ने के बाद इसने मुझे फ़ोन किया–'यार गंजामी साहब, विषय बहुत सीरियस है, मगर इस कमबख़्त ने स्क्रिप्ट में मसाला भर दिया है। मेरे समझाने से तो समझेगा नहीं, आप समझा सकते हैं तो समझाइए। मैं यह भी नहीं कहता कि पूरी स्क्रिप्ट बदल दो, मगर इसमें थोड़ा–बहुत बदलाव कर दे तो कुछ काम की बन जाये। ...इसमें इसने एक तलाक़शुदा लड़की को ख़ुदकुशी करते दिखाया है। पूरी स्क्रिप्ट रोमांस, डांस, तीज–त्योहारों से भरी पड़ी है। लड़की के बाप को निहायत दकियानूस और कट्टरपन्थी दिखाया है,

जो लड़की की ख़ुदकुशी के बाद बाहर से दुखी तो दिखता है, पर भीतर–भीतर ख़ुश है कि लड़की को मज़हब की रिवायतों के ख़िलाफ़ आवाज़ उठाने की सज़ा मिल गयी। ...बकवास। ऐसा होता है क्या कहीं। कम्युनल अप्रोच है यह तो। ...अगर आप उसे समझा सकें कि लड़की के बाप को रियल बाप की तरह दिखाये, जैसे एक बाप अपनी औलाद के बारे में सोचता है, वैसा दिखाये। बाप को भी लड़की के संघर्ष में शामिल करे तो स्क्रिप्ट में कुछ दम आ जायेगा।...'

मैंने इसे समझाया था–'यार तू अपना नज़रिया क्यों घुसेड़ रहा है स्क्रिप्ट में। हर सीरियल, हर फ़िल्म के सीन डायरेक्टर की आँख में होते हैं। वह उन्हीं के मुताबिक़ स्क्रिप्ट लिखता–लिखाता, कैमरे का एंगिल सेट कराता है। ...तुम डायरेक्टर के काम में क्यों टाँग अड़ाने पर तुले हो। तुम्हारा काम स्क्रिप्ट के मुताबिक़ प्ले करना है। वही करो। अपने किरदार में जितना जान फूँक सकते हो, फूँको। उसके पॉज़िटिव–नेगेटिव आसपेक्ट पर क्यों सोच रहे हो। ...सीरियल चलेगा या नहीं चलेगा, उसका ख़मियाजा प्रोड्यूसर–डायरेक्टर भुगतेंगे। तुम्हारा क्या दाँव पर लगा है।...'

'यार, तुम भी अजीब बातें करते हो कभी–कभी। सीरियल पिट जायेगा तो क्या मुझे तकलीफ़ नहीं होगी। फिर मेरे किरदार को कौन याद रखेगा।...' इसने दलील दी थी।

'देखो, यह फ़िल्म लाइन में तुम्हारा पहला काम है। इसे चुपचाप करो, बाद में बेहतर स्क्रिप्ट देखकर काम करना।...' मैंने समझाया था।

मन मसोसकर नासिर ने बालेन्दु के सीरियल में काम करना शुरू तो कर दिया था, पर आये दिन उसके डायरेक्शन के तौर–तरीक़ों से भन्नाया रहता था। कभी फ़ोन पर, तो कभी मिलने पर अपनी खीज निकालता रहता था। ...तब तो मैं यही समझता था कि इसे अपने स्टूडेंट के डायरेक्शन में काम करने में तौहीनी महसूस हो रही है। मैं इसे किसी न किसी तरह समझाकर काम करने को मनाता रहा। ...मगर मुझे क्या पता था कि बालेन्दु ह्युमिलिएट करता था इसे। मेरी

वजह से सब कुछ बर्दाश्त करके यह काम करता रहा। ...आख़िरी एपीसोड शूट हो रहा था, तब तो बालेन्दु ने हद ही कर दी। ...कल रात को पीते हुए जिस तरह नासिर ने बताया, उससे तो मैं हिल गया।...

आख़िरी सीन शूट हो रहा था। हीरोइन की ख़ुदकुशी के बाद उसके वालिद का किरदार निभा रहे नासिर के चेहरे का भाव शूट होना था। क्लोज़–अप। बालेन्दु चाहता था कि नासिर के चेहरे पर दुख, ग़ुस्सा और इत्मीनान के भाव एक साथ उभरें। नासिर ऐसा नहीं कर पा रहा था। बालेन्दु इरीटेट हो गया था। उसने एक बार नासिर पर तंज भी कसा–'क़ाज़मी साहब, आप तो आंगिक अभिनय के प्रोफ़ेसर रहे हैं। अपने स्टूडेंट्स को बड़े–बड़े सिद्धान्त सिखाते रहे हैं, थिएटर में अभिनय के झण्डे गाड़ रखे थे आपने। आपसे एक मामूली सीन नहीं हो पा रहा!...' और फिर वह अपने असिस्टेंट को डाँटने लगा था। जो ग़ुस्सा वह नासिर पर नहीं उतार पा रहा था, उसे असिस्टेंट पर उतारना शुरू कर दिया। गालियों की ज़ुबान। ...नासिर सब समझता था। पच्चीस टेक के बाद सीन ओके हुआ। मगर बालेन्दु को अपने मन–मुताबिक़ सीन नहीं मिल पाया था। उसकी झुँझलाहट बनी हुई थी।...

शूट से फ़ारिग होते ही नासिर ने मुझे फ़ोन किया था। मैं एक प्रोड्यूसर के साथ मी।टेंग में था। वहाँ से निकलकर इसके घर पहुँचा, तो यह पी रहा था। मेरे पहुँचने से पहले दो पैग ले चुका था। मुझे सारी बातें बतायीं। फिर मेरे साथ इसने दो पैग लिए। ...बाथरूम जाने के लिए उठा और गश खाकर गिर पड़ा।...

गंजामी साहब सोच रहे थे कि इस इंसीडेंट के बाद पता नहीं नासिर किसी सीरियल या फ़िल्म में काम करने को राज़ी होगा या नहीं।

रज़ामन्दी

'साहब, मेमसाहब आयी हैं।' मुन्नन मियाँ ने ऊपर आकर अंजनी कुमार को सूचना दी। उनकी सूचना में यह प्रश्न भी शामिल था कि वे क्या करें, उन्हें बैठक में बिठायें या कोई बहाना बनाकर वापस भेज दें।

अंजनी कुमार ने आँखें खोलीं और मुन्नन मियाँ की तरफ़ सवालिया नज़र से देखा। आजकल वे जागते हुए भी ज़्यादातर आँखें बन्द करके ख़्वाबों की दुनिया में खोये रहते हैं। इस तरह वे अपनी देखी हुई दुनिया को दुबारा देखने और स्मृतियों में देर तक खोये रहने का सुख पाते रहते हैं। मुन्नन मियाँ से सूचना पाकर वे यथार्थ में लौट आये थे। हालाँकि वे समझ तो गये कि मुन्नन मियाँ किसके बारे में कह रहे हैं, पर उन्हें यक़ीन नहीं हुआ। इस तरह अचानक उसके आने की उम्मीद उन्हें नहीं थी।... दिल की धड़कन बढ़ गयी थी। हाथ–पाँवों में कँपकँपी होने लगी। गला सूखने लगा। थूक गटककर उन्होंने ख़ुद को संयत करने की कोशिश की। हकलाते हुए पूछा–'कौन–सी मेमसाहब?'

'अलंकार साहब की मम्मी।' मुन्नन मियाँ ने बिना कोई देर किये जवाब दिया। उनकी नज़रें अंजनी कुमार के चेहरे पर अटकी थीं। शायद वे प्रतिक्रिया देखना चाहते थे कि यह ख़बर सुनकर अंजनी कुमार के चेहरे पर क्या भाव आते हैं।

जवाब सुनकर अंजनी कुमार की नज़रें मुन्नन मियाँ के चेहरे पर जैसे जम गयीं। उस पर ख़ुशी और आशंका के मिश्रित भाव थे।

अंजनी कुमार के भीतर जैसे कोई आँधी चलने लगी हो। क्षण–भर में ही हज़ारों सवाल बवण्डर की शक्ल में उन्हें घेरे हुए उड़ा ले जाने को ज़ोर मारने लगे। मगर तमाम प्रतिकूल परिस्थितियों को चीरकर बाहर निकलने में माहिर अंजनी कुमार ने ख़ुद को दृढ़ किया और बिस्तर पर उठ कर बैठते हुए कहा–'नीचे ही आता हूँ। ...बाहर लॉन में बिठाइए। वहीं चाय ले आइएगा।...'

मुन्नन मियाँ चले गये तो अंजनी कुमार थोड़ी देर बिस्तर पर पीठ टिकाये, खिड़की से बाहर देखते हुए उठंगे रहे। खिड़की की तरफ़ झुक आयी अमलतास की टहनी को देखते रहे। उन्हें हैरानी हुई कि खिड़की के बाहर तो वे रोज़ देखते हैं, पर अमलतास की टहनी आज उन्हें नयी क्यों लग रही है। जैसे आज ही अचानक खिड़की की तरफ़ झुक आयी हो। जैसे इससे पहले उसे कभी देखा न हो। अमलतास के पत्ते गिरने लगे थे। टहनी पर हरी–पीली कलियों के गुच्छे लटक आये थे। दो–एक दिन में ये गुच्छे पीले फूलों से भर जायेंगे। अंजनी कुमार उन गुच्छों को देखते रहे। मगर उन्हें इस बात से कोई पुलक नहीं हुई कि अमलतास कुछ दिनों में पीले फूलों से लद जायेगा। उनके भीतर सवालों का बवण्डर वेग से नाच रहा था। उनमें से कोई भी सवाल ठीक से न तो पकड़ में आ रहा था, न किसी सवाल का जवाब उन्हें सूझ रहा था। फिर जैसे उन्होंने अपने को तैयार कर लिया कि यहाँ बैठकर मन्थन करने के बजाय सामने बैठकर ही स्थितियों का सामना करना चाहिए। ...उन्होंने अन्दाज़ा लगाया कि ज़रूर अलंकार ने नलिनी को उनकी तबीयत के बारे में बताया होगा और वह सुन कर मिज़ाजपुर्सी के लिए आयी होगी। ... मगर वह सिर्फ़ मिज़ाजपुर्सी के लिए ख़ासकर आयी, हैरानी की बात है। मन के किसी कोने में एक सवाल कुलबुलाया।

वे बिस्तर से उठकर बाथरूम में गये। कुर्ते की सिलवटें ठीक कीं। पानी से कुल्ला किया। मुँह धोया और बालों में कंघा करके एक बार अपने चेहरे को आईने में ग़ौर से देखा। वे आश्वस्त हुए कि चेहरे से बीमार नहीं लग रहे। उन्हें बीमार दिखना बहुत बुरा लगता है।

वे कभी नहीं चाहते कि लोग उन्हें बीमार मानकर सहानुभूति जतायें। वे हमेशा तकलीफ़ में भी चेहरे पर ऐसा भाव बनाये रखने का प्रयास करते रहे हैं कि जैसे पूरी तरह स्वस्थ हैं। अगर कभी कोई पूछता भी है कि आपका स्वास्थ्य ठीक तो है न, वे कुछ तुर्शी से उल्टा पूछ बैठते हैं—क्यों, मेरे स्वास्थ्य को क्या हुआ? सामने वाला निरुत्तर रह जाता है। इस मामले में बचपन में सुनी एक कहावत उनके मन में घुमड़ जाती है—अपनी ग़रीबी और बीमारी किसी के आगे नहीं रोना चाहिए। सो, वे उस पर अमल करने का प्रयास करते हैं। फिलहाल वे नहीं चाहते थे कि नलिनी उनके स्वास्थ्य को लेकर कोई बात करे। मगर इसे टालना भी तो सम्भव नहीं था। वे जानते थे कि वह आयी ही है उनकी तबीयत ख़राब होने की सूचना पाकर। सो, तबीयत को लेकर सवाल तो करेगी ही। ...ख़ैर।

अंजनी कुमार नीचे उतरे तो उनकी नज़र सोफ़े के पास रखे ब्रीफ़केस पर पड़ी। नलिनी का ही था। फिर उनके भीतर सवाल घुमड़ने लगे—शायद कहीं गयी होगी, वहाँ से लौट रही होगी। या यह भी हो सकता है कि इसी शहर में उसका कोई प्रोग्राम रहा हो और वहाँ से लौटते समय मुझसे मिलने आ गयी हो। शायद उसकी फ्लाइट जाने में अभी वक़्त हो, इसलिए थोड़ी देर को यहाँ आ गयी हो। ट्रेन से तो वह चलती नहीं, ट्रेन में उसे 'सफोकेशन' और 'बोरियत' होती है। वह तो कहीं भी दो-तीन घण्टे में पहुँच जाना चाहती है। रात-रात भर ट्रेन में सफ़र करना उसे पसन्द नहीं। ...उनके भीतर एक कसक उठी कि—फार्मेलिटी करने आयी है। मैं ख़ामख़ा सोच रहा था कि वह विशेष रूप से मेरा हालचाल लेने आयी है।...

बैठक से बाहर निकले तो देखा, नलिनी लॉन में बैठी है। उसकी पीठ घर की तरफ़ है। एक हाथ को उसने छाती तक मोड़ रखा है और उस पर दूसरी कुहनी टिकाकर हथेली से ठुड्डी को टेक दिये सामने पेड़ों की तरफ़ निहार रही है। पीछे से ही देखकर जैसे अंजनी कुमार ने अन्दाज़ा लगा लिया कि वह कुछ सोच रही है। ...सोचना

तो एक सतत प्रक्रिया है।... उसका मूड इस समय कैसा है, इसका अन्दाज़ा वे उसकी पीठ देखकर नहीं लगा सके।

उनके पैरों की आहट पाकर नलिनी ने पीछे मुड़कर देखा और कुर्सी से उठ खड़ी हुई। उसने आगे बढ़कर अचानक अंजनी कुमार को बाँहों में भर लिया। अंजनी कुमार इस स्थिति के लिए तैयार न थे। मगर उससे गले लगकर जैसे उनके भीतर का बवण्डर शान्त हो गया था। उन्होंने भी अपने दोनों हाथ उठाकर नलिनी की पीठ पर रख दिये और प्यार से सहला दिया। हालाँकि वे जानते थे कि मुन्नन मियाँ किचन की खिड़की से उन दोनों को देख रहे होंगे, पर उन्हें नलिनी से इस तरह गले मिलना अच्छा लग रहा था। वे यह भी जानते थे कि अगर मुन्नन मियाँ उन्हें इस तरह मिलते देख रहे होंगे तो उन्हें अच्छा लग रहा होगा। बल्कि वे चाहते थे कि मुन्नन मियाँ उन्हें इस तरह मिलते हुए देखें।

अंजनी कुमार ने नलिनी को कुर्सी पर बैठने का इशारा किया और ख़ुद उसके पास की कुर्सी पर बैठ गये। आमतौर पर वे सामने वाली कुर्सी पर बैठते हैं। कोई और होता या शायद नलिनी इस तरह उनसे गले न मिलती तो शायद वे सामने की कुर्सी पर ही बैठते। पर अपने इस नियम को वे भूल गये या शायद जानबूझकर उसका पालन नहीं किया।

कुर्सी पर बैठते हुए उन्होंने सहज भाव से पूछा–'अचानक आना हुआ?...किसी प्रोग्राम में आयी थीं क्या?'

'क्यों, बिना किसी प्रोग्राम के नहीं आ सकती?'

अंजनी कुमार झेंप–से गये। सोचा, इस तरह सवाल के जवाब में सवाल करना नलिनी की पुरानी आदत है। समय गुज़रने के साथ–साथ आदमी बेशक कुछ बदल जाता है, पर उसका स्वभाव और कुछ आदतें नहीं बदलतीं। मगर उन्हें उसके सवाल का बुरा इसलिए नहीं लगा कि नलिनी ने मुस्कराते हुए सवाल किया था। उसके बोलने के अन्दाज़ में चिढ़ या नाराज़गी नहीं थी। मुलायमियत थी। सो, उन्होंने झेंपते हुए कहा–'क्यों नहीं। ...मुझे थोड़ी हैरानी हुई...इसलिए पूछा।'

'हैरानी का भी अपना सुख होता है, इसलिए समझो कि तुम्हें हैरान करने चली आयी। मुझे देखकर शॉक तो नहीं लगा न?...'

इस तरह अपनी बातों को दार्शनिक कलेवर देने और रहस्य बनाये रखकर बात करने का नलिनी का अन्दाज़ भी अंजनी कुमार के लिए नया नहीं था। अक्सर वे उसके इस अन्दाज़ पर उससे सहमत होने का नाटक करते हुए अपनी बात का रुख़ दूसरी तरफ़ मोड़ देना उचित समझते रहे हैं। इस बार भी उन्होंने ऐसा ही किया–'अच्छी बात है। ...हाथ–मुँह धोना चाहो तो धो लो, मुन्नन मियाँ चाय लाते होंगे।...'

'वह तो मैं धो लूँगी। पहले तुम ये बताओ, मेरा आना तुम्हें अच्छा लगा या नहीं।'

अंजनी कुमार उसके इस स्वभाव से भी बख़ूबी वाक़िफ़ थे कि वह जब तक अपनी बात मनवा नहीं लेती, सवालों की जलेबी बनाती रहेगी। उन्होंने गरमजोशी से कहा, 'ऑफ़कोर्स अच्छा लगा। न लगता तो इस तरह तुम्हारे पास न बैठा होता।'

'नहीं, कई बार फार्मेलिटी में भी लोगों को ऐसा करना पड़ता है।'

'कम ऑन नलिनी। ...और बताओ, तुम्हारा कैसा चल रहा है?'

'क्या कैसा चल रहा है?'

'तुम्हारा कामकाज। ...लाइफ।...'

'कौन–सा कामकाज?'

'...एनजीओ का!'

'वह सब बन्द कर दिया। ...साल होने को आ रहा है। जो प्रोजेक्ट पेंडिंग थे, पूरा करके डॉक्यूमेंट्स सबमिट कर दिये। अब नया कोई प्रोजेक्ट लेती नहीं। ऑफ़िस लगभग बन्द है।...'

'क्यों, क्या हुआ?'

'कुछ ख़ास नहीं। बस, मन ऊब गया। ...वैसे भी जब से नयी सरकार आयी है, एनजीओज़ पर सख़्ती बढ़ गयी है। फंड वग़ैरह लेने में मुश्किल होती है। ...फिर, मन भी नहीं होता। थक गयी हूँ, यह सब करते–करते। अब आराम करना चाहती हूँ। सो, बन्द कर दिया।

कंसलटेंसी देती हूँ। किसी को कोई सुझाव चाहिए तो दे देती हूँ। सेमिनार वग़ैरह में कोई बुलाता है तो चली जाती हूँ। ...बहुत काम कर लिया। अब घर पर रह कर किताबें पढ़ती हूँ, मन हुआ तो कहीं घूमने चली जाती हूँ।...'

'अच्छी बात है।...'

मुन्नन मियाँ चाय ले आये थे। टेबल पर सजाते हुए बोले–'मेम साहब, फिश कटलेट बना लाऊँ क्या?...पता नहीं दोपहर को खाना खाया या नहीं, भूख लगी होगी।...'

नलिनी ने ट्रे में सजे बिस्किट, नमकीन, टोस्ट वग़ैरह की तरफ़ देखा, फिर मुन्नन मियाँ की तरफ़ मुख़ातिब हुई–'इतना सारा कुछ तो ले आये। ...दोपहर को खाना खाया था, भूख नहीं है। ...वैसे आपके हाथ का कटलेट तो खाऊँगी। बहुत अच्छा बनाते हैं। कबसे नहीं खाया। ...मगर, आपसे एक शिकायत है कि साहब का ख़याल नहीं रखते। ...वरना अटैक न पड़ता।'

मुन्नन मियाँ झेंप–से गये थे। उन्होंने एक बार अंजनी कुमार के चेहरे की तरफ़ देखा और फिर ज़मीन की तरफ़ नज़रें झुका लीं।

'अगर मुन्नन मियाँ न होते तो आज शायद तुम्हारे साथ यहाँ चाय न पी रहा होता मैं। ...बहुत ख़याल रखते हैं मेरा।...' मुन्नन मियाँ की तरफ़ से अंजनी कुमार ने जवाब दिया।

मुन्नन मियाँ यह कहकर वहाँ से चले गये कि मैं नाश्ता बनाकर लाता हूँ।

नलिनी ने केतली से प्यालों में चाय डालते हुए बात शुरू की–'ऐसी कौन–सी बात दिल से लगा बैठे कि वह उसका बोझ सह न सका?'

'अरे कुछ नहीं, मामूली ब्लॉकेज था। ...उस रात बेचैनी महसूस हुई, तो मुन्नन मियाँ अस्पताल ले गये। अस्पताल वालों ने भर्ती कर लिया और अगले दिन बाईपास करके ब्लॉकेज हटा दिया। ...अब मैं बिल्कुल फिट हूँ।...'

'ज़्यादा पीने लगे हो क्या?'

'नहीं। वही रोज़ का तय कोटा।...'

'अंजना तुम्हें देखने नहीं आयी?'

अंजनी कुमार को इस सवाल की उम्मीद नहीं थी। वे चुप रहे। नलिनी का सवाल सुनकर उनके भीतर माचिस की तीली माफ़िक़ ग़ुस्सा फक से जल उठा। पर उन्होंने उसे ज़ाहिर नहीं होने दिया। उसे बुझ जाने दिया। सोचा, अब ग़ुस्से को आग के गोले की तरह उगलने का वक़्त नहीं रहा। वैसे भी घर आये मेहमान से तो क़तई नहीं। थोड़ी देर चुप रहने के बाद उन्होंने कहा–'...अभी तक तुम्हारे दिमाग़ की सुई अंजना पर अटकी हुई है!'

'वह तो ज़िन्दगी–भर वहीं अटकी रहेगी।'

'मगर उससे हासिल भी क्या होने वाला है!'

'मैंने तो कुछ हासिल करने के मक़सद से ऐसा किया नहीं। जो किया, तुमने किया, वही याद रहता है।'

'मगर तुम्हारी ग़लत व्याख्या की वजह से उस मामले ने ग़लत रुख़ ले लिया।...'

'अच्छा, मैंने ग़लत व्याख्या की! तुम छिप–छिपकर उसके साथ नाजायज़ सम्बन्ध बनाते रहे और मुझे पता चल गया तो वह मेरी ग़लत व्याख्या हो गयी। अगर मैं मुँह बन्द रखती, तुम दोनों के बीच जो चल रहा था उसे चुपचाप सहती रहती, तो सब ठीक रहता। ... और अगर मेरी व्याख्या ग़लत थी, तो मेरे जाने के बाद वह तुम्हारे साथ रहने आ गयी थी, वह क्या सही था?'

'वह मेरी दोस्त थी, बस। ...और तुम्हारे जाने के बाद मेरे पास इसलिए रहने आयी थी कि उसके भाई और भाभी ने उसे प्रताड़ित किया था। वह उनका घर अचानक ग़ुस्से में छोड़ आयी थी। ...जब उसने किराये का घर ले लिया तो चली गयी थी मेरे पास से। हमेशा के लिए मेरे पास नहीं आयी थी। तीन–चार दिन रही थी। गेस्ट की तरह। ...मुन्नन मियाँ इसके गवाह हैं। ...और अगर मेरे उसके साथ इस तरह के सम्बन्ध होते तो मैं तुम्हारे जाने के बाद उसे अपने साथ रख सकता था।...'

'अब भी समय बीता थोड़े है, रख लो साथ। वह भी तो कुआँरी है। अभी तक शादी नहीं की। ...वह तो तैयार बैठी है। बुला लो।...'

'नलिनी, छोड़ो उस बात को। उसने शादी क्यों नहीं की, यह उसका व्यक्तिगत मामला है। मैं बस उसे दोस्त मानता था। ...अब तो कोई सम्पर्क भी नहीं रहा। ...और इस तरह किसी के जीवन को बिना जाने–समझे उसे बदनाम करना ठीक नहीं।...' अंजनी कुमार ने बात टालने की गरज से कहा।

'मैंने तो उसे बदनाम नहीं किया। ...पूरी दुनिया जानती है तुम दोनों के सम्बन्धों के बारे में।...' मगर नलिनी बात को पकड़े हुए थी।

'देखो नलिनी, लोग किसी के बारे में जो कुछ कहते–सोचते हैं, वह पूरी तरह सही हो, ज़रूरी तो नहीं। ...लोग क्या तुम्हारे बारे में नहीं कहते। ...क्या मैं नहीं जानता कि तुम्हारी कितने पुरुषों से दोस्तियाँ हैं और किनके प्रति तुम्हारे मन में क्या है। ...मुझसे अलग होकर तो तुमने अपनी दूसरी शादी के लिए विज्ञापन तक दिया था।...'

'उसमें बुरा क्या है? तुमसे अलग होने के बाद विज्ञापन दिया था। दूसरी शादी करना चाहती थी, इसमें बुराई क्या है?'

'मैं अच्छाई–बुराई नहीं बता रहा। मैं तो बस यह कह रहा हूँ कि पुरुषों के साथ तुम्हारी भी निकटता रही है। ...तुम भी कम महत्त्वाकांक्षी नहीं। मैं तो गाँव के किसान का बेटा हूँ। अपनी मेहनत के बल पर यूपीएससी की परीक्षा पास करके नौकरी पायी थी। तुम तो ख़ानदानी रईस हो। तुम्हारे दादा भी प्रशासनिक अधिकारी थे, पापा होम मिनिस्ट्री में चीफ़ सेक्रेटरी थे, रिटायर होते ही राज्यसभा के मेंबर बन गये। ...तुम्हें नेताओं और कॉर्पोरेट्स की शानोशौक़त शुरू से ललचाती रही। उन्हीं के बीच उठना–बैठना तुम्हें रास आता था। ...उनमें से किस–किस के प्रति तुम आकर्षित थीं, छिपी बात नहीं है। ऐसा नहीं कि मुझे तुम्हारे आकर्षण के बारे में पता नहीं था। मगर मैं यह सोचकर चुप रहता था कि यह मनुष्य में स्वाभाविक है। पुरुष स्त्री के प्रति और स्त्री पुरुष के प्रति आकर्षित होते ही है। एक उम्र तक

यह सभी के साथ होता है। मगर असल बात है कि वह वास्तव में किससे जुड़ा है। बाहर के आकर्षण का अन्त नहीं, वास्तविक जुड़ाव जहाँ होता है, वही सच होता है।...'

'फिर तुमने मुझे जाने से रोका क्यों नहीं?'

'कोई फ़ायदा नहीं था। ...तुम शुरू से मुझसे अलग होना चाहती थीं। बहाने तलाशती थीं अलग होने के। उसके लिए तुमने तैयारियाँ भी बहुत सोच–समझकर की थीं। पहले नोएडा वाला घर अपने नाम कराया। उसमें अपने एनजीओ का दफ़्तर खोला। फिर किसी–न–किसी बात को लेकर मुझ पर आरोप लगाती रहीं। अंजना ही क्यों, किसी भी औरत के साथ तुम मेरे सम्बन्ध जोड़ देती थीं। अगर किसी से फ़ोन पर भी बातें कर लूँ, तो तुम यही प्रचारित करती थीं कि मेरे उससे सम्बन्ध हैं। पहले मैं समझता था कि तुम मुझे लेकर पजेसिव हो। मगर मैं ग़लत साबित हुआ। ...मेरे दोस्तों, मेरे जानने वालों में यही प्रचारित करती रही कि मैं तुम्हें प्रताड़ित करता हूँ। दूसरी स्त्रियों से मेरे रिश्ते हैं। फिर अंजना से मेरी दोस्ती को इतना तूल दिया कि सबने मान लिया कि मेरे उससे जिस्मानी रिश्ते हैं। मैं वाकई ऐयाश हूँ। मुझे अपने परिवार की कोई फ़िक्र नहीं। ...जबकि तुम एक रणनीति के तहत यह सब कर रही थीं। तुम कभी शादी के मूड से बाहर निकल ही नहीं पायीं। तुम्हें हर समय यही लगता रहा है कि तुम्हारी शादी ग़लत आदमी से हो गयी। किसी भी कोण से मैं तुम्हारे लायक हूँ ही नहीं। मेरी नौकरी, मेरे दोस्त, मेरे परिवार के लोग, सब तुम्हें थर्ड ग्रेड के लगते रहे। इसलिए हर समय तुम बेहतर शादी का विकल्प तलाशती रही। ...तुम्हारी वजह से अपने परिवार वालों से मेरी दूरी बढ़ती गयी। दोस्तों को घर तभी बुलाता, जब तुम नहीं होतीं। ज़्यादातर उन्हें क्लब में ही बुलाता या मिल लेता। ...शादी के मूड से बाहर न निकल पाने का नतीजा यह भी हुआ कि तुम एक बेहतर माँ भी नहीं बन सकीं। अलंकार से भी तुम्हारी निकटता नहीं बन पायी। एक खिंचाव का ही रिश्ता रहा तुम दोनों में। दरअसल, तुम्हारे लिए परिवार कोई अर्थ रखता ही नहीं। तुम सिर्फ़ अपने बारे

में सोचती हो। परिवार के प्रति तुम्हारा कमिटमेंट कभी रहा ही नहीं। वह बस एक ऐसी जगह रहा, जहाँ तुम अपनी ख़ुशियाँ ज़ाहिये कर सको, बाहर के तनाव उड़ेल सको, जिसके ज़रिए समाज के बनाये नियमों के पालन की गारंटी दे सको। ...अपनी ख़ुशियाँ तुम सदा बाहर तलाशती रहीं। घर में तो तुम्हें दिक्क़तें ही दिक्क़तें थीं।...

'मैं यही उम्मीद पाले रहा हरदम कि कभी–न–कभी तुम परिवार को लेकर संजीदा होगी। हमारे बीच मधुरता आयेगी। मगर मैं ग़लत साबित हुआ। ...उस दिन तुमने इतना झगड़ा किया कि मैं हार गया। मन खट्टा तो बहुत पहले हो गया था। मैं सोचने लगा था कि जब हम दो घण्टे भी शान्ति से साथ नहीं रह पाते, किसी–न–किसी बात पर लड़ते–झगड़ते ही रहते हैं, तो बेहतर है कि दूर हो जायें। ...हमारे झगड़े का असर अलंकार पर पड़ता था। तुमने उसे हॉस्टल भेजकर अपनी ज़िम्मेदारी से मुक्ति पा ली थी। फिर तो तुम पूरी तरह आज़ाद थीं। बच्चे के प्रति ज़िम्मेदारियों से मुक्त। ...कहाँ जा रही हो, क्या कर रही हो, उन बातों की ख़बर मुझे बाहर वालों से मिलती। मैं इसलिए समझौते करता रहा कि हमारे अलग होने से समाज में ग़लत मैसेज जायेगा। आख़िर हम तन्हा तो नहीं होते, हमसे जुड़े बहुत–से लोग होते हैं। दोस्त, रिश्तेदार, परिवार के लोगों पर भी उसका असर पड़ता है। लोग तरह–तरह की बातें करते हैं। ...लोगों की तो यह भी फुसफुसाहट मेरे कानों में पड़ती कि मैं कैसा नामर्द हूँ कि बीवी पर नकेल नहीं कस पाता। मगर ऐसा मैं उचित नहीं मानता। मैंने तुम्हें हमेशा अपने ढंग से जीने की आज़ादी दी, तुम्हारी आज़ादी छीन कर अपनी मर्दानगी बढ़ाना मैंने उचित नहीं समझा। ...मगर मेरी ढील का फ़ायदा उठाया तुमने, जो मन में आता करती रही। ...यह तो अच्छा हुआ कि अलंकार पढ़–लिख गया और बोस्टन में जा बसा। ...फिर उस दिन जब तुमने नोएडा वाले मकान में शिफ्ट होने का फ़ैसला सुनाया तो तुम्हें रोकने का कोई तर्क नहीं था।...'

अंजनी कुमार बग़ैर किसी तल्ख़ी के, मद्धिम स्वर में बोले जा रहे थे। नलिनी ने देखा, उनके चेहरे पर पीड़ा गहरा गयी थी। उनके

स्वर में दर्द था। नलिनी ने महसूस किया, जैसे कोई फोड़ा फूटकर बह रहा हो। अंजनी कुमार के पास कहने को जैसे बहुत कुछ था, पर वे अब चुप हो गये थे।

नलिनी ने अंजनी कुमार के चेहरे से नज़रें हटायीं। कुछ देर चुप्पी साधे पेड़ों की तरफ़ देखती रही, कुछ सोचती रही। दोनों के बीच सन्नाटा पसरा रहा। अंजनी कुमार ने नलिनी के चेहरे की तरफ़ देखा। उसका चेहरा उसके भीतर का पता दे रहा था। उसके भीतर प्रतिवाद की लहरें उठ रही थीं। आक्रोश झलक–झलक जा रहा था, पर वह लम्बी साँस लेकर अपने को जबरन थिर कर रही थी। फिर यह भी भाव तैर जाता था कि कहीं–न–कहीं वह अंजनी कुमार की बातों से सहमत है, या उनका जवाब देकर शायद वह इस समय झगड़ा बढ़ाना नहीं चाहती थी। शायद अंजनी कुमार के दिल के दौरे का ख़याल आ जाता हो उसे। फिर उसके चेहरे पर आश्वस्ति का यह भी भाव उभर आता था कि अच्छा है, अंजनी के भीतर बरसों का जमा गुबार बाहर निकल आया। जो फोड़ा इतने समय से उनके भीतर टभक रहा था, वह फूटकर बह गया। इस तरह वे कुछ हल्का अनुभव करेंगे। वह चुप ही रही। अंजनी कुमार भी चुप हो गये थे। थोड़ी देर चुप्पी जमी रही। बस बीच–बीच में चाय सुड़कने की आवाज़ उठती। ...फिर गहरी साँस लेकर सन्नाटा नलिनी ने ही तोड़ा, 'तुम लखनऊ क्यों आ गये?...दिल्ली में तुम्हारे दोस्त थे, जान–पहचान वाले थे। अचानक यहाँ रहने का फ़ैसला क्यों किया?'

'अचानक फ़ैसला नहीं किया। पहले से तय था। रिटायर होने के बाद सरकारी घर खाली करना था। दिल्ली में कोई अपना घर था नहीं। लखनऊ में यह घर था ही। काफ़ी जगह भी है इसमें। अलंकार के वापस लौटने की कोई गुंजाइश है नहीं, सो रहना ही है तो दिल्ली रहो, लखनऊ रहो, क्या फ़र्क़ पड़ता है। कोई ऐसा काम तो है नहीं कि दिल्ली में रहना मजबूरी हो। रिटायरमेंट काटना है। सो, मुन्नन मियाँ से सलाह की और आ गये हम दोनों यहाँ।...'

'तुम्हें अकेलापन नहीं लगता यहाँ?'

'दिल्ली में रहता तो भी ऐसे ही रहता। वहाँ भी अकेलापन होता।'

'तुम्हारा मन नहीं हुआ कभी कि मुझसे मिलो?'

'तुम्हें और कड़वाहट देने का मन नहीं होता।'

'इतना प्यार करते हो मुझसे?'

'नफ़रत तो कभी नहीं की।'

नलिनी फिर ख़ामोश हो गयी थी। हाथ में चाय का प्याला पकड़े पेड़ों की तरफ़ देखती और कुछ सोचती रही। फिर वैसे ही पेड़ों की तरफ़ देखते हुए बुदबुदायी, 'सही कहता है अलंकार।...'

'क्या?'

'कि तुम मुझसे अब भी प्यार करते हो।'

फिर थोड़ी देर को चुप्पी पसर गयी। अंजनी कुमार हाथ में पकड़े कप की डिज़ाइन पर नज़रें टिकाये हुए थे, मानो पहली बार उस कप को देख रहे हों। नलिनी पेड़ों की तरफ़ देखती रही। ...अबकी बार चुप्पी अंजनी कुमार ने तोड़ी–'तुम्हारी फ्लाइट कब की है?'

'कहाँ के लिए?'

'...दिल्ली या कहीं और के लिए!'

'क्यों?'

'तुम्हें कहीं जाना होगा शायद। ...बैग साथ लेकर आयी हो।...'

'मुझे कहीं नहीं जाना। मैं यहीं रहने आयी हूँ।'

'...'

फिर चुप्पी छा गयी। अब अंजनी कुमार पेड़ों की तरफ़ देखने लगे थे और नलिनी अंजनी कुमार के चेहरे पर नज़रें गड़ाये मुस्करा रही थी। वह उनके जवाब का इन्तज़ार नहीं कर रही थी, उनके चेहरे को पढ़ रही थी। अगर कोई कुछ न भी बोले तो उसका चेहरा उसके भीतर का पता दे देता है। अंजनी कुमार के चेहरे पर भीतर की ख़ुशी, असमंजस और ऊहापोह उभर–उभर आ रही थी। नलिनी ने उन्हें कुछ कहने का दबाव नहीं डाला।

इसी बीच मुन्नन मियाँ बड़ी–सी ट्रे में खाने–पीने की चीज़ें ले आये। उनके आने से चुप्पी भंग हुई। मुन्नन मियाँ ने टेबल से पहले के कप–प्लेट हटाकर कटलेट की प्लेटें लगानी शुरू कर दीं। अंजनी कुमार ने लम्बी साँस ली और उनसे कहा–'मुन्नन मियाँ, मुझे कुछ दिन पहले ही दिल का दौरा पड़ा था। अगर फिर से पड़े तो क्या होगा, आप जानते हैं?'

मुन्नन मियाँ सकपका–से गये। उनका चेहरा गम्भीर हो गया। वे प्लेटें लगाते हुए रुक गये। अंजनी कुमार की तरफ़ देखा–'क्या बात करते हैं साहब, ख़ुदा न करे ऐसा हो। ऐसा क्यों कह रहे हैं आप?'

'मेम साहब अब हमारे साथ रहेंगी।'

'...अरे वाह। यह तो बहुत ख़ुशी की बात है। ...मैं जानता था कि एक न एक दिन मेमसाहब लौट आयेंगी।...' मुन्नन मियाँ के चेहरे पर सचमुच ख़ुशी थी।

'मतलब, आपको मेरी चिन्ता नहीं है?'

'अब मेमसाहब आ गयी हैं न, आप बिल्कुल ठीक हो जायेंगे साहब। ...कोई दौरा–वौरा नहीं पड़ेगा अब। अल्ला आप दोनों को बहुत ख़ुश रखेगा।...'

'चलिए आप कह रहे हैं तो मान लेता हूँ। ...तो फिर, मेमसाहब का बैग रख दीजिए ऊपर कमरे में और इनसे पूछ लीजिए कि रात को खाने में क्या पकेगा।...'

बड़े साहब की उदासी

बड़े साहब यानी बकुल बैरागी। बैरागी उनका तख़ल्लुस है। उन्होंने इसे ख़ुद चुना था। तख़ल्लुस रखने से दो फ़ायदे होते हैं–एक तो आदमी का नाम रचनात्मक हो जाता है और दूसरे, इस तरह वह जाति मिटाओ आन्दोलन का सदस्य बन जाता है। बकुल बैरागी का बैरागी तख़ल्लुस रखने के पीछे इनमें से दोनों मक़सद बेशक न रहे हों, पर एक तो ज़रूर रहा होगा। न सिर्फ़ उन्होंने अपने मूल नाम के साथ बैरागी जोड़ा, बल्कि वे अपने व्यक्तित्व को भी दृश्य रूप में आजीवन उसी अनुसार ढालने का प्रयास करते रहे। गृहस्थ रहते हुए भी वैरागी जैसा जीवन जीने का।

मगर बड़े साहब इन दिनों कुछ उदास रहने लगे हैं। उदास भी, अनमने भी। गम्भीर तो वे सदा दिखने का प्रयास करते थे, पर इन दिनों कुछ अधिक दिखने लगे हैं। लोग समझ नहीं पा रहे कि वे सचमुच उदास हैं या फिर अपनी गम्भीरता को गाढ़ा करने का उनका यह कोई नया नुस्ख़ा है। वे कभी अपने बारे में किसी से कुछ बताते भी तो नहीं कि समझ आये कि वे उदास क्यों हैं। हैं भी या नहीं। मगर लोग उनकी पहले और अब की गम्भीरता में थोड़ा अन्तर महसूस कर रहे हैं। अब वे चुप रहते हैं, तो घनघोर चुप्पी में घिरे रहते हैं और अगर किसी मसले पर बोलना शुरू करते हैं, तो बस बोलते जाते हैं। बात से बात निकालते हुए। दुनिया–जहान की बातें। हर बात को एक दार्शनिक अन्दाज़ में प्रस्तुत करते हुए। हालाँकि हर बात के पीछे प्रचलित के नकार का भाव उनमें पहले की तरह बना

रहता है, बल्कि पहले से कुछ बढ़ गया है। इसी तरह के कुछेक बदलाव उनमें इधर के दिनों में और आये हैं।

कुछ चीज़ें उन्होंने कड़े अभ्यास से गही हैं, जैसे गम्भीरता और चुप्पी। इसी तरह सादा जीवन उच्च विचार को उन्होंने दृढ़तापूर्वक ओढ़ा है। ऐसा नहीं कि उन्हें तनख़्वाह कम मिलती है या उनके ख़र्चे ज़्यादा हैं, पर ख़र्च को लेकर उनका अपना सिद्धान्त है। दरअसल, वे सैद्धान्तिक तौर पर भौतिकतावाद के ख़िलाफ़ हैं। वे जब–तब इसे लोगों से बोलते–बतियाते ज़ाहिर भी करते रहते हैं। व्यवहार में तो उतारते ही हैं। एक पैंट–शर्ट को वे पूरे हफ़्ते पहन सकते हैं और एक जोड़ी नायलॉन मोज़े को वे बिना धोये पूरी सर्दी डाँटे रहते हैं। जानबूझकर सर्दी में वे बाज़ार से सबसे सस्ता जूता ख़रीदते हैं। गरमी में ऐसी चप्पल घिसते रहते हैं, जिसे ख़रीदने से लेकर टूटने तक कभी पॉलिश नसीब नहीं होती। तल्ला घिस जाये तो मोची से टायर की चकत्ती चिपकवा लेते हैं। लोग उनके सामने छुट्टियों में परिवार के साथ बाहर घूमने–फिरने, खाने–पीने, मौज–मस्ती करने की बातें करते रहते हैं, पर वे चुपचाप सुन लेते हैं। कभी उनसे प्रेरित नहीं होते। बल्कि मौक़ा पाकर उनके शौक़ पर दार्शनिक तेज़ाब की ऐसी बारिश कर देते हैं कि सामने वाले का शौक़ झुलस जाता है। इसी तरह उनकी पत्नी और बच्चे बाज़ार की चमक–दमक देखते और कुढ़ते रहते हैं, पर वे अपनी सैद्धान्तिक दलीलों, बाज़ार की चालबाज़ियों, राष्ट्रीय बचत, आयुर्वेद, नयी रिसर्च वग़ैरह के तर्कों से उनकी ख़्वाहिशों पर पानी फेरते रहते हैं। इसलिए उनके परिवार वालों ने तेज़ रफ़्तार भागती दुनिया को बेमानी और धोखादेह मानते हुए बड़े बाबू की बनायी दुनिया को वास्तविक मान लिया है। लोग उन्हें कृपण या पुरातनपन्थी न समझें, इसलिए वे तथाकथित बढ़िया पहनने–ओढ़ने के ख़िलाफ़ लोगों को लगातार सैद्धान्तिक ज्ञान देते रहते हैं। हर बात में वे कम्पनियों की चालबाज़ी और लोगों की जीवन–शैली भ्रष्ट करने की साज़िश दिखाते–बताते रहते हैं।

बड़े बाबू अधिकतर समय चुप रहते हैं, पर जब बोलते हैं तो दो–चार चौंकाऊ बातें फेंकते हैं। इसके लिए उनके पास अलग–अलग क्षेत्रों के आँकड़े हैं। वे उन आँकड़ों को इस तरह रखते हैं कि सुनने वाला प्रभावित हुए बिना नहीं रह पाता। सामने वाले को प्रतिकार या अपनी बात का खण्डन करने का मौक़ा नहीं देते। जब वे बोलते हैं तो सिर्फ़ वही बोलते हैं, सामने वाले की नहीं सुनते। वे जानते हैं कि सामने वाले की सुनेंगे तो वह उनकी बात नहीं सुनेगा या इस बात का भी ख़तरा बना रहेगा कि वह अपने तर्कों से उन्हें परास्त कर सकता है। इसलिए वे बस अपनी बात कहते हैं, बहस में नहीं उलझते। जैसे ही सामने वाला तर्क–वितर्क करना शुरू करता है, वे किसी बहाने वहाँ से टरक जाते या चुप्पी की चादर ओढ़कर दूसरे कामों की तरफ़ ध्यान लगा देते हैं। उसकी बातों को इग्नोर कर देते हैं। ऐसा ज़ाहिर करते हैं कि वह फ़िज़ूल की बातें कर रहा है। ऐसा चेहरा बनाते हैं जैसे मूर्खों से बात करके वे अपना समय बर्बाद नहीं करना चाहते।

चुप्पी उनका अमोघ अस्त्र है। वे वही बोलते–बताते हैं जो वे चाहते हैं। वे अपने व्यक्तिगत जीवन के बारे में कुछ भी बोलने–बताने से परहेज़ करते हैं। अगर कोई उनके बारे में जानने–पूछने की ढिठाई कर भी बैठे, तो वे उसके सवालों को इस तरह झटक देते हैं जैसे पनवाड़ी पान के पत्ते का पानी झाड़ता है। लोग अपनी पत्नी–बच्चों के क़िस्से बखानते नहीं थकते, पर वैरागी जी परिवार के बारे में कुछ नहीं बोलते। शायद उन्होंने दुनिया के अनुभवों से सीखा है कि और बातें भले गोपन रह जायें, किसी के व्यक्तिगत जीवन की बातें लोग हमेशा ग़लत ढंग से ही पेश करते हैं। इसलिए उन्होंने अपने व्यक्तिगत जीवन को छीछालेदर से बचाने के लिए यह कठिन अभ्यास किया है।

बड़े साहब इस शहर के विश्वविद्यालय में हिन्दी अधिकारी हैं। विभाग में उनके अलावा वरिष्ठ–कनिष्ठ चार अनुवादक, दो लिपिक और एक चपरासी है। बड़े साहब का अपना स्वतन्त्र महकमा है।

विश्वविद्यालय का माहौल अंग्रेज़ी वाला है, पर सरकारी बाध्यता है कि हर कामकाज की रपट हिन्दी में भी तैयार होनी चाहिए, इसलिए बड़े साहब के विभाग पर अनुवाद का दबाव रहता ही है। वैसे दूसरे विश्वविद्यालयों में सालाना रपट अनुवाद करके पेश करने का दबाव अधिक होता है, पर यहाँ अंग्रेज़ी माहौल की वजह से साल–भर कुछ–न–कुछ चलता रहता है। फिर भी ऐसा दबाव नहीं होता कि दस से पाँच बजे तक जुते रहना पड़े। ख़ासकर बड़े साहब जब से वरिष्ठ अनुवादक से बड़े साहब बन गये हैं, वे अनुवादकों के कामकाज की निगरानी–भर करते हैं। बाक़ी समय फुरसत ही रहती है।

मगर फुरसत के बावजूद बड़े साहब ज़ाहिर नहीं होने देते कि वे फुरसत में हैं। हर वक़्त यही ज़ाहिर करते हैं कि उन पर काम का बोझ बना हुआ है। ठीक समय पर दफ़्तर पहुँच जाना और समय ख़त्म होने के बाद भी रुके रहना, उनकी पुरानी आदत बन चुकी है। हर काम को वे तसल्ली से करते हैं। कोई हड़बड़ी नहीं। चाहे आधे पन्ने की रपट ही क्यों न हो, वे उसके सम्पादन में पूरा दिन लगा सकते हैं। जब तक हर शब्द को लेकर उन्हें तसल्ली न हो जाये, वे उसे आगे नहीं बढ़ाते। चार–छह बार पढ़कर उसे दुरुस्त करते हैं। शब्दकोश खँगालते हैं, तब कहीं वह अन्तिम रपट बन पाती है। जब वे ख़ुद अनुवाद किया करते थे, तब भी भाषा के प्रवाह और शब्दों की ख़ूबसूरती को लेकर उनका आग्रह रहता था। शब्दकोश देखने से बात नहीं बनती, तो किसी प्रोफ़ेसर से बात करते। उसमें भी कोई हड़बड़ी नहीं। फ़ोन करने के बजाय सीधे हिन्दी विभाग पहुँचते और किसी प्रोफ़ेसर से तब तक शब्दों को लेकर तर्क–वितर्क करते, जब तक वे ख़ुद सन्तुष्ट न हो जायें। भले उनका अधिकारी कुढ़ता रहे कि आधे पेज की एक रिपोर्ट का अनुवाद करने में उन्होंने दो दिन लगा दिये, पर जब वे अनुवाद करके देते तो उस पर अधिकारी को कलम लगाने की गुंजाइश नहीं छोड़ते। मगर अधिकारी तो अधिकारी, कोई काग़ज़ बेदाग जाने दे, तो उसकी तौहीन। वह कुछेक शब्दों को बदल ही देता। किसी वाक्य के विन्यास में बदलाव कर ही देता। एकाध

वाक्य काटकर अपने ढंग से लिख ही देता। इस पर बकुल बैरागी का अपने अधिकारी से रिश्ता कुछ अनबन का ही रहता। हालाँकि वह भी गोपन था। बकुल बैरागी अपनी पीड़ा प्रकट नहीं करते। उनके चेहरे से ही समझा जा सकता था कि वे अधिकारी से रुष्ट हैं। हालाँकि अधिकारी की वे बेशक लल्लो–चप्पो न करते हों, पर ऐसा भी नहीं कि किसी मौक़े पर उन्होंने खुलेआम उसकी किसी बात को काटा हो। इसलिए अधिकारी उन्हें गऊ आदमी मानता था।

पर ऐसा नहीं कि बकुल बैरागी अधिकारी के प्रति अपना रोष किसी से प्रकट नहीं करते थे। उन्होंने एक सहकर्मी कनिष्ठ अनुवादक को अपना विश्वासपात्र माना था, जिसके सामने अकेले में वे अधिकारी के प्रति अपनी पीड़ा उग़लते थे–'पढ़ाई–लिखाई से इसका ख़ुद का कोई रिश्ता तो है नहीं, मगर ऐसा दिखायेगा जैसे भाषा का प्रकाण्ड विद्वान हो। बस अफ़सरी झाड़नी आती है, इसे। दिन–भर प्रॉपर्टी डीलरी करता है और हम इतनी मेहनत से अनुवाद करते हैं, तो उसमें शब्दों का हेरफेर करता रहता है। ...अब बताओ, मैंने जानबूझकर 'मगर' शब्द इस्तेमाल किया था, उससे वाक्य में लय बन रही थी, पर उस गधे ने काटकर उसकी जगह 'किंतु' कर दिया। ...अरे भइया, उसे कौन समझाये कि बोलचाल में 'मगर' ज़्यादा इस्तेमाल होता है, 'किंतु' कितने लोग बोलते हैं, बताओ। आंय।...' उनका विश्वासपात्र सहकर्मी हाँ–हूँ करता रहता। उनकी पीड़ा में अपनी भी कुछ पीड़ा मिला देता। यह अलग बात है कि वह विश्वासपात्र अपने दूसरे विश्वासपात्रों के सामने गुप्त रूप से बकुल बैरागी की पीड़ा प्रकट कर देता।

पढ़ाई–लिखाई को लेकर बकुल बैरागी का अभिमान बेवजह नहीं था। वे साहित्य के गहन अध्येता थे। खाली समय में वे कुछ–न–कुछ पढ़ते रहते। लाइब्रेरी से पुस्तकें इश्यू कराते और पढ़ते रहते। विश्वविद्यालय की गोष्ठियों में हमेशा उपस्थित रहते। हिन्दी विभाग के प्रोफ़ेसरों और विद्यार्थियों से उनका अच्छा राब्ता था। कहानी–कविता पर वे उनसे चर्चा करते रहते। ख़ुद भी कविताएँ लिखते। कविताओं

पर अपने विश्वविद्यालय के प्रोफ़ेसरों की सराहना भी हासिल कर चुके थे। यही वजह है कि उन्होंने हिन्दी विभाग से निलने वाली पत्रिका से जुड़ने की इच्छा प्रकट की तो उन्हें सम्पादकीय टीम में रख लिया गया। बकुल बैरागी के तत्कालीन अधिकारी ने भी इस पर कोई आपत्ति नहीं की। इस तरह बकुल बैरागी वर्षों से हिन्दी विभाग की पत्रिका के प्रूफ़ संशोधन में सहयोग करते आ रहे थे।

बस, जीवन में उन्हें एक ही मलाल रह गया था कि इतनी पढ़ाई–लिखाई, साहित्यिक समझ के बावजूद उन्हें किसी विश्वविद्यालय या कॉलेज में पढ़ाने की नौकरी नहीं मिल पायी। अनुवादक की नौकरी मिलने के बाद उन्होंने मेरठ विश्वविद्यालय से पीएच.डी. भी कर ली थी। फिर उन्हें अनुवाद का काम नीरस और निरर्थक लगने लगा था। जहाँ भी किसी कॉलेज या विश्वविद्यालय में अध्यापक की जगह निकलती, वे आवेदन कर देते। हालाँकि अपने विश्वविद्यालय में होने वाली संगोष्ठियों में उपस्थित रहने और पत्रिका के प्रूफ़ संशोधन से जुड़े होने के नाते दूसरे विश्वविद्यालयों–कॉलेजों के बहुत सारे प्रोफ़ेसरों से उनका परिचय हो गया था। अपने विश्वविद्यालय के प्रोफ़ेसर भी कई जगह इंटरव्यू लेने गये, जहाँ नहीं गये वहाँ उन्होंने बकुल बैरागी के लिए अपनी सिफ़ारिश भेजी, मगर कभी किसी एक्सपर्ट के, तो कभी कुलपति के प्रतिनिधि या ख़ुद कुलपति के विरोध के चलते बकुल बैरागी हर बार छँटते रहे। अन्ततः जब हिन्दी अधिकारी बन गये तो उन्होंने उसे अपनी नियति मान लिया। उन्होंने अपने विश्वासपात्र से कहा भी कि हर आदमी हर काम के लिए नहीं बना होता। वह जिसके लिए बना होता है, अन्ततः उसे वही करना होता है, सो मैं शायद अनुवाद के लिए ही बना हूँ।

इस तरह उन्होंने सन्तोष तो कर लिया, पर असन्तोष मिट गया, ऐसा भी नहीं है। प्रोफ़ेसरों के प्रति उनकी नकार भावना जब–तब प्रकट होती रहती। अनेक प्रोफ़ेसरों की कुंदजेहनी के क़िस्से उनके पास थे। जब किसी प्रोफ़ेसर की अयोग्यता पर बोलना शुरू करते तो उनके भीतर से ऐसी घृणा टपकती कि पूछिए मत। उसके पीछे

उनकी यह जताने की भावना भी होती कि देखिए, कैसे–कैसे लोग प्रोफ़ेसर बने हुए हैं और एक हमारे जैसे योग्य लोग हैं, जो अनुवादकी में घिसट रहे हैं। ...अगर विश्वविद्यालय में कोई नयी नियुक्ति होती तब तो उनका प्रवचन सुनने लायक होता। कुलपति से लेकर प्रोफ़ेसरों तक की दलाली के ऐसे–ऐसे क़िस्से सुनाते कि सुनने वालों की धारणा बदल जाती। जिस दिन वे कुछ ज़्यादा प्रवचन दे लेते, उसके कई दिन तक गम्भीर बने रहते। चुप्पा बने रहते। काम में डूबे रहते।

हालाँकि ठीक–ठीक कहना मुश्किल था कि विश्वविद्यालय या कॉलेज में नौकरी न मिल पाने की वजह से उनके मन में यह रोष पैदा हुआ था। वे शुरू से जब–तब नौकरी मात्र को ग़ुलामी कहते सुने जाते थे। अपने सहकर्मियों को अक्सर यह कहकर हीन–बोध से भर देते कि 'बताइए, भला यह भी कोई ज़िन्दगी है, ससुर सुबह उठो तो दफ़्तर के लिए तैयार हो जाओ और दिन–भर गधे की तरह खटो। शाम को लस्त–पस्त घर पहुँचो, खाओ और सो जाओ। ...अभी एक रिसर्च आया था कि नौकरीशुदा लोग अपनी ज़िन्दगी का करीब आधा समय सिर्फ़ नौकरी पर जाने के लिए तैयार होने और आने–जाने में गँवा देते हैं। बताइए, अपने लिए आदमी समय ही नहीं निकाल पाता। हम तो सिर्फ़ इसलिए नौकरी कर रहे हैं कि अपनी और परिवार की ज़रूरतें पूरी कर सकें। बताइए, सिर्फ़ जीने के लिए नौकरी करते हैं और एक दिन मर जाते हैं, फिर कोई पूछने वाला नहीं। ...कितने सारे लोगों ने नौकरी नहीं की, पर दुनिया में अपना नाम छोड़ गये, इतिहास रच गये। मगर एक हम हैं कि सूअर की तरह गन्दगी में लिथड़ते और आनन्द पाते रहते हैं। ...यह गन्दगी ही तो है, और क्या है। पूरी व्यवस्था ही गन्दगी में बदल चुकी है। हम उसी गन्दगी को बनाये–बढ़ाये रखते हैं। ...हिम्मत नहीं है न हममें अपने सपनों को जीने की, इसलिए।...'

मगर कभी कोई तरक्की, वेतन–भत्तों में बढ़ोतरी, वेतन आयोग की सिफ़ारिशों वग़ैरह को लेकर चर्चा करता, तो बकुल बैरागी बड़े ध्यान

से सुनते। एक–एक पहलू की जानकारी लेते। सवाल–दर–सवाल पूछते। इस तरह पूछताछ करते, जैसे वे पहली बार ये सब बातें सुन–जान रहे हों। बात–बात में इस तरह चौंक उठना और हैरान हो जाना कि जैसे उन जैसा मूढ़ कोई हो ही नहीं। हालाँकि सारी बातें हो जाने के बाद वे बात का अन्त अपने रूढ़ दार्शनिक अन्दाज़ में करते, 'जो हो, पैसे बेशक बढ़ जायें, बेशक तरक्की हो जाये, रहेंगे तो ग़ुलाम के ग़ुलाम ही। काम तो उन्हीं अयोग्य, तिकड़मी, चालबाज़ और दलाल क़िस्म के लोगों के नीचे करना पड़ेगा। उन्हीं का आदेश मानना पड़ेगा। ...रावण के घर पानी भरना नसीब में हो तो करें भी क्या।...'

सुनने वाले हीनता–बोध से भर जाते।

हालाँकि बकुल बैरागी पहले वाले अफ़सर की तरह कड़क नहीं हैं। वे अपने किसी मातहत से डाँट–डपट नहीं करते। अफ़सरी ठसक नहीं दिखाते। मित्रता का भाव ही जताते हैं। पर यह भी जताने से वे कभी नहीं चूकते कि वही सबसे अधिक क़ाबिल हैं। फिर नियम–क़ायदों का उल्लेख कर यह भी ज़ाहिर करने से नहीं चूकते कि ऐसी चूक पर कितना बड़ा दण्ड भुगतना पड़ सकता है। नौकरी तक जा सकती है। यह तो उन जैसा अफ़सर है, जो बर्दाश्त कर रहा है, वरना दूसरा कोई होता तो कब की छुट्टी कर चुका होता। मगर यह सब वे महज़ जताते, चुप रह कर, अपने हाव–भाव से, मातहत कर्मचारी के अनुवाद की भाषा वग़ैरह को सुधार कर। अनेक बार वे अपने पुराने अनुभवों को साझा करके भी जताते कि किस तरह उनसे एक बार चूक होते–होते रह गयी थी और वे बाल–बाल बचे थे। अगर वह चूक हो जाती तो क्या कहर बरपता। अपने काम को श्रेष्ठ बताने के उनके पास अनेक उदाहरण थे। इसी तरह दूसरों की त्रुटियों के क़िस्से भी अगाध थे। ऐसे क़िस्से सुना–सुनाकर वे अपने मातहत कर्मचारियों को आतंकित करते रहते थे। कई तो भय के मारे उनसे पूछ–पूछकर शब्दों के चयन, वाक्य विन्यास आदि को दुरुस्त करते थे। मगर जब कोई उनसे पूछकर कुछ लिखता तो वे दूसरा

फार्मूला अपनाते। अक्सर वे उसे ठीक–ठीक न बताकर असमंजस ज़ाहिर करते, ऐसा जताते जैसे वे भी पूरी तरह आश्वस्त नहीं हैं कि क्या होना चाहिए। तब वे दो–चार कोश का नाम ज़रूर बता देते, एकाध ग्रन्थ का उल्लेख कर देते कि उसकी मदद ले लो। फिर जब उसकी कॉपी उनके सामने पहुँचती, तो इस तरह उसकी मरम्मत करते कि जैसे सामने वाले को कुछ आता–जाता नहीं।

अगर कोई कर्मचारी काम में ढिलाई दिखाता या समय पर नहीं देता तो उसके लिए भी बकुल बैरागी के पास फार्मूला था। वे उससे सीधे न कहकर, जब वह अनुपस्थित होता तो, उसके किसी साथी से कह देते कि फलां से कहना कि वाइस चांसलर ऑफ़िस से फ़ोन था। बहुत नाराज़ थे कि काम अब तक क्यों नहीं हुआ। फिर जब उस कर्मचारी को उनका सन्देश मिल जाता, तो बाद में किसी बहाने पूछ लेते कि क्या हुआ भाई उस काम का, बहुत देर लग गयी। अगर कोई कर्मचारी उन्हें बगैर सूचित किये देर से आता या छुट्टी मार लेता तो उसके लिए उनके पास दूसरा फार्मूला था। वे पूछते, क्या हुआ, आज ट्रैफ़िक जाम ज़्यादा था क्या? मैं तो सोच रहा था कि शायद आपने छुट्टी कर ली। अच्छा हुआ आ गये। चाय–वाय पी लीजिए, वाइस चांसलर ऑफ़िस से फ़ोन था, कोई आर्टिकल आयेगा शायद, आज ही करके देना होगा। अगर कोई बिना बताये छुट्टी कर लेता तो उसे अगले दिन इतना काम सौंप देते कि वह अगले दो दिन तक गर्दन नहीं उठा पाता। ...मगर उन्होंने कभी किसी के साथ डाँट–फटकार नहीं की। हमेशा मधुर व्यवहार बनाये रखने का प्रयास किया। जब काम हो जाता तो फुरसत के क्षणों में वही दार्शनिक भाव अपना लेते–'क्या करें भाई, नौकरी की है तो रो के करें या गा के, करनी तो है ही। जब पैसा ले रहे हैं काम करने का तो काम तो करना होगा, नियम–क़ायदों को मानना होगा।...'

उनके कुछ मातहत कभी–कभी उन्हें मीठी छुरी कहते।

बकुल बैरागी बेशक दुनिया की तमाम बातों को ख़ारिज करते रहते हों, पर ऐसा नहीं कि वे दुनियादार नहीं थे। नौकरी में रहते

उन्होंने शहर में दो फ्लैट ख़रीद लिए थे। एक की बुकिंग पिछले साल बेटी की शादी के कुछ दिन बाद ही करायी थी। दोनों मकान किराये पर चढ़ा दिये थे। करीब तीस हज़ार रुपये महीना किराये के आते थे। उससे नये मकान की क़िश्त चुकता कर रहे थे। ख़ुद विश्वविद्यालय के स्टाफ क्वार्टर में रहते थे। बेटा टीसीएस में नौकरी करने लगा था। अच्छी–ख़ासी तनख़्वाह थी। बहू भी एक स्कूल में पढ़ाती थी। वे दोनों गुड़गाँव में किराये का मकान लेकर रहते थे। वे भी उधर ही कोई मकान ख़रीदने का विचार बना रहे थे। बकुल बैरागी सपत्नीक विश्वविद्यालय परिसर में रह रहे थे। किफ़ायत में काम चल जाता था। तनख़्वाह के काफ़ी पैसे बच जाते थे।

मगर जब भी बात नौकरी की छिड़ जाये तो हमेशा वे यही भाव प्रकट करते कि जैसे उन्हें मजबूरी में नौकरी करनी पड़ रही है। हिन्दी विभाग के लड़के कभी मिलने आते और नौकरी वग़ैरह का ज़िक्र छेड़ देते तो वे उन्हें समझाते–'काहे नौकरी के चक्कर में हलकान हुए जाते हो। अरे अपने सपनों के साथ जीना सीखो। नौकरी में क्या रखा है, ज़िन्दगी–भर गदहपचीसी में लिथड़ते रहोगे। अयोग्य लोगों की चाकरी करते रहोगे। ...हमने तो मजबूरी में जैसे–तैसे गुज़ार लिए अपने दिन, पर हमारी तो अपने अनुभव से सलाह यही है कि अपने ढंग से ज़िन्दगी जीने का कोई रास्ता तलाश करो।...' मगर उनकी रहस्यमयी सलाह शायद ही किसी विद्यार्थी ने अमल लायक समझी हो।

वही बकुल बैरागी इन दिनों कुछ बदले–बदले से नज़र आते हैं। वे न तो अपने मातहतों के सामने अपनी योग्यता ज़ाहिर करने की कोशिश करते देखे जाते हैं और न पहले जैसा उनकी अनुवाद की हुई कॉपियों में कमी तलाशते हैं। अक्सर वे थोड़े–बहुत हेर–फेर के साथ कॉपी को वैसे ही आगे बढ़ा देते हैं। विद्यार्थियों को पहले की तरह नौकरी के पीछे न भागने की सलाह भी नहीं देते और न प्रोफ़ेसरों की अयोग्यता पर रुदन करते सुने जाते हैं। हाँ, वे अपने विभाग के वरिष्ठ अनुवादक से ज़रूर इन दिनों खिंचे–खिंचे रहते

हैं, जो उनके बाद उनकी कुर्सी का दावेदार है। वे अपने घर तो कभी किसी को खाने–पीने पर नहीं बुलाते थे, पर अब कैंपस में भी घूमने–फिरने कम ही निकलते हैं। घर से रोज़ की तरह पैदल ही दफ़्तर आ जाते हैं और शाम को सीधा घर। छुट्टी के बाद रुक कर काम करने की आदत भी उन्होंने छोड़ दी है। कभी–कभी समय से पहले भी घर निकल जाते हैं। लौटते वक़्त सब्ज़ी–भाजी जैसी घर की ज़रूरत की चीज़ें साथ लेते जाते हैं। कहते हैं, कुछ दिनों से वे रास्ते में कोई मिल जाये तो औपचारिक दुआ–सलाम भले कर लेते हैं, पर रुक कर बात नहीं करते। आगे निकल जाते हैं। हाँ, अगर कोई रिटायर होने वाला हो, तो उससे ज़रूर ग्रेच्युटी, पीएफ, पेंशन, छुट्टियों के पैसे वग़ैरह के बारे में पूछताछ कर लेते हैं कि यह सब कुछ मिलाकर रिटायरमेंट के बाद उसे कितना मिलेगा।

इन दिनों उनमें एक बदलाव और देखा गया है। अपनी पाचन सम्बन्धी गड़बड़ी को लेकर वे कुछ चिन्तित रहने लगे हैं। कोई चूरन चुपके से फाँका करते हैं। ख़ासकर टाँगों की हड्डियों में कमज़ोरी भी महसूस करते हैं। अक्सर विश्वविद्यालय के क्लीनिक में किसी डॉक्टर के कमरे के बाहर क़तार में बैठे देखे जाते हैं। अपने विश्वासपात्र से भी कभी–कभार स्वास्थ्य सम्बन्धी किसी समस्या पर परामर्श माँगते रहते हैं। जब वे अपनी स्वास्थ्य सम्बन्धी किसी परेशानी का ज़िक्र करते हैं, तो उनका विश्वासपात्र उनकी उदासी को उससे जोड़कर उनके चेहरे को पढ़ने लगता है। मगर विश्वासपात्र उनकी चुप्पी, गम्भीरता और अन्यमनस्कता की गुत्थी सुलझा नहीं पाता। वह इन सबकी वजह गहराई में जाकर पता करना चाहता है।

वह विश्वासपात्र एक दिन आकर सहकर्मियों से फुसफुसाया कि बकुल बैरागी अपने कमरे में बैठे दिन–भर चुपचाप अपनी लिखी कविताएँ सुधारते रहते हैं। किसी प्रकाशक से उनकी बात हुई है। वह उनका कविता संकलन छापने को तैयार हो गया है। कुछ किताबों के अनुवाद और प्रूफ़ वग़ैरह के लिए भी उससे बात हुई है। रिटायरमेंट के बाद का इन्तज़ाम उनका पक्का हो गया है।

तब सहकर्मियों को उनकी उदासी और अन्यमनस्कता की वजह पकड़ में आयी। उन्होंने उनके रिटारमेंट का हिसाब लगाया, एक बहादुर सहकर्मी ने कार्मिक विभाग के अपने दोस्त से फ़ोन करके जानकारी हासिल की– बकुल बैरागी के रिटायरमेंट में करीब साल–भर रह गया था। वे हैरान हुए कि बड़े साहब ने अपने रिटायरमेंट के बारे में कभी किसी से चर्चा नहीं की।

थूनी थामो

अजीब दौर था वह। जब देखो आँधियाँ उठ जाती थीं। हवा का ज़रा–सा फूँक पड़ता कि बवण्डर खड़ा हो जाता। ऐसा गर्दो–गुबार उठता कि भरी दोपहरी अँधेरा छा जाता। बेमौसम बादल घेर लेते और गरज–तड़क शुरू हो जाती। बिजली की कौंध से आँखें चुँधिया जातीं। बहुत–से लोग इस मौसम में तरह–तरह की आशंकाओं से घिर गये थे। पर ऐसे लोगों की तादाद ज़्यादा थी, जो इस आँधी को दैवी न्याय की तरह देख रहे थे। उनका मानना था कि इससे धरती पर जमा सारा कूड़ा–करकट उड़ जायेगा, गल–पच जायेगा। इसी आँधी–तूफ़ान के दौर में बशारत ने अलीगढ़ मुस्लिम यूनीवर्सिटी से चित्रकला की अपनी पढ़ाई पूरी कर ली थी। बिजली की कौंध में उसे कौंधा था कि अब उसे अलीगढ़ छोड़कर अपने क़स्बे रसूलपुर के गली दर्जियान वाले घर लौट जाना चाहिए। बस उसने सामान बाँधा और लौट आया था।

घर पहुँचने के बाद उसने अपने मुहल्ले के लोगों, ख़ासकर नौजवानों को समझाया था कि आँधी का वेग बहुत ज़्यादा है। उन्हें आँधी की तरफ़ मुँह करने के बजाय पीठ कर लेनी चाहिए। सब अपने–अपने मड़हे की थूनी थामे रहो, नहीं तो उखड़ जाओगे। आँधी से मुँहजोरी जुल्म ढायेगी।

बशारत में आये इस बदलाव से घर और मुहल्ले के लोग हैरान थे। मस्जिद वाले चबूतरे पर बैठकर लोग खुसुर–फुसुर करने लगे थे कि आख़िर बशारत को हुआ क्या। वह ऐसा तो न था। वह इन दिनों

इतना गम्भीर और चुप्पा कैसे हो गया है। पहले मुहल्ले के लड़कों के बीच बैठ कर दुनिया–जहान के मुद्दों पर घण्टों बहसें किया करता था, दकियानूसी बातों को लेकर बड़े बुज़ुर्गों का मन–मिज़ाज बदलने की दलीलें दिया करता था, अब इन सबमें उसकी रुचि नहीं रह गयी है। उसे एकान्त पसन्द आने लगा था। वह दिन–भर अपने घर के ऊपर बरसाती वाले कमरे में पड़ा रहता। मुहल्ले के नौजवान दोस्तों के साथ भी उसने बैठना–उठना छोड़ दिया था। इसके अलावा एक अजीब आदत और पड़ गयी थी उसे। ज़्यादातर समय कान में इयर प्लग ठूँसे रहता और आँखें बन्द करके कुछ–कुछ सुनता रहता। कहीं भी एकान्त में बैठकर आँखें बन्द कर लेता और कुछ सोचता रहता। दिन–भर घर में लेटे–लेटे कुछ–कुछ पढ़ता या फिर आँखें बन्द किये मोबाइल पर कुछ सुनता रहता। शाम को रेलवे स्टेशन की तरफ़ निकल जाता। वहाँ किसी बेंच पर बैठे हुए भी वह आँखें बन्द किये कुछ सोचा करता। देखने वाले यही समझते होंगे कि वह झपकी ले रहा है, मगर वास्तव में ऐसा था नहीं। वह जागते हुए आँखें बन्द किये रखता।

बशारत अलीगढ़ से लौटकर आया तो फिर कहीं गया नहीं। पहले उसके सपने बहुत थे। मुहल्ले के दोस्तों और बड़े–बुज़ुर्गों से कहा करता था कि जैसे ही उसकी पढ़ाई पूरी होगी, वह अलीगढ़ छोड़कर दिल्ली चला जायेगा। वहाँ काम बहुत है। वहाँ वह पेंटिंग करेगा, प्रदर्शनियाँ लगायेगा, फिर विदेश में कोई फेलोशिप देखेगा। उसके सपने पूरे मुहल्ले के सपने बन गये थे। पर अचानक उसमें आये इस बदलाव से सब हैरान थे। वह अब कहीं जाने, अपने सपनों को जीने की बात ही नहीं करता था।

इतनी उमर में उसके मुहल्ले यानी रसूलपुर की गली दर्जियान के लड़के किसी–न–किसी काम–धन्धे में लग चुके थे। घर का ख़र्चा उठाने लगे थे। मगर बशारत था कि अपने दर्जी अब्बू और गोटे–कढ़ाई का काम करने वाली अम्मी के ऊपर बोझ बना हुआ था। हालाँकि वह निठल्ला नहीं था। पेंटिंग में उसका हाथ काफ़ी सधा

हुआ था। उसके इस हुनर को देखते हुए उसकी सख़्त मिज़ाज अम्मी चाहती थीं कि वह बाज़ार में कोई खोखा किराये पर लेकर साइनबोर्ड पेंट करने का धन्धा शुरू कर दे। मगर बशारत को उनका सुझाव रास नहीं आता था। वह तर्क देता, 'अम्मी, इस कम्प्यूटराइज़्ड और फ्लेक्स बोर्ड के ज़माने में भला कौन साइनबोर्ड पेंट कराना चाहता है। मुझे पेंटिंग करने दो। यह साइनबोर्ड से अलग दुनिया है। कला की दुनिया।'

मगर अम्मी उसकी कहाँ सुनतीं। उसकी उमर, घर की ज़िम्मेदारियाँ, समाज की नज़र, रिश्तेदारों के ताने, उससे छोटी दो बहनों की शादी की दुश्वारियाँ, दुनिया जहान की रीत, सब कुछ का हवाला देते हुए अपने अनुभवों के छींटे मार–मारकर घण्टों भुनभुनाती रहतीं। इस बीच कभी–कभी उनकी आँखों से दो–चार बूँदें ज़मीन पर भी टपक जातीं। पर बशारत उसकी परवाह नहीं करता। ऐसा भी नहीं कि अम्मी पर कुढ़े, कुछ तीखा–तल्ख़ कह दे। बस सुन लेता और मुस्कराकर रह जाता। बहुत हुआ तो घर से बाहर निकल जाता और नीम के नीचे जाहिद मियाँ के चबूतरे पर बैठकर मुहल्ले के लड़कों या खाली बैठे बुज़ुर्गों से कुछ बतियाने लगता।

शाम को रेलवे स्टेशन की तरफ़ ज़रूर जाता और क़स्बे के ख़त्म होते सिरे की तरफ़, गुलमोहर पेड़ के नीचे प्लेटफार्म की आख़िरी बेंच पर बैठ जाता। वह स्टेशन भी क़स्बे के आकार के मुताबिक़ ही बना था। उधर से दिन–भर में महज़ चार गाड़ियाँ गुज़रतीं। जब से बड़ी लाइन बनी है, दो गाड़ियाँ दिल्ली से समस्तीपुर के लिए चलने लगी हैं। दो पैसेंजर गाड़ियाँ शायद आज़ादी के बाद से ही इस लाइन पर चलती आ रही हैं– छपरा से बनारस। चारों गाड़ियाँ दिन में एक–एक फेरा लगाती हैं। जब गाड़ियों के आने का वक़्त होता है, तब स्टेशन पर कुछ चहल–पहल बढ़ जाती है। दूरदराज गाँवों से लोग गाड़ी पकड़ने के लिए पहले ही आकर जहाँ–तहाँ प्लेटफार्म पर जम जाते हैं। बाज़ार से चाय, पकौड़े, समोसे, जलेबी, मूँगफली, चने–मुरमुरे, खीरा–खरबूजा वग़ैरह बेचने वाले जमा होने लगते हैं।

रिक्शेवालों की क़तार लगनी शुरू हो जाती है। गाड़ी के जाते ही स्टेशन वीरान हो जाता है। स्टेशन का तीन–चार लोगों का स्टाफ छोटे से कमरे में सिमट जाता है। स्टेशन का एक ही प्लेटफार्म है, जिसकी लम्बाई दिल्ली से आने वाली एक्सप्रेस गाड़ियों के डिब्बों के हिसाब से पूरी नहीं पड़ती। आगे और पीछे के दो–तीन डिब्बों के मुसाफ़िरों को प्लेटफार्म से बाहर पटरियों के किनारे पड़े पत्थरों पर सँभलकर उतरना पड़ता है। दोपहर के डेढ़ से शाम छह बजे तक किसी गाड़ी के आने का समय नहीं होता, उस वक़्त स्टेशन और प्लेटफार्म वीरान–सा होता है। उसी बीच जब कभी मन होता, बशारत स्टेशन आ जाता और आख़िरी बेंच पर घण्टों आँखें बन्द किये बैठा रहता।

मगर इन दिनों बशारत में आये बदलाव की वजह से उसकी अम्मी काफ़ी चिंतित रहने लगी थीं। रात को अक्सर जब उसके अब्बू घर लौटते, वे उनसे अपनी फ़िक्र ज़ाहिर करतीं–'पता नहीं क्या हो गया है इसे, आँखें बन्द किये बैठा रहता है। अरे मैं कहती हूँ, इस तरह आँखें बन्द कर लेने से तकलीफ़ें ख़त्म नहीं हो जातीं। आँखें खोलकर देखे तो दुनिया दिखेगी। देखे तो सही कि कैसे उसकी उमर के लड़के रोज़गार कर रहे हैं, नौकरियाँ कर रहे हैं। दुनिया कहाँ से कहाँ जा रही है और ये है कि आँखें बन्द किये रहता है। ...आप इसे कुछ कहते क्यों नहीं।...'

मगर उसके अब्बू को बशारत पर भरोसा है। उन्हें यक़ीन है कि वह एक दिन कोई बड़ा काम करेगा, उनका नाम रोशन करेगा। तब सारी तकलीफ़ें दूर हो जायेंगी। उसमें हुनर की कमी नहीं है। इसलिए वे बशारत की अम्मी की बातें सिर्फ़ सुनते, ज़्यादा जिरह नहीं करते। बहुत हुआ तो छोटी–सी तसल्ली देते– 'हुनरमन्द है, जो करेगा, अच्छा करेगा। अभी शायद उसका वक़्त नहीं आया है। ...जब तक हमारे हाथ–पैर सलामत हैं, उसे जीने दो अपने ढंग से। फिर तो ज़िन्दगी–भर का बोझ उठाना ही पड़ेगा उसे।...'

अम्मी भुनभुनाते–भुनभुनाते चुप लगा जातीं।

उसके इस तरह आँखें बन्द किये घण्टों बैठे रहने को लेकर गली दर्जियान में तरह–तरह की बातें होने लगी थीं–

'लड़का तो जहीन है, पता नहीं क्या हो गया है उसे।'

'खिसक गया है, और कुछ नहीं।'

'मगर उसकी हरकतों से तो कभी ऐसा नहीं लगा कि खिसक गया है।'

'ज़्यादा किताबें पढ़ गया है, इसलिए आँखें बन्द किये किताबी ज़िन्दगी जीने में सुकून मिलता है उसे।'

'ऐसा नहीं है, पहले तो कैसे सबसे मिलकर बातें किया करता था। लोगों को समझाता–बुझाता था। बहसें करता था। दुनिया–जहान की बातें बताता था। अब तो बिल्कुल चुप्पा हो गया है।'

'नौकरी–चाकरी नहीं मिली न, इसलिए फ्रस्ट्रेट हो गया है।'

'मगर नौकरी को लेकर तो फ़िक्रमन्द कभी नहीं देखा गया। कहता भी है कि नौकरी वह करेगा ही नहीं। वह अपनी पेंटिंग की दुनिया में रमे रहना चाहता है। कितने रिसालों में उसकी बनायी तस्वीरें छपती रहती हैं, लेख वग़ैरह छपते रहते हैं। अपने ख़र्चे का पैसा तो वह इस तरह निकाल ही लेता है।'

'फिर किसी लड़की के फेर में होगा। ऐसे लच्छन तो ऐसी ही हालत में दिखते हैं। या हो सकता है किसी लड़की से चोट खायी हो।'

'मगर ऐसा लगता तो नहीं। लड़की–वड़की के चक्कर में पड़ने वाला लड़का लगता नहीं।'

मौलवी रहमतुल्ला की राय इन अटकलपच्चियों से अलग है–'बहुत हुनरमन्द लड़का है। इतनी कम उम्र में जितनी इल्म की बातें वह करता है, कोई नहीं करता होगा। ...ख़ुदा का नूर है उस पर। उसी से लौ लग गयी है उसकी। ...शायद अल्लाह ने उसके लिए कोई और रास्ता चुन रखा है। नहीं तो, इस तरह कोई एकदम से बदल नहीं जाता।...'

'मुझे लगता है, आजकल जैसे हालात हो गये हैं मुल्क के अन्दर, उसे लेकर भीतर ही भीतर कुछ चोट पहुँची है उसे। देखा

नहीं, कैसे अलीगढ़ से आते ही उसने सबको सावधान किया था कि अपने–अपने मड़हे की थूनी थामे रहो।...' उसकी उम्र के एक अटकलपच्चू ने कुछ अलग ढंग की कौड़ी फेंकी।

'हो सकता है। यह तो सही है कि जब से नयी सरकार आयी है, मुल्क के हालात ठीक नहीं हैं। हमारी कौम की मुश्किलें बढ़ गयी हैं। कोई भी महफ़ूज़ नहीं रहा कहीं भी।...'

'मगर इस तरह बशारत के आँखें बन्द कर लेने से ये हालात तो नहीं बदल जायेंगे। हम भी इसी मुल्क में रहते हैं। जो हालात हैं, उनका सामना कर रहे हैं। अगर उसके भीतर कोई बात है तो हम सबसे साझा करनी चाहिए।' एक बुढ़ऊ ने अपनी दाढ़ी खुजाते हुए कहा।

'मुझे लगता है, दिल्ली में इसके साथ कुछ हुआ है। पिछले महीने गया था वहाँ किसी प्रोग्राम में हिस्सा लेने। जब से वहाँ से लौटा है, तभी से ऐसा हो गया है। ...सुना है कि वहाँ इसे कुछ लोगों ने किसी बात पर धमकाया था। ...नयी सरकार के ख़िलाफ़ बोलता तो रहता ही है, वहाँ उलझ गया होगा किसी से बहस में। उसने मुसलमान समझ के इसे दे दिया होगा हूल। ...क्या पता, हुरपेट न दिया हो। ...मुसलमान तो आजकल सबसे कमज़ोर कौम हो गयी है।...' एक ख़बरसुंघवा नौजवान ने ख़बर फेंकी।

'मगर, वहाँ कुछ हुआ तो उसे छिपाने की क्या ज़रूरत। हमसे बताये, हम मसले का कोई हल निकालने में उसकी मदद करेंगे। ...मगर उसे देखकर लगता नहीं कि उसके साथ ऐसा कुछ हुआ है। ऐसी बेवजह की अटकलें लगाने से अपना ही नुकसान होगा।...' मौलवी रहमतुल्ला ने दलील दी।

'आप ही उससे बात कीजिए मौलवी साहब। शायद कुछ बताये। उसके अब्बू तो यही मानते हैं कि एक दिन वह कोई बड़ा काम करेगा। मगर उसकी अम्मी फ़िक्र में दुबली हुई जाती हैं। दो छोटी बहनें हैं, उनकी भी शादी होनी है। मुहल्ले की बात है, सो हमारा फ़र्ज़ है कि जहाँ तक हो सके, उसकी मदद करें।'

यह सलाह सबको जँच गयी थी। मौलवी साहब ने उससे बात करने की हामी भरी थी। मगर मौलवी साहब के उससे बात करने का मौक़ा ही नहीं आया। दूसरा ही काण्ड हो गया।

2

दरअसल, उन दिनों जैसी आँधी बाहर चल रही थी, उससे कहीं तेज़ बशारत के भीतर चल रही थी। विचित्र–सी आँधी। बातों, विचारों, घटनाओं की आँधी। बहुत कुछ रचने, बहुत कुछ कहने, बहुत सारी बातों का प्रतिकार करने की आँधी। मगर वह कहे कैसे, रचे कैसे, कोई सिरा मिल नहीं पा रहा था। उसका मन और दिमाग़ कई हिस्सों में बँट गया था। जैसे कई गतिमान रंगीन गोले आपस में टकराते, एक–दूसरे को काटते, एक–दूसरे पर चढ़ते, एक–दूसरे को पार करते निरन्तर उसके भीतर घूम रहे थे। हर गोले का रंग कुछ–न–कुछ कहता था, पर दूसरे गोले से टकराते या उसके ऊपर से गुज़रते हुए दोनों की बातें गड्डमड्ड हो जातीं। उनकी आवाज़ें आपस में टकरातीं और विचित्र क़िस्म की गूँज पैदा करतीं। बशारत उस गूँज को पकड़ने, समझने की कोशिश करता, पर बाहर की आवाज़ें उसमें मिलकर उस गूँज के ऊपर चढ़ जातीं या फिर कई बार उसे दबा देतीं। इसलिए वह आँखें बन्द करके अपने भीतर की गूँज को सुनने लगता, भीतर गतिमान गोलों के रंगों और उनकी इबारत, उनके कूट संकेतों को समझने की कोशिश करता रहता।

बाहर का शोर बढ़ जाता, तो कान में इयर प्लग ठूँसकर मोबाइल पर उतारे गीत सुनने लगता। पिछले दस–बारह दिनों से वह मल्लिकार्जुन मंसूर को सुन रहा था। उनका गाया एक ही राग बार–बार सुनता था। उनके गाये कई राग, जो उसे पहले बहुत पसन्द थे, इन दिनों उन्हें सुनने का मन नहीं होता था। उनसे पहले जैसी तरंगें नहीं उठती थीं। वह जानता था कि राग भी मन की अवस्था के अनुसार ही प्रभाव छोड़ते हैं। इसलिए वह मंसूर का गाया एक ही राग बार–बार सुनता रहता था। राग बिहारी। ...सखी री अब

तो तबही होवे सुख...। उसमें उसे एक अजीब तड़प सुनायी देती, एक अजीब झंकार महसूस होती। वह वैसी ही तड़प रचना चाहता था। मगर उसे रचने का माध्यम क्या हो, तय नहीं कर पा रहा था। लिखने की सोचता, तो उसके भीतर घुमड़ते शब्द बहुत बेदम लगते। उनमें वही ध्वनि उभरती, जो बहुतों ने बहुत बार कही है, बहुत सारे वही कहते जा रहे हैं। लिखकर अपने भीतर की तड़प को कह पाना उसके लिए सम्भव नहीं जान पड़ रहा था। वह कुछ इस तरह अपनी तड़प को रचना चाहता था कि उसका व्यापक असर हो, सब पर असर हो।

पेंटिंग में ही उस तड़प को उतार सकता था। मगर लगातार कोशिशों के बावजूद कोई चित्र मन में आकार नहीं ले पा रहा था। आकार और रंगों का तालमेल ठीक नहीं बैठ पा रहा था। बाहर के दृश्य उसके भीतर की आकृतियों के ऊपर तैरने लगते। बाहरी आकृतियों की भीड़ में उसके मन की आकृति कहीं खो जाती। फिर झुंझलाकर वह आँखें बन्द कर लेता। वह कोई दमदार आकृति रचना चाहता था, पर बार–बार पता नहीं क्यों उसके भीतर अमूर्त आकृतियाँ उभरतीं। हरे–पीले रंग के चकत्तों में अमूर्त प्रकाश छवियाँ। वह बार–बार सिर झटकता और नीले–लाल रंगों का प्रवाह देने की कोशिश करता, पर ऐसी कोई छवि बन नहीं पाती।

गली दर्जियान के जिस अटकलपच्चू ने दिल्ली में उसके साथ हुई ज़्यादती की ख़बर सूँघकर उछाली थी, वह अटकलपच्ची नहीं थी। दरअसल, हुआ था ऐसा। जिस सेमिनार में वह कलाओं पर बाहरी दबाव विषय पर बोलने, कुछ कहने गया था, वहाँ सचमुच उसे हुरपेटा गया था। श्रोताओं में से कुछ उपद्रवी क़िस्म के युवाओं ने उठकर उसके भाषण पर एतराज़ उठाया था। एतराज़ क्या, हाहाकार मचाया था। यहाँ तक कि उसके मुसलमान होने को प्रश्नांकित किया था। तब बहुत देर तक हॉल में हुज्जत होती रही थी। ...जैसे–तैसे उन युवाओं को बाहर किया गया और बातचीत फिर आगे बढ़ी थी, पर तब बशारत की बात जहाँ रुक गयी थी, वहीं आज तक रुकी हुई है।

अगले दिन इस घटना की ख़बर मीडिया के एक छोटे से खित्ते में एक छोटे आकार में उभरी भी थी। पता नहीं, किसी की नज़र भी उस पर पड़ी या नहीं। इससे बशारत बहुत आहत हुआ था। अपने साथ हुए को लेकर नहीं, बल्कि अपनी बिरादरी के लोगों की चुप्पी पर, टालूपन पर। मीडिया की बेपरवाही पर। दिन–भर सोशल मीडिया पर जमे रहने वाले शब्द–वीरों की उदासीनता पर। वह कई दिन तक सोचता रहा था कि वह अकेले सड़क पर उतरकर इसका प्रतिकार करेगा। प्रेस कॉन्फ्रेंस बुलाकर अपना पक्ष रखेगा। ...मगर फिर गणित लगाता तो समझ में आता कि इस तरह उसके अकेले लड़ने से कुछ होने वाला नहीं है। जिस तरह के हालात हैं मुल्क में, उसकी आवाज़ के पीछे बहुत लोग आने वाले नहीं हैं और तत्काल उसकी आवाज़ दबा दी जायेगी। किसी को पता भी नहीं चलेगा कि उसे कैसे चुप करा दिया गया। इसलिए उसने मन–ही–मन ख़ुद को समझाया था कि इस तरह अकेले चीख़ने–चिल्लाने से कुछ नहीं होगा। ऐसे वक़्त में कुछ ऐसा रचना होगा, जो वार की तरह हो। वह भरपूर वार करे, झकझोरे।...

तब से वह आँखें बन्द किये अपने रचने और वार करने के तरीक़े को तलाश रहा था। पर वह तरीक़ा तो उसे मिला नहीं, कुछ और ही घट गया।

3

जिस दिन गली दर्जियान के नौजवानों ने मौलवी रहमतुल्ला को बशारत से बात करने को राज़ी किया था, उसी दिन वह घटना हो गयी। उस दिन बशारत रेलवे स्टेशन की आख़िरी बेंच पर आँखें बन्द किये बैठा था। बनारस जाने वाली शाम छह बजे की पैसेंजर के आने में अभी घण्टा–भर का वक़्त रहा होगा। आमतौर पर यह गाड़ी पकड़ने दूरदराज गाँवों से लोग कम ही आते हैं। इसलिए चाय–पकौड़े, समोसे वग़ैरह बेचने वालों की चिल्ल–पों भी नहीं रहती। कुछेक मुसाफ़िर गाड़ी से उतरते हैं और सीधे बाहर निकलकर

अपने घरों की तरफ़ चले जाते हैं। इसलिए बशारत को भीड़भाड़ से खलल पैदा होने की फ़िक्र नहीं थी।

वह आँखें बन्द किये बैठा था कि एक आदमी बड़ा–सा बैग लिए वहाँ आया। धप्प से ज़मीन पर बैग रखा और बशारत से थोड़ा हटकर उसी बेंच पर धम्म से बैठ गया। बैग के धप्प की आवाज़, उसके बैठने की धम्म की आहट और उसके पसीने की खट्टी महक से बशारत का ध्यान भंग हुआ। उसने एक आँख आधी खोली, उस आदमी की तरफ़ देखा और फिर आँख बन्द कर ली। अभी–अभी बेंच पर बैठे आदमी का चेहरा उसकी आँख में क़ैद हो गया था। उसके चेहरे पर पसीने की चमक थी, तमतमाया हुआ चेहरा। उसके साथ उसकी बीवी भी थी। आधे घूँघट में सकुचायी, सहमी। वह भी तमतमायी हुई–सी। बशारत ने देखा कि अभी–अभी आये आदमी ने अपनी बीवी को बैठने का इशारा भी नहीं किया। उसने अन्दाज़ा लगा लिया कि ज़रूर दोनों किसी बात पर लड़ते–झगड़ते आये होंगे। ...उसकी बीवी उसकी बगल में बैठ गयी थी।

बशारत ने वहाँ से उठकर दूसरी बेंच पर जाना ज़रूरी नहीं समझा या फिर उसे इसका ख़याल ही नहीं आया। वह जिन ख़यालों में खोया था, फिर से आँखें बन्दकर उनके पीछे दौड़ने लगा।

मगर बगल में बैठे पुरुष का ग़ुस्सा दाँत पर दाँत चढ़ाये फुसफुसा रहा था। वे आवाज़ें बशारत के कानों में पड़ रही थीं। चाहकर भी बशारत उन आवाज़ों को अनसुना नहीं कर सकता था।

'तुम्हीं बस हर वक़्त जेठजी जेठानीजी करके उनको सिर पर चढ़ाये रहीं। आज देख लिया न उनका रंग। ...हम कमाकर हर महीने बस पैसे भेजते रहे उनके लिए, उनके परिवार के लिए, और वे मौज मनाते रहे। न खेती की चिन्ता और न बच्चों की। हमने अपना घर तक न बनवाया। कभी पूछा तक नहीं कि खेती में कुछ फ़ायदा भी हुआ कि नहीं। बस लिहाज़ करते रहे कि बड़े भाई–भाभी हैं, उन्होंने हमारी फिकर की है, उनका आदर करना चाहिए, उनकी हर सुख–सुविधा का ख़याल करना चाहिए। इसी लिहाज़ में अपना पेट

काटकर उनकी माँगें पूरी करते रहे। मगर अब देख लिया न रंग। तुमने थोड़ा अचार क्या माँग लिया अपने लाने के लिए, खुल गया ढक्कन। ...अरे, उनका लड़का फ़ौज में क्या भर्ती हो गया, पंख लग गये हैं। मामूली अचार माँगने पर बँटवारे की बात उठा दी। ...मैं शुरू से कहता था कि ये रंग बदलेंगे, पर तुम्हीं नहीं मानती थीं।... अब करो और जेठ–जेठानी की पूजा।...'

बशारत उस पुरुष की बातें सुनकर किसी और ही दुनिया में विचरने लगा था।

मगर तभी उसे अपने चेहरे पर किसी की नज़रें रेंगती महसूस हुईं। आँखें बन्द हों तब भी अगर हमें कोई प्रश्नवाचक नज़रों से देखे तो अहसास हो ही जाता है। बशारत ने आँखें खोलीं तो देखा, बगल में बैठा पुरुष तिरछा होकर तमतमाया हुआ उसे घूर रहा था। बशारत सजग होकर बैठ गया। उसने अन्दाज़ा लगा लिया कि ज़रूर पुरुष की बीवी ने कुहनी मारकर उसे चुप रहने के लिए इशारा किया होगा कि तुम्हारी बातें कोई सुन रहा है, चुप हो जाओ।

पुरुष बेंच से उठ खड़ा हुआ, 'अबे उठ, उठ यहाँ से। साला मेरी बीवी पर बुरी नज़र डालता है?'

बशारत हैरान। वह तो आँखें बन्द किये बैठा था। वह सकपकाते हुए बोला, 'भाईजान...मैं तो आँखें बन्द किये बैठा था। बुरी नज़र कब डाल दी। ...आप ख़ामख़ा...'

'अच्छा, मैं जानता नहीं क्या तुम जैसे लोगों को। यहाँ स्टेशन पर किस चक्कर में घूमते रहते हो, हम सब जानते हैं। ...साले, एक दूँगा कसके तो थोबड़ा बदल जायेगा।...'

'भाईजान, आप ख़ामख़ा...'

महिला आधे घूँघट में पुरुष का हाथ पकड़कर उसे शान्त कराने की कोशिश करने लगी थी।

बशारत ने वहाँ से चले जाना उचित समझा। उसने पुरुष से माफ़ी माँगी और चलने को हुआ तो पुरुष ने लपककर उसका कॉलर पकड़ लिया, 'साले, आज के बाद इधर दिखा तो तुम्हारी ख़ैर नहीं, समझ ले।'

'भाईजान, आप ख़ामख़ा कहीं का ग़ुस्सा कहीं निकाल रहे हैं।...'

उस आदमी की बीवी ने उसका हाथ पकड़कर अलग किया।

मगर मामला रफ़ा–दफ़ा होने को था कि दूसरी घटना घट गयी। पाँच–छह युवा वहाँ आ पहुँचे। बशारत उन्हें पहचानता था। मवेशी रक्षा समिति के सदस्य थे। उनमें से कोई एक शहर का रहने वाला होगा, बाक़ी आसपास के गाँवों से आते थे। स्टेशन पर रोज़ ही इसी तरह घूमा करते थे। गाड़ी आने–जाने का समय होता तो अवश्य प्लेटफार्म पर उन्हें देखा जा सकता था। कोई औरत या लड़की सवारी देखते तो फब्तियाँ फेंकने से बाज़ नहीं आते। शहर के जो लोग उन्हें जानते थे, उनकी इन हरकतों पर टोकने की हिम्मत नहीं करते। उन्हें नज़रअन्दाज़ करने में ही भलाई समझते।

उन्होंने बशारत के साथ झंझट होते देखा तो तेज़ क़दम बढ़ाते हुए करीब आ गये थे। बशारत जानता था कि ऐसे लड़के किसी के साथ झगड़ा–झंझट हो तो उसमें मुख़्तार बनके टपकते ज़रूर हैं और उसे निपटाकर अपनी वीरता बघारते फिरते हैं।

'क्या हुआ भाई?' उनमें से मोटी मूँछ वाले ने रेल की पटरियों पर पान की पीक थूकने के बाद पूछा था।

बशारत के साथ उलझे पुरुष की तमतमाहट और बढ़ गयी थी। शायद उसे भरोसा हो गया था कि अचानक प्रकट हुआ युवक दल उसकी मदद करेगा। पुरुष शायद किसी तरह विजय हासिल करना चाहता था। उसने लगभग चिल्लाते हुए कहा–'भाईसाहब, ये बुरी नज़र डाल रहा था मेरी बीवी पर।'

'ये ग़लत इल्ज़ाम लगा रहे हैं भाईजान, मैं आँखें बन्द किये बैठा था यहाँ। ये लोग बाद में आये। बन्द आँखों से भला क्या बुरी नज़र डालूँगा मैं।...' बशारत ने सफ़ाई देने की कोशिश की।

'मुल्ला है भाईसाहब।' मोटी मूँछ वाले की बगल में कमर पर दोनों हाथ रखे खड़े युवक ने फुसफुसाकर कहा।

'अच्छा! कैसे पहचाना तुमने?' मोटी मूँछ वाले ने बशारत पर ऊपर से नीचे तक नज़र डालते हुए सवाल किया।

'इसकी बोली–भाषा देखो। देखो घुटन्ना पहन रखा है। ऐसे कपड़े हिन्दू पहनते हैं क्या!' जिस लड़के ने बशारत की पहचान बतायी थी, उसने फिर फुसफुसाकर दलील पेश की।

'हूँ।...आओ भाई उधर चलकर बात करते हैं। यहाँ महिला के सामने बात करना ठीक नहीं।...' मोटी मूँछ वाले ने बशारत के कन्धे पर हाथ रखकर आगे की तरफ़ ठेलते हुए कहा। 'आप लोग आराम से बैठो भाईसाहब, हम बात करते हैं।' तमतमाये पुरुष को आश्वस्त किया।

बशारत डर गया था। वह बार–बार सफ़ाई दे रहा था कि उसने औरत पर कोई बुरी नज़र नहीं डाली। वह तो आँखें बन्द किये कुछ सोच रहा था। मगर वे लड़के उसकी बात मानने को तैयार नहीं थे। वे उसे ठेलते हुए दूसरी तरफ़ ले गये। प्लेटफार्म के एक कोने में, जिधर लोगों का आना–जाना कम था, पहुँचकर रुक गये। बशारत को चारों ओर से घेर लिया था।

मोटी मूँछ वाले ने अभी तक जो हाथ बशारत के कन्धे पर रखा था, वह अचानक उसकी गर्दन पर कस गया। उसने एक बार फिर पान की पीक थूकते हुए कहा, 'भाई, बुरी नज़र तो आँखें बन्द करके भी डाली जा सकती है, यह हम जानते हैं, इसलिए तुम्हारी यह दलील तो हम कतई मानने से रहे। और यह भी जानते हैं कि तुम्हारी कौम के लौंडे किस तरह हमारी लौंडियों को फाँसते और उन पर बुरी नज़र डालते हैं। इसलिए, हम तो ऐसा क्यों न करें कि तुम्हें आँखें बन्द करके बैठने की ज़हमत ही न उठानी पड़े, वे परमानेंट क्यों न बन्द कर दें हम।...'

बशारत अब गिड़गिड़ाने लगा था। उसके दोनों हाथ रहम की भीख माँगते हुए अपने आप जुड़ गये थे।

मगर ऐसे लड़के रहम का मतलब कहाँ समझते हैं। दे दनादन पीटना शुरू कर दिया। बशारत गिड़गिड़ाता चिल्लाता रहा, मगर बेकार। उसने सुना कि मोटी मूँछ वाला लड़कों को कह रहा था कि आँखें परमानेंट बन्द कर दो इसकी।

फिर दो लड़कों ने बशारत की बाँहें पकड़ीं और जबरन उसका चेहरा ऊपर की और करके पकड़े रखा। उसके चेहरे पर लातों के वार होते रहे। वह कब बेहोश होकर निढाल पड़ गया और उन लड़कों का वार कब रुका, उसे नहीं पता।

उसे किन लोगों ने उठाकर अस्पताल पहुँचाया यह भी नहीं पता।

फिलहाल वह अस्पताल में पड़ा है और पूरा गली दर्जियान ग़ुस्से में है। मुहल्ले के लड़के उबाल मार रहे हैं कि पूरे शहर में बशारत पर हमला करने वाले लड़कों को तलाश निकालेंगे और सबक सिखायेंगे।

मगर मौलवी रहमतुल्ला उन्हें शान्त करने में लगे हैं–'अभी उबाल खाने का वक़्त नहीं है। ज़माना ख़राब चल रहा है। ...शुक्र मनाओ कि बशारत की जान बच गयी। डॉक्टर उसकी आँखें बचाने की भी कोशिश कर रहे हैं। ...अभी तो उसके लिए दुआ करो। नाहक दूसरा फ़साद न खड़ा करो। ...सबकी रोज़ी–रोटी पर असर पड़ेगा।...'

बशारत होश में आया तो उसने भी आँखें बन्द किये मद्धिम आवाज़ में समझाया–'यह वक़्त अपनी थूनी थामे रहने का है, मियाँ। उबाल मत खाओ। वे तो यही चाहते हैं कि तुम उबाल खाओ और वे उसका फ़ायदा उठायें। ...मत करो ऐसा। मत दो उन्हें मौक़ा।...'

मगर फिर भी नौजवान उबाल खा रहे हैं। कोई ज़ोर–ज़ोर से कह रहा है, 'हमारे बर्दाश्त करने से ही इनके हौसले बढ़ रहे हैं। ...अब बर्दाश्त नहीं करेंगे हम। इन्हें दिखाना ज़रूरी है कि ऐसी हरकतों का जवाब हम भी उन्हीं की ज़बान में दे सकते हैं।...'

उधर बशारत अभी अस्पताल में है, मुहल्ले के बुज़ुर्ग डरे–सहमे उसके लिए दुआएँ कर रहे हैं और इधर गली दर्जियान के लड़के योजनाएँ बना रहे हैं।

तारीख़ी तालाब

गरमी शुरू होने को थी। होली को बीते दो दिन हो चुके थे। सुबह के दस बजे होंगे। चट्टी की अपनी–अपनी पसन्दीदा जगहों पर बैठकबाज़ों का जमावड़ा जम चुका था। आसपास के गाँवों से लोगों का किसी काम से आना–जाना लगा हुआ था। कन्धे पर गमछा रखे या सिर पर बाँधे, गदोरी में खैनी रगड़ते। उनमें से कइयों की धुल चुकी बनियान या कुरते–धोती पर होली के रंग अब भी अपनी छाप लिए साफ़ दिख रहे थे। स्कूल खुल चुके थे, पर बैठकबाज़ मास्टर लोग स्कूल जाने के बजाय जयनाथ हलवाई की दुकान पर बैठे अख़बार बाँच या किसी बात पर बहस रहे थे। जयनाथ सदा की तरह इन सब बातों को सुनता, अनसुना करता, कोयला धधकाने, चाय उबालने और ग्राहकों को निपटाने में व्यस्त था। हालाँकि उसकी दुकान पर आने वालों में कई ऐसे होते, जिन्हें न चाय पीनी होती, न कुछ ख़रीदना–खाना होता। वे बस अख़बार का जो पन्ना हाथ लग जाये, उसकी ख़बर बाँचते और चलते बनते या फिर बैठकबाज़ मास्टरों, गाँव के फुरसतिया नवहों के बीच कुछ देर बैठ दिल्ली, लखनऊ, पटना या अमेरिका–ब्रिटेन वग़ैरह की किसी समस्या पर माथा टकराते और टरक जाते।

उस दिन भी कुछ ऐसा ही माहौल था। अख़बार में डेढ़ साल बाद होने वाले आम चुनाव का समीकरण छपा था। उसमें फिर से सत्तारूढ़ राजपा यानी राष्ट्रीय जनहित पार्टी के सरकार बनाने का आकलन पेश था। लोगों की स्मृति में यह पहली बार था, जो

अख़बारों में इतना पहले आम चुनाव को लेकर रायशुमारी आने लगी थी। बस, लोगों को अपनी राय देने, बहसने का भरपूर मसाला मिल गया था। हमारे देश में लोगों को चुनाव का समीकरण हाथ लग जाये, तो उनकी राशन–पानी, हारी–बीमारी सबकी चिन्ता बिसर जाती है। फुरसतिया मास्टर तो ऐसे अवसरों पर ऐसा–ऐसा ज्ञान देते हैं कि सरकार और राजनीतिक पार्टियाँ सुन लें तो अपनी रणनीति बदलने को सोचने लगें। सो, चल रही थी उसी पर चकल्लस।

जयनाथ से शायद कुछ लोगों ने चाय तलब की थी, सो वह अपने एल्यूमीनियम के भगोने को बार–बार भट्ठी से उठाकर, हिला–हिलाकर उफनती चाय को शान्त करने और पकाने में लगा हुआ था। सदा की तरह, वह लोगों की बातें–बहसें सुनते हुए भी अपनी कोई प्रतिक्रिया नहीं दे रहा था।

जयनाथ एक मनोरंजक और अनोखा चरित्र था। ऐसा नहीं कि उसे दुनिया–जहान की जानकारी नहीं या अख़बार में छपे समाचारों पर उसकी कोई राय नहीं। पर वह प्रायः गम्भीर और चुप रहता था। इक्यावन–बावन की उम्र। आधी बाँह की कमीज़ और लुंगी या पतलून को काटकर बनाई हाफ पैंट पहने अपने काम में लगा रहता। उस दिन भी लगा था।

जयनाथ के ग्राहक तय हैं, जैसे जन्म–जन्मान्तर से हैं और रहेंगे। जयनाथ के पिता धनीराम ने इस चट्टी पर चाय की दुकान शुरू की थी, जब यह सड़क नयी–नयी बनी थी और गाँवों में चाय पीने का चलन नहीं था। मगर लोग पकौड़े, मसालेदार उबले चने, समोसे, जलेबी, बेसन के सेव–दालमोठ, खाजा–खजुली, लड्डू–टिकरी वग़ैरह खाने–ख़रीदने आ जाया करते थे। तब दिन–भर में दो ही सरकारी बसें उस सड़क पर चलती थीं। सो, इक्का–दुक्का लोग ही आते–जाते थे। मगर धनीराम ने चाय की दुकान खोले रखी। इसकी वजह जो भी रही हो। हो सकता है, धनीराम ने किसी के खेत में हल की मुठिया पकड़ने के बजाय अपना यह काम करना बेहतर समझा हो। या फिर वे इतने दूरदर्शी थे कि उन्हें अन्दाज़ा

रहा हो कि जैसे–जैसे समय बीतेगा, यह चट्टी गुलज़ार होगी और उनकी आने वाले पीढ़ियों के लिए यह दुकान सहारा बनेगी। सो, धनीराम घाटे–मुनाफ़े के गणित में उलझे बगैर चट्टी पर डटे रहे। वे पास के गाँव से अपना परिवार लाकर वहीं सड़क किनारे मड़ई में रहने लगे थे।

धनीराम डटे रहे और साथ में अपने इकलौते बेटे जयनाथ को भी लगाये रखा। इस तरह जयनाथ पैदा होते ही अपने पिता की चाय की दुकान का कर्मचारी बन गया था। सुबह उठते ही उसका सबसे पहला काम होता, भट्ठी में कोयला भरकर उसे धधकाना। वह सुबह आँखें मलते हुए, झपकी लेते उठता और कोयला धधकाते–धधकाते, आँखों में कोयले का धुआँ भर पूरी तरह चैतन्य हो जाता। कोयला धधकाने के बाद वह पास के पोखर में नहाने जाता और फिर लौटकर स्कूल जाने को तैयार हो जाता। धनीराम चाहते थे कि जयनाथ उनका काम सीखे ज़रूर, पर उनकी तरह निरक्षर न रहे। सो, वे उसे स्कूल भेजते थे।

जयनाथ ने आठवीं के बाद स्कूल से संन्यास ले लिया और चट्टी पर चाय की दुकान सँभाल ली। धनीराम जब तक ज़िन्दा थे, वही दुकान के मुखिया रहे, पर बेटे को उन्होंने नये–नये प्रयोग करने की पूरी आज़ादी दे दी थी। धीरे–धीरे सड़क चलने लगी, चट्टी पर चहल–पहल बढ़ने लगी। धनीराम की दुकान पर ग्राहक भी बढ़ने लगे। चाय का कारोबार बढ़ता देख कुछ दूरी पर एक और आदमी ने चाय की दुकान खोल ली। फिर साल बीतते–न–बीतते एक और दुकान खुल गयी। यानी धनीराम के कारोबार में प्रतियोगिता बढ़नी शुरू हो गयी। चट्टी पर दुकानें बढ़ती रहीं, पर जयनाथ की दुकान सबसे मौक़े की जगह यानी प्राइम लोकेशन पर बसी थी, सो वहाँ ग्राहक ज़्यादा जमे रहते।

उसी दौरान जयनाथ ने चाय की 'रेसिपी' में बदलाव किया था। चाय पकाने के बाद वह उसमें ग्राहकों से छिपाकर थोड़ा–सा कॉफ़ी पाउडर डालने लगा। इस तरह जयनाथ की बनाई चाय उस

चट्टी की बाक़ी दुकानों से अलग हो गयी। जो एक बार जयनाथ के हाथ की बनी चाय पी लेता, उसे दूसरी दुकान की चाय पसन्द नहीं आती। शुरू में जब जयनाथ की चाय का स्वाद सबसे अलग लगने लगा, तो उसे लेकर तरह–तरह की चर्चाएँ होती थीं। कोई कहता, जयनाथ चाय में अफ़ीम मिलाता है, जिसकी आदत पड़ जाती है और जो एक बार उसकी चाय पी लेता है, बार–बार वही पीना चाहता है। इस बात में कोई शक नहीं कि यह अफ़वाह फैलाने में जयनाथ के प्रतिद्वन्द्वी दुकानदारों का हाथ रहा होगा और फिर उससे ईर्ष्या करने वाले कुछ ग्राहकों ने उसे प्रसारित किया होगा। पर यह अफ़वाह बहुत काम नहीं आयी। जो उसकी दुकान पर नियमित बैठने, अख़बार बाँचने, बतियाने–बहसने वाले थे, उनका अड्डा वह दुकान बनी रही।

धनीराम जब तक ज़िन्दा रहे, न उन्होंने, न जयनाथ ने कभी किसी ग्राहक की ख़ुशामद की, न हड़क–हनक सही। पूरी ठसक के साथ दुकानदारी करते रहे। बहसने–बतियाने वालों की बातों में वे कभी नहीं आये। हाँ, वे बातें सबकी सुनते, मगर उकसाने पर भी अपने विचार कम ही प्रकट करते। इस तरह वे निरे बुद्धू समझे जाते–दुनिया–जहान की बातों से बेख़बर।

पर वास्तव में जयनाथ ऐसा था नहीं। वह आठवीं पास ज़रूर था, पर बहुत सारे मामलों में अच्छे–अच्छे पढ़े–लिखों के कान क़ाट सकता था। जब वह कोई टिप्पणी करता, तो लोग उस पर ग़ौर करते–बेशक उस पर देर तक हँसते। इन दिनों तो, जब से देश डिजिटल हुआ था और जयनाथ ने चीनी स्मार्टफ़ोन लिया था, वह फेसबुक और व्हाट्सएप पर भी सक्रिय हो गया था। वहाँ वह बेलौस अपने विचार रखता। इसके अलावा पता नहीं कैसे उसे एक ख़ब्त समा गयी थी–अंग्रेज़ी बोलने की। वह अपनी बातचीत में न सिर्फ़ अंग्रेज़ी के शब्दों का जानबूझकर इस्तेमाल करता, बल्कि बेझिझक आधा–पौन वाक्य भी अंग्रेज़ी का बोल डालता। यह कहना तो मुश्किल है कि शहराती दुकानदारों की तरह उसने विश्व बाज़ार में जगह बनाने की रणनीति के तहत अंग्रेज़ी सीखना–बोलना शुरू किया

होगा। पर उसमें अंग्रेज़ी बोलकर ख़ुद को ज्ञानी या श्रेष्ठ साबित करने का कुटेव पैदा हो गया था। हालाँकि उसके अधकचरी अंग्रेज़ी बोलने का लोग मज़ाक़ ही उड़ाते। अक्सर कुछ मुँहलगे फ़ुरसतिया नवहे उससे अंग्रेज़ी बोलने की फ़रमाइश करते और फिर सुनकर देर तक हो–हो करके हँसते रहते। पर इससे जयनाथ के अंग्रेज़ी बोलने पर विराम नहीं लगा।

और उसका अंग्रेज़ी बोलना उस दिन काम आ गया। शायद उसके अंग्रेज़ी ज्ञान की परीक्षा लेने के लिए ही ख़ुद विद्या की देवी सरस्वती ने उस अंग्रेज़ जोड़े को उसकी दुकान पर भेजा था।

उस दिन सुबह जब जयनाथ की दुकान पर फ़ुरसतियों का जमावड़ा जमा था, एक एनफील्ड बुलेट मोटरसाइकिल वहाँ आकर रुकी। उस पर सवार ग़ौरी चमड़ी के फिरंगी पुरुष और महिला ने मोटरसाइकिल दुकान के बगल में खड़ी की थी और सिर से हेलमेट उतारकर सीधा दुकान पर आये थे। दोनों ने आधी टाँग की पैंट और सैंडो बनियान जैसी टीशर्ट पहन रखी थी। उन्हें दुकान पर आया देख फ़ुरसतियों की चकल्लस रुक गयी। सब मुँह बाये उधर ही टकटकी लगा बैठे थे। सबकी निगाहें दोनों फिरंगियों के सिर से लेकर पाँव तक ऊपर–नीचे होने लगी थीं, जैसे सलमान खान के दस का दम में सवालों का सही उत्तर बताने से पहले मशीन की सूई देर तक ऊपर–नीचे होती रहती है।

फिरंगी जोड़ा शायद लोगों के इस तरह घूरने का अभ्यस्त था, इसलिए वह बिल्कुल असहज नहीं हुआ। फिरंगी महिला ने आगे बढ़ते हुए दोनों हाथ जोड़े और वहाँ बैठे सभी लोगों को सम्बोधित करते हुए बोली–'नमस्टे!'

उसके जवाब में कई स्वर एक साथ उभरे–'नमस्ते नमस्ते।'

जयनाथ उन्हें देखकर थोड़ी देर को तो समझ ही नहीं पाया कि सचमुच उसकी दुकान पर साक्षात् अंग्रेज़ आ विराजे हैं, पर पल–भर में ही वह चैतन्य हो गया था। वह तत्पर हुआ और एक चौकी पर बैठे फ़ुरसतियों को लगभग हड़काते हुए आदेश दिया–'हटिए हटिए,

गिभ इस्पेश टु मेहमान लोग। ...कम कम शर, कम मेम...शिट शिट।...' जब जयनाथ ज़्यादा शिष्ट होकर बात करने या फिर किसी गम्भीर मसले पर गम्भीर ज्ञान देने का प्रयास करता, तो वह इसी तरह स को श बोलने लगता था।

एक बेंच पर बैठे तीन–चार लोग मुँह बाये फिरंगियों को देखते हुए यन्त्रवत उठकर खड़े हो गये। जयनाथ ने कन्धे पर रखे अँगोछे से बेंच को झाड़ा और फिरंगी मेहमानों को बड़ी गरमजोशी से बिठाया। फिर उनके आगे हाथ बाँधे खड़ा हो गया और हाथ से दुकान पर रखे काँच के बक्से की तरफ़ इशारा करते हुए बड़े आत्मविश्वास और अपनेपन से कहा–'प्लीज टेक टी...अं...टेक...वो क्या कहते हैं...चना...ग्राम घुघनी। ...भेरी श्वादिश्ट...अं...भेरी टेश्टी। ...भेरी फ़ायदेमन्द।...'

फिरंगियों ने एक–दूसरे की तरफ़ देखा, लगभग हँसते हुए मुस्कराये और फिरंगन ने दो अँगुलियाँ उठाकर कहा–'सिरफ डो चाय।'

जयनाथ फटाफट भट्ठी के पास पहुँचा और धुला हुआ भगोना उठा कर उसमें ढेर सारा दूध और थोड़ा पानी डालकर उबालने लगा। फिरंगियों की तरफ़ मुख़ातिब होकर पूछा–'टेकिंग सम अदरख?'

अबकी बार फिरंगी ने मुस्कराते हुए जवाब दिया–'ओके।'

इस बीच फिरंगन ने पीठ पर लटके अपने बैग से बड़ा–सा कैमरा निकाल लिया और वहाँ बैठे लोगों की तस्वीरें खींचने लगी। फिरंगी ने पूछा–'इस गाँव का नाम क्या?...' वहाँ बैठे एक मास्टरजी ने हिन्दी में जवाब देने की कोशिश की तो जयनाथ ने बात लपक ली– 'दिश इज डहकौर चट्टी शर जी।' फिरंगी ने गर्दन हिलाकर जवाब स्वीकार किया। फिर पूछा–'यहाँ डेखने का क्या चीज़?'

इस सवाल पर वहाँ बैठे लोग एक–दूसरे का मुँह देखने लगे। वहाँ कोई ऐसी चीज़ देखने लायक थी नहीं, जिसके बारे में अंग्रेज़ों को गर्व से बताया जा सके। इधर कभी अंग्रेज़ इस तरह सैलानी बनकर आये भी नहीं कि लोगों को पता चले कि अंग्रेज़ों को क्या चीज़ देखने में दिलचस्पी है। सैलानी फिरंगी तो आमतौर पर बनारस,

सारनाथ घूमकर लौट जाते हैं। इसलिए लोगों को हैरानी हो रही थी कि यह फिरंगी जोड़ा भटकते हुए इधर कैसे आ गया।

मगर फिरंगी पुरुष के सवाल का जवाब तो देना था, सो एक मास्टर जी ने जवाब दिया–'खेत–खलिहान, गाँव–गिराँव।...' और फिर हो हो करके हँसे।

मगर जयनाथ को लगा कि जवाब ठीक से नहीं दिया गया। अंग्रेज़ इतनी दूर खेत–खलिहान, गाँव–गिराँव देखने नहीं आये होंगे। उसने जवाब दिया–'दिश इज़ भेरी ऐतिहाशिक इलाका शर जी। ... मेनी मुगल राजा वाज हीयर। ...लार्ड कार्नवालिश वाज हीयर। ...शी लार्ड कार्नवालिश कब्र न इन डिश्ट्रिक शीटी?...'

'हाँ, वो हमने डेखा। ...और क्या?...' फिरंगी पुरुष ने कहा। फिरंगन आसपास की तस्वीरें उतारने में व्यस्त थी। बीच–बीच में फिरंगी पुरुष की बातें भी सुन लेती और मुस्करा देती।

'फिर तो आगे...सेवेन...एट किलोमीटर...नाथ मन्दिर...फोर्टी–फिफ्टी किलोमीटर दूर भृगु मन्दिर...। यू नो न भृगु जी...महान ज्योतिशी...अं... बस। ...और नथिंग।' जयनाथ ने जवाब दिया।

इस बीच आसपास से और भी लोग आ जुटे थे। फुरसतियों को वक़्त काटने का सामान मिल गया था, तो गाँववालों को अजूबा दृश्य। ख़ासी भीड़ इकट्ठा हो गयी थी। सबकी नज़रें फ़ोटो खींचती फिरंगन की सैंडो बनियान जैसी टीशर्ट में उभरी उसकी छातियों और खुली टाँगों पर तैर रही थीं। नवहे एक–दूसरे को कुहनी मार–मारकर उन्हें देखने का इशारा और अपना सुख ज़ाहिर कर रहे थे। मगर उनका सुख पूरी तरह ज़ाहिर नहीं हो पा रहा था।

जयनाथ दो काँच के गिलासों में चाय भरकर ले आया था। उनका रंग देखकर साफ़ पता चल रहा था कि उसने उसमें अपना सारा प्यार और हुनर उड़ेल दिया है। फिरंगन भी तस्वीरें उतारना बन्द कर चाय पीने आ गयी थी।

2

फिरंगी जोड़ा चाय पी रहा था और भीड़ जिज्ञासा, विस्मय, कौतुक, लालसा आदि लिए घेरा बाँधे खड़ी थी। तभी मोटरसाइकिल पर पीछे एक नवहे को बिठाये और तीन–चार मोटरसाइकिलों पर पिछलग्गुओं का क़ाफ़िला लिए शोभित ठाकुर वहाँ प्रकट हुए। शोभित ठाकुर यानी राष्ट्रीय जनहित पार्टी–राजपा–के युवा मोर्चा के ज़िलाध्यक्ष। गरमी हो, सर्दी या बरसात, सफ़ेद कुर्ता–पाजामे पर रंगीन बंडी और गले में चमकीली धारी का गमछा धारे रहते। दाहिने हाथ की कलाई में एक सौ एक फेरे वाला कलावा और माथे पर लाल रंग का मोटा गाढ़ा तिलक। सिर पर हमेशा तोते की चोंच जैसी परछत्ती निकली टोपी जमाये। वही टोपी, जिसे अंग्रेज़ या शहरी लोग पोलो खेलते हुए पहनते हैं।

शोभित ठाकुर ने जयनाथ की दुकान के आगे भीड़ जमी देखी तो मोटरसाइकिल रोक दी। मोटरसाइकिल का हैंडिल पकड़े–पकड़े कमर झुकायी, गर्दन लम्बी की और दाहिनी तरफ़ पान की पीक उगली। फिर बचे हुए पान को एक तरफ़ सेट किया और सवाल दागा–'कैसे भीड़ लगा रखी है, भाई?'

'अरे आइए आइए शोभित बाऊ..., बिदेसी मेहमान आये हैं, यहाँ आसपास की जगहें देखना चाहते हैं।' एक मास्टर जी ने उत्साहित होकर बताया।

मगर शोभित ठाकुर मोटरसाइकिल से नहीं उतरे। थोड़ी देर कुछ सोचा। मन–ही–मन अपने आप से कुछ बातें कीं। तुरन्त उनके भीतर कोई विचार कौंधा या फिर बरसों से पल रहा कोई विचार साकार होने को मचल उठा। उनके चेहरे पर आश्वस्ति प्रकट हुई और मोटरसाइकिल पर बैठे–बैठे वहीं से आवाज़ दी–'हलो जेंटिलमैन। कम कम, कम हीयर।...'

फिरंगी जोड़े ने शोभित ठाकुर की तरफ़ देखा। उनके पहनावे और बोलने के अन्दाज़ से उन्होंने अन्दाज़ा लगा लिया होगा कि यह

इस इलाके का कोई विशिष्ट व्यक्ति है। सो, हाथ में चाय का गिलास थामे दोनों उठकर शोभित ठाकुर के पास पहुँचे। भीड़ भी उधर ही गोलाकार हो गयी।

'फ्राम व्हाट कंट्री कमिंग?' शोभित ठाकुर ने पान गुलगुलाते हुए पूछा।

'फ्रॉम यूगोस्लाविया।' फिरंगी पुरुष ने मुस्कराते हुए जवाब दिया।

'ओके। इन अमेरिका आर इंग्लैंड?' शोभित ठाकुर का दूसरा सवाल।

'नो नो, इट्स यूगोस्लाविया।'

'अंडरस्टैंड अंडरस्टैंड...लंदन के बगल में न। ...तो, यू वांट सी प्लेसेज़ ऑफ हीयर?'

'येस।' फिरंगी पुरुष ने मुस्कराते हुए कहा।

'ओके। आई विल सो यू प्लेसेज़। ...कम कम।..'

'यहाँ क्या-क्या इंपार्टेंट है?' फिरंगी पुरुष ने चाय का खाली गिलास रखते हुए पूछा। फिर उसने जयनाथ की तरफ़ मुख़ातिब होकर पूछा- 'कितना पैसा?'

जयनाथ ने दोनों हाथ हिलाते हुए कहा-'नो नो, नो मनी। ...यू आर माई मेहमान लोग?...आई नाट टेकिंग मनी फ्राम मेहमान लोग।...'

पर फिरंगी ने ज़बर्दस्ती जयनाथ के हाथ में पचास रुपये का नोट रख दिया और मुस्कराते हुए बोला-'आप बहुत अच्छा आडमी। ...ऐंड योर इंगलिश इज़ वेरी गुड।'

जयनाथ अभिभूत था।

अब शोभित ठाकुर को समझ आ गया कि बेवजह अंग्रेज़ी गिटपिटाने की ज़रूरत नहीं पड़ेगी। फिरंगी जोड़ा हिन्दी समझ लेता है। सो, वे हिन्दी में शुरू हो गये।

'आइए, मेरे साथ चलिए, मैं आपको दिखाता हूँ यहाँ जो कुछ देखने लायक है।' शोभित ठाकुर ने कहा और मोटरसाइकिल एक तरफ़ खड़ी कर दी। बाक़ी पिछलग्गुओं ने भी जहाँ-तहाँ मोटरसाइकिलें

खड़ी कर दीं। फिर शोभित ठाकुर फिरंगियों को जयनाथ की दुकान के पीछे पोखर और मन्दिर की तरफ़ ले चले। पिछलगुए और भीड़ भी उनके पीछे लग ली।

शोभित ठाकुर ने समझाना–बताना शुरू किया–'यह धरती वीरों और तपस्वियों की धरती है। यहाँ बड़े–बड़े सिद्ध पुरुष हुए। एक से एक योद्धा हुए। हमारा डिस्टिक हेडक्वार्टर बहुत पुराना शहर है। ...यह धरती ऐतिहासिक है। ...आप सैदपुर भीतरी जाइए, वहाँ यहाँ के ऐतिहासिक साक्ष्यों का एक संग्रहालय है। उसे देखकर अन्दाज़ा लगा सकते हैं कि इतिहास में इस धरती का कितना योगदान है।...'

'वह टो हमने देखा...।' फिरंगी पुरुष ने कहा।

'गुड।' शोभित ठाकुर प्रसन्न हुए।

पोखर आ गया था। बरसों से सूखा पड़ा, जंगली घासों से पटा पोखर। पहले इस पोखर में लोग नहाया करते थे। साल–भर साफ़ पानी भरा रहता। पर अब गाद न निकाली जाने, देखभाल ठीक से न हो पाने की वजह से वह उथला होते–होते सूख गया था। उसमें चट्टी की दुकानों के जूठे प्लास्टिक के गिलास–पत्तल–दोने और तमाम कचरा डाला जाने लगा था। मगर शोभित ठाकुर ने उस पोखर का महिमामण्डन शुरू किया तो लोगों की आँखें फटी की फटी रह गयीं।

उन्होंने हाथ उठाकर बताना शुरू किया–'यह मौर्यकालीन पोखरा है। ...इसे महान सम्राट चन्द्रगुप्त मौर्य ने बनवाया था। ...यह देखिए इसका घाट। इसका स्थापत्य देखिए। जिस ज़माने में सीमेंट और ईंट का चलन नहीं था, तब यह घाट बना था। इसकी सीढ़ियाँ कम–से–कम सौ फीट भीतर तक गयी हैं। सुर्खी और सफ़ेद कंकड़ कूटकर इसे बनाया गया था। ...देखिए, कितने सौ साल गुज़र गये, मगर यह घाट अभी जस–का तस बना हुआ है। ...हमारे बुज़ुर्ग बताते थे कि इस घाट के उस कोने में एक शिलालेख भी लगा था, जिस पर पोखर को बनवाने वाले राजा का नाम और उसका सन्देश ख़ुदा था। ...मगर हम लोग अपनी संस्कृति की रक्षा के मामले में इतने लापरवाह हैं कि उस शिलालेख की कद्र ही नहीं समझी। वह टूट–फूटकर

कहीं खो गया या किसी पत्थरकटवा ने उसे काटकर सिल–लोढ़ा बना डाला। वह शिलालेख अब बस जनश्रुति का हिस्सा है। उसके बारे में अब हमारी पीढ़ी के बहुत कम लोगों को पता होगा। ...इसी तरह हमारी महान सभ्यता और संस्कृति के बहुत सारे निशान मिट गये। कुछ आक्रांताओं ने मिटाये, कुछ हमारे अपने लोगों ने मिटा डाले। ...अफ़सोस, कि हमारी पीढ़ी में भी अपनी संस्कृति को लेकर बहुत उत्साह नहीं है। ...आप लोग इसके बारे में लिखेंगे, तो यह पोखर इतिहास में दर्ज हो जायेगा।...' कहकर शोभित ठाकुर ने गर्दन घुमाकर मुँह में जमा हो गयी पान की पीक एक बार फिर थूकी।

फिरंगी महिला पोखर की तस्वीरें उतारती जा रही थी। पोखर के घाट की उसने अलग–अलग कोणों से तस्वीरें लीं–दूर से, नज़दीक से। फिर शोभित ठाकुर के साथ फिरंगी पुरुष और साथ में जमा हो गयी भीड़ की तस्वीरें खींचती रही। शोभित ठाकुर के पिछलगुए भी इस मामले में भला कहाँ पीछे रहने वाले थे। उन्होंने अपने मोबाइल फ़ोनों के कैमरे खोल लिए थे और फिरंगी जोड़े की तस्वीरें खींचने लगे थे। उन्होंने कूड़ा–करकट, गन्दगी की परवाह किये बग़ैर पोखर के भीतर उतरकर घाट पर खड़े शोभित ठाकुर के साथ फिरंगी जोड़े की कई तस्वीरें उतार ली थीं।

फिर शोभित ठाकुर फिरंगी जोड़े को पोखर से आगे ले चले। मन्दिर की तरफ़। उन्होंने बात आगे बढ़ायी–'यह मन्दिर इस पोखर से भी पहले का है। देखिए, इसकी बनावट देखिए। इसमें रखी मूर्तियाँ देखिए। यह हनुमान जी की मूर्ति देखिए–द्रोणागिरि पर्वत को हथेली पर लिए, हवा में उड़ते पवनसुत और उन पर तीर से निशाना साधे बधिक की यह मूर्ति–दृश्यावली दुनिया में अकेली है। ...यह मिथक आपको कहीं नहीं मिलेगा। कहीं और ऐसी मूर्ति आपको नहीं मिलेगी।...' फिर उन्होंने दोनों हाथ जोड़कर मन्दिर के देवताओं को प्रणाम किया।

फिरंगी जोड़ा शोभित ठाकुर की हर बात को बड़े ध्यान से सुन रहा था। फिरंगन तस्वीरें खींचे जा रही थी।

फिर शोभित ठाकुर कुछ दूरी पर बने कुएँ की तरफ़ ले गये। कुआँ सालों पहले सूख चुका था, पर उसका चबूतरा और जगत मौजूद थे। कुएँ की दीवारें फोड़कर पीपल के कुछ पौधे ज़रूर उग आये थे और अब वे पेड़ बनना चाहते थे। कुएँ की तरफ़ इशारा करके शोभित ठाकुर ने बताया–'यह कुआँ भी मौर्यकालीन है। ...और यहाँ के लोगों की वीरता देखिए कि इन ऐतिहासिक धरोहरों को मुग़लों के अत्याचार से बचाये रखा। आप तो जानते ही हैं कि जब मुग़ल हमारे देश में आये तो किस तरह हमारी प्राचीन सभ्यता और संस्कृति को नष्ट करने का प्रयास किया। मगर इस धरती के वीरों ने अपनी एक भी धरोहर की तरफ़ उनकी आँख टेढ़ी नहीं होने दी।...'

फिरंगन ने उस कुएँ की भी कई तस्वीरें उतारीं।

वहाँ यही चीज़ें दिखाने लायक थीं, सो शोभित ठाकुर उन्हें दिखा कर वापस जयनाथ की दुकान की तरफ़ लौट चले। चलते–चलते फिरंगी पुरुष ने सवाल किया–'यहाँ मोगल पीरियड का भी कोई स्थापत्य है?'

सवाल सुन कर शोभित ठाकुर की आँखें चौड़ी हुईं, भृकुटि तन गयी, पर उन्होंने पलक झपकते ही ख़ुद को संयत किया और चेहरे पर मुस्कान बिखरते हुए बोले–'नहीं। ...आप जिस क्षेत्र में खड़े हैं, वहाँ बिल्कुल नहीं है।... यहाँ मुग़ल आये ज़रूर होंगे, क्योंकि उनके वंशज यहाँ बहुत हैं, पर कोई ऐतिहासिक दस्तावेज़ उनके ज़माने का यहाँ मौजूद नहीं है। ...रहा भी होगा, तो यहाँ के वीर स्वाभिमानी लोगों ने उसे मिटा डाला होगा।...'

'टो, क्या यहाँ हिंडू–मुसलमान का झगड़ा बहुत है?'

शोभित ठाकुर की भौंहें फिर से तन गयीं। तल्ख़ी चेहरे पर तन गयी। पर उन्होंने एक बार फिर ख़ुद को संयत किया। मन–ही–मन अन्दाज़ा लगाया कि फिरंगी जोड़ा वास्तव में ऐतिहासिक स्थलों की तलाश में निकला है या साम्प्रदायिक झगड़े की जड़ें तलाशने। अपने आप से बातें कीं–ससुर, आजकल दुनिया–भर में साम्प्रदायिकता पर बातें करना फ़ैशन बन गया है। इस तरह बहुत सारे...अपने–आप को

बौद्धिक साबित करने में जुटे हैं। ...ख़ैर, इन ग़ौरी चमड़ी वालों का भ्रम तो दूर करना ही है। फिर...। वे क्षण–भर में ही अपने आप से बतिया कर फुरसत पा गये और बोले–'ऐसा कैसे कह सकते हैं आप! ...कोई ऐसा झगड़ा नहीं है। कोई तनाव नहीं है दोनों समुदायों के बीच। ...अगर हम सहिष्णु न होते, तो इस तरह पूरे ज़िले में जो बहुत सारे गाँवों, क़स्बों और शहरों के नाम मुसलमानों के नाम पर हैं, वे कब के मिटा दिये गये होते। जिन गाँवों में एक भी मुसलमान नहीं रहता, उनके भी नाम किसी मुसलमान शासक, किसी मुसलमान अलाँ–फलाँ के नाम पर रखे हुए हैं। ...कोई कैसे कह सकता है कि यहाँ झगड़ा रहता है? ...कोई झगड़ा नहीं है। ...सब साथ मिलकर रहते हैं।'

फिरंगी पुरुष ने शोभित ठाकुर के लहजे से अन्दाज़ा लगा लिया कि सवाल कुछ टेढ़ा हो गया। फिर भी उसने अगला सवाल किया–'टो क्या इस एरिया में कभी कोई हिंडू–मुसलमान रायट...कोई डंगा नहीं हुआ?'

'नहीं। कभी नहीं। सब साथ मिलकर रहते हैं। ...सब एक–दूसरे के सुख–दुख में साथ देते हैं।...'

'मगर हमने किटाब में पर्हा कि फऊ में टो कई बार डंगा हुआ?'

'बहुत सालों से वहाँ भी नहीं हुआ। वहाँ के दंगों के पीछे पिछली सरकारों का हाथ हुआ करता था। तुष्टीकरण की राजनीति करने वाले दलों का हाथ हुआ करता था। अब वह ख़त्म हो गया है...और आप आने वाले सालों में देखेंगे कि देश में कहीं भी कोई इस तरह का दंगा होने ही नहीं पायेगा।...'

'बहुट–बहुट ढन्यवाद आपका।' फिरंगी ने मुस्कराते हुए हाथ आगे बढ़ाया तो शोभित ठाकुर ने भी चेहरे पर विजयी मुस्कान बिखेरते हुए हाथ आगे कर दिया। देर तक हाथ हिलाते रहे और पूछा–'योर गुड नेम?'

'फ्रांसिस...फ्रांसिस बेकम।' फिरंगी पुरुष ने जवाब दिया।

'ऐंड मैडम?' शोभित ठाकुर ने गरदन उचकाकर फिरंगन की तरफ़ आँखों से इशारा करते हुए पूछा।

'एलियाना।'

फिरंगन ने अपना नाम सुना तो उसने भी हाथ आगे बढ़ा दिया। शोभित ठाकुर ने फिरंगी का हाथ छोड़ फिरंगन का हाथ पकड़ लिया और उस पर अपनी दूसरी हथेली भी जमा दी। उसका हाथ अपने दोनों हाथों में लेकर देर तक पकड़े रखा और विह्वल भाव से बोले–'गुड फीलिंग टु मीटिंग यू। ...यू आर भेरी गुड। ...आई एम शोभित...शोभित ठाकुर। प्रेसिडेंट यूथ विंग आफ राष्ट्रीय जनहित पार्टी।...' वे फिरंगन का हाथ पकड़े रहे और उनके पिछलगुए मोबाइल से तस्वीरें उतारते रहे। फिरंगन ने थैंक यू बोल कर हाथ छुड़ाया, तब कहीं उसे मुक्ति मिली।

'नाइस टु मीट यू टू।' फिरंगन ने कहा।

फिर बार–बार हाथ हिलाते, हाथ जोड़ते हुए शोभित ठाकुर अपनी मोटरसाइकिल पर सवार हुए और उसमें चाभी ठूँसते हुए आख़िरी सलाह दी–'अब यहाँ से करीब दस किलोमीटर आगे जायेंगे तो नाथ बाबा का मन्दिर मिलेगा। वह भी ऐतिहासिक मन्दिर है। उसे ज़रूर देखिए। ...आज डिस्टिक हेडक्वार्टर में संगठन की ज़रूरी बैठक है, मुझे देर हो रही है, नहीं तो मैं आप लोगों को वहाँ ज़रूर ले चलता। ...बाय बाय...'

फिरंगी जोड़े ने भी अपने हाथ जोड़े और धन्यवाद कहते हुए अपनी मोटरसाइकिल सँभाल ली।

फिर शोभित ठाकुर अपने क़ाफ़िले के साथ दक्षिण दिशा में बढ़ चले और फिरंगी जोड़ा उत्तर दिशा की तरफ़। पीछे बैठी फिरंगन दूर तक हाथ हिलाती बाय–बाय बोलती रही।

3

जब फिरंगी चले गये तो वहाँ जमी भीड़ भी छँटने लगी। मगर जयनाथ की दुकान पर बैठने वाले फुरसतिया नवहों और मास्टरों ने फिर वहाँ डेरा जमा लिया।

फिरंगन के पहनावे और अंगों को लेकर चटखारेदार बातों से सिलसिला शुरू हुआ और देर तक खी–खी, फिस्स–फिस्स, ही–ही चली। फिर बात मुड़ी तो शोभित ठाकुर पर आ टिकी।

'अहो मास्टर साहेब, सैदपुर भीतरी में तो गुप्तकालीन अवशेष हैं न?' गदोरी पर खैनी में चूना मिलाते हुए प्राइमरी स्कूल के फुरसतिया हेडमास्टर ने मिडिल स्कूल के फुरसतिया हेडमास्टर से पूछा।

'हाँ, वहाँ लिखा तो यही है।' मिडिल स्कूल के हेडमास्टर ने शंका निवारण किया।

'उस हिसाब से अगर इस पोखरा को भी मानें तो इसे गुप्तकालीन कह सकते हैं। ...फिर शोभित ठाकुर इसे मौर्यकालीन कैसे बता रहे थे?' प्राइमरी स्कूल के हेडमास्टर की शंका बनी हुई थी।

'हो सकता है, भूल गये हों। हमारा इतिहास है भी तो उलझा हुआ, उसमें गुप्त और मौर्यकाल को लेकर हो गयी होगी कोई ग़लतफ़हमी।' मिडिल स्कूल के हेडमास्टर ने स्पष्ट किया।

'लेकिन हम तो सुनते आये हैं कि ई पोखरा सतगावाँ के लोगों ने सरमदान करके खोदा था और राजबली राय के परदादा ने इसका घाट बनवाया था। ...इस बात से तो हम अनजान ही थे कि हमारी बगल में ऐतिहासिक धरोहर है।' पड़ोसी गाँव के ग्राम प्रधान ने अपनी हैरानी ज़ाहिर की।

'हूँ ...यह तो अनोखी जानकारी आज पता चली। ...इस पोखर का तो आज इतिहासे बदल गया।...' ताली पीटकर खैनी की गर्द झाड़ते प्राइमरी स्कूल के हेडमास्टर ने कहा।

'ऐसे ही एक दिन ये पूरे देश का इतिहास बदल देंगे, देखते रहिए।' भगोना उठाकर घुमाते, उफनती चाय को शान्त करने का प्रयास करते हुए जयनाथ ने टिप्पणी की।

इस टिप्पणी पर सबकी हँसी फूट पड़ी।

फिर एक नवहे ने जयनाथ को हुलकारा– 'अरे जैनाथ भइया, आप सचमुच शोभित ठाकुर के साथ पढ़े थे क्या?'

जयनाथ ने कोई जवाब नहीं दिया, तो प्राइमरी स्कूल के हेडमास्टर

ने उसकी तरफ़ से बोलना शुरू किया– 'अरे हं भाई, इसमें कौनो शक है का? दोनों आठवीं क्लास तक साथ पढ़े हैं। आठवीं के बाद जयनाथ ने यह दुकान सँभाल ली और शोभित आगे पढ़ने लगे। मगर दोस्ती बनी रही।'

'शोभित ठाकुर कहाँ तक पढ़े हैं?' नवहे ने जिज्ञासा प्रकट की।

'बारहवीं में लटक गये। दो बार दिया परीच्छा, पर पार नहीं हो पाये। फिर उनके बाबूजी ने बियाह कर दिया और लग लिए किनारे।'

'फिर नेता कैसे बने?'

'नेता बनने के लिए कौन–सा इम्तहान देना पड़ता है? भाग्य में लिखा था बनना, सो बन गये। ...बियाह हो गया था, खेती–बाड़ी में मन तो लगता नहीं था, सो यहीं चट्टी पर एक दुकान खोले–यूरिया बेचने की। उसमें कुछ कमाई ठीक नहीं हो रही थी, सो कुछ दिन चलाये, फिर बन्द कर दिया। उसके बाद कुछ दिन सिमेंट बेचा। वह भी धन्धा नहीं चला।... वह तो कहिए कि तीन साल पहले छोटा भाई फ़ौज में भर्ती हो गया, तो घर का दुख–दलिद्दर दूर हो गया और शोभित ठाकुर के पंख खुल गये। दो साल पहिले भाई की शादी की और दहेज में मोटरसाइकिल मिली, तो ये गाँठने लगे उसकी सवारी। ...चरफर आदमी तो शुरू से थे, मदन बाबू के पास उठते–बैठते थे, उनके साथ गाँव–गाँव घूमते, चुनाव प्रचार करते थे। इस तरह बन गये नेता। अब देखो, पार्टी की किस्मत जागी, तो इनकी भी जाग गयी। बन गये जिला युवा कमेटी के अध्यक्ष। अब हर समय दस–बीस नवहे आगे–पीछे घूमते हैं। सुबह–शाम दरबार लगता है दुआर पर।...' कहते–कहते मास्टर जी ने खैनी ठोंकी और निचले होंठ के नीचे दाब ली।

'जैनाथ भइया बेकारे उनसे दूरी बनाये रहते हैं! उनकी पार्टी का विरोध करते रहते हैं। उनके साथ रहते, तो आज ये भी तरक्की कर जाते। ...आजकल विचारधारा देख के पार्टी पकड़ने का ज़माना नहीं रहा। जहाँ अपना फ़ायदा हो, काम सधे, वहीं सट लीजिए। पार्टी को ले के का कीजिएगा, आपको चुनाव थोड़े लड़ना है। ...अरे ससुर,

जिनको चुनाव लड़ना है, वे ख़ुद विचारधारा–फिचारधारा पकड़ के नहीं लटके रहते। जहाँ फ़ायदा दिखता है, उधरे ढुलक जाते हैं। ...मगर जैनाथ भइया हैं कि इमोसनल हुए रहते हैं।...' नवहे ने फिर जयनाथ को हुलकारा।

मगर जयनाथ मौन ही रहा। ऐसी बातों पर वह प्रायः प्रतिक्रया नहीं देता।

कुछ देर सन्नाटा छाया रहा।

'आपको क्या लगता है मास्टर साहेब, अगली बार भी राष्ट्रीय जनहित पार्टी ही आयेगी केन्द्र में?' एक मास्टर जी ने दूसरे मास्टर जी से पूछा।

'आज अख़बार में विश्लेषण तो यही छपा है। वही आयेगी। ... अभी कई साल और यही रहने वाली है, भाई।...'

'लेकिन कामकाज तो कुछ किया है नहीं। बस इसके नेता बोलते बहुत हैं?'

'कौन नहीं बोलता है? ...सब बोलते हैं। मगर अभी इनकी बात लोगों को ठीक लग रही है, सो सुन रहे हैं। लोग सुन रहे हैं, इसलिए ये बोल रहे हैं। ...दिख भी तो नहीं रहा कोई दूसरा विकल्प।...' मास्टर जी ने ज्ञान दिया।

'अरे मास्साब, सही बात तो यह है कि सही विकल्प हमें ही नज़र नहीं आता। ...जानबूझकर हम सही विकल्प को देखना ही नहीं चाहते।... पर कोई बात नहीं। ...हमारे जीवन में बहुत सारी चीज़ों की ज़रूरत नहीं होती, फिर भी हम उन्हें झेलते रहते हैं–जैसे कि मच्छर। जब बरसात होती है तो वे कुछ ज़्यादा भिनभिनाना शुरू कर देते हैं। पर मौसम बदलते ही नष्ट हो जाते हैं। वैसे ही ये भी हैं।...' यह जयनाथ की टिप्पणी थी।

सबकी नज़र जयनाथ की तरफ़ मुड़ी और फिर एक हल्की हँसी उभरकर थोड़ा तेज़ हो गयी।

4

शोभित ठाकुर अभी ज़िला मुख्यालय पहुँचे ही थे कि उनके स्मार्ट फ़ोन पर एक ख़बरी नवहे का नाम सहित चेहरा चमक उठा। मोटरसाइकिल खड़ी की और दफ़्तर में घुसते–घुसते शोभित ठाकुर ने फ़ोन कान से लगा लिया–'बोलिए नारायन जी?'

'भइया, आज तो आपने फिरंगियों को ज़बर्दस्त समझाया। मन ख़ुश हो गया। ...चट्टी पर सब लोग आपकी तारीफ़ कर रहे थे। ...मगर ऊ जैनथवा बहुत टिन्न–फिन्न करता है।...'

'का कह रहा था?'

'आप तो जनबे करते हैं, ऊ उल्टा ही बोलता है। कह रहा था कि आप रात को सड़क पर ट्रकों की तलाशी लेते हैं। ...राष्ट्रीय जनहित पार्टी के नेता तो मच्छर की तरह हैं, बरसात बीतेगी, तो ख़त्म हो जायेंगे। ...कुछ करना पड़ेगा भइया, उसका।...'

'अरे नारायन जी, आप तो जानते हैं कि ऊ पगला है। ...उससे क्या उलझना। ...अब आप राजनीति में आने वाले हैं। अगले साल परधानी का चुनाव लड़ने वाले हैं। ऐसे तैश में आयेंगे, तो जनता आपका साथ छोड़ देगी। ...प्रेम से रहिए भाई। ...कुछ लोगों की बातें सिर्फ़ सुननी चाहिए, दिल पर नहीं लेनी चाहिए। ...बोलने दीजिए उसको। आप अपने काम पर ध्यान दीजिए। ...कल शाम को ब्लॉक आफ़िस में मोर्चा की बैठक रखी है, याद है न आपको?...अपने आदमियों को लेकर पहुँचिएगा ज़रूर। ...और हाँ, आप तो जयनाथ के व्हाट्सएप और फेसबुक पर नज़र रखिए कि क्या लिखता, प्रचारित करता है हमारे खिलाफ़। ...बाकी, करिए कुछ नहीं। मिलते–जुलते रहिए, दुआ–सलाम बनाये रखिए। ...राजनीति में विरोधी पर नज़र रखना ज़्यादा ज़रूरी होता है।...'

'जी भैया, मैं समझ गया। कल मिलते हैं ब्लॉक आफ़िस में। ...अब रखता हूँ फ़ोन। प्रणाम भइया।'

ज़िला कार्यालय में राष्ट्रीय जनहित युवा मोर्चा कार्यकर्ताओं की बैठक बड़ी ज़ोरदार रही। शोभित ठाकुर ने ख़ूब जोशीला भाषण दिया। कई धमाकेदार कार्ययोजनाएँ बनीं। उसके बाद पत्रकारों के साथ चाय–समोसे पर बातचीत हुई। बैठक में पारित कार्ययोजनाओं की सूची उन्हें सौंपी गयी। फिर शोभित ठाकुर ने ख़ास ख़बर का खुलासा किया–'आज डहकौर चट्टी पर विदेशी इतिहासकार दम्पत्ति आये थे। वे यहाँ की जगहों के इतिहास का नये ढंग से अध्ययन कर रहे हैं। उन्होंने यहाँ के बहुत सारे ऐतिहासिक साक्ष्य जुटा रखे हैं। डहकौर पोखरा, वहाँ के मन्दिर और कुएँ के स्थापत्य को देखकर उन्होंने बताया कि वे तीनों चीज़ें मौर्य शासकों ने बनवायी थीं। ...यह एक नया ऐतिहासिक खुलासा है। ...हमें शर्म आनी चाहिए कि हम अपनी धरोहरों को सँभाल नहीं पा रहे। विदेशी लोग आकर हमें बताते हैं कि क्या–क्या चीज़ें हमारी धरोहर हैं। ...हमारी सांस्कृतिक उदासीनता का ही नतीजा है कि वह ऐतिहासिक पोखरा अब कूड़ा–करकट से भरता चला गया है, घूरा बन गया है। ...अभी आप लोगों को सिद्ध `श्वर जी वहाँ की तस्वीरें उपलब्ध करायेंगे। ...आज हमने प्रस्ताव पास किया है कि डहकौर पोखरा का जीर्णोद्धार करायेंगे। इसके लिए माननीय मुख्यमन्त्री जी, विधायक जी, सांसद महोदय और जिलाधिकारी महोदय को हमने पत्र लिखा है। ...उम्मीद करते हैं कि इसी तरह हम दूसरी ऐतिहासिक धरोहरों को भी बचाने में सफल होंगे। यह सिलसिला चलता रहेगा। ...धन्यवाद।'

5

अगले दिन सारे अख़बारों के स्थानीय संस्करणों में ऊपर के पन्ने पर चित्र सहित बड़ी ख़बर थी–'डहकौर में मिला मौर्यकालीन तालाब'। चित्र के नीचे कैप्शन था–'राष्ट्रीय जनहित पार्टी के युवा मोर्चा के अध्यक्ष शोभित ठाकुर के साथ विदेशी इतिहासकार'। साथ में पोखरे में फैले कचरे की भी एक छोटी तस्वीर थी–'बदहाल ऐतिहासिक

तालाब' कैप्शन के साथ। इसी ख़बर के साथ विस्तार से शोभित ठाकुर का बयान दर्ज था।

चट्टी पर चकल्लस चालू थी। हर कोई ख़बर पढ़ना चाहता था, तस्वीर देखना चाहता था। चट्टी की हर दुकान पर, अख़बार के एक पन्ने पर दस–दस मुण्डी झुकाये लोग बारी–बारी से फ़ोटो देखे जा रहे थे। चाय की भाप के साथ तरह–तरह की प्रतिक्रियाएँ उठ रही थीं।

स्मार्टफ़ोनधारी नवहों ने अख़बार की उस ख़बर की तस्वीर खींच या लिंक नत्थी कर व्हाट्सएप पर प्रसारित करना शुरू कर दिया था। इस तरह जो नवहे दिन–भर व्हाट्सएप पर चुटकुले तलाशते, पढ़ते, हाहा हीही हूहू करते फिरते थे, उन्हें यह गर्व करने का विषय हाथ लग गया था। इस समाचार को लेकर टिप्पणी पर टिप्पणी किये जा रहे थे। योजनाएँ–दर–योजनाएँ बनाने में जुट गये थे। इस तरह नवहों में रोज़गार के नये–नये विचार आकार लेने लगे थे। ...अब डहकौर चट्टी का भविष्य उन्हें अमेरिका के किसी चमकते शहर के रूप में नज़र आने लगा था। विकास के नये सपने कल्ले फोड़ने लगे थे।

उधर जयनाथ की दुकान पर खैनी मलते मिडिल स्कूल के फुरसतिया हेडमास्टर ने वक्तव्य जारी किया–'चलो यह तो अच्छा हुआ। अब घूरा बन गये इस पोखरे के दिन फिरेंगे, इस चट्टी की थोड़ी रौनक बढ़ेगी।... इतिहास में दर्ज हो गयी यह चट्टी भी। ...शोभित ठाकुर की बदौलत ही यह काम होना था। जैसे भी हो रहा है, अच्छा हो रहा है।...'

'सही बात है। ...भाई, सड़क और बिल्डिंग तो हर कोई बनवाने की बात करता है। पोखर–तालाब, मन्दिर जैसी ऐतिहासिक जगहों की चिन्ता कम ही लोग करते हैं। ...शोभित ठाकुर ने सोचा, यह बड़ी बात है।...' एक मास्टर जी ने हुँकारी भरी।

'अच्छा है, शोभित ठाकुर जैसे नेता हो जायें इस इलाक़े में तो इलाक़े का काफ़ी सुधार हो जायेगा। ...पहले तो यहाँ का कोई नेता

था ही नहीं। सालों–साल तक बाहर के नेता यहाँ आकर विधायकी और सांसदी का चुनाव लड़ते थे और जीतकर मन्त्री–सन्त्री बन जाते और फिर इस इलाके को भूल जाया करते थे। ...अब शोभित ठाकुर जैसे लड़के राजनीति में आ रहे हैं, अपने इलाके के लिए कुछ कर तो रहे हैं।...' पड़ोसी गाँव के ग्राम प्रधान ने बात आगे बढ़ायी।

इतने में आधापुर इंटर कॉलेज से रिटायर भूगोल के अध्यापक नरसिंह यादव ने जयनाथ की दुकान के आगे फटफटिया रोकी और उतरकर फुरसतिया समूह में शामिल हो गये।

मिडिल स्कूल के हेडमास्टर ने उन्हें देखते ही सवाल दागा– 'आज का अख़बार देखा आपने मास्साब?'

'क्या?'

'इस पोखरे को ऐतिहासिक धरोहर के रूप में सहेजने और इसके जीर्णोद्धार की माँग जो उठी है? ...आपके क्या विचार हैं इस पर?'

'हाँ, समाचार तो सुबह ही पढ़ लिया। घर पर अख़बार मँगाता हूँ।... अच्छी बात है। अगर पोखरे को ऐतिहासिक धरोहर मान लिया जाता है, तो यह हम सबके लिए गर्व की बात होगी। ...पर मुझे शक है कि ऐसा होगा। उसकी लम्बी प्रक्रिया है। ...इसका जीर्णोद्धार हो जाये, तो भी बड़ी बात है।...' भूगोल के मास्साब ने बड़ी ठण्डी–सी प्रतिक्रिया दी।

'मगर इसे ऐतिहासिक धरोहर मानने में क्या दिक्क़त है?' एक नवहे ने जिज्ञासा प्रकट की।

'भाई, हमारे–आपके कहने से कोई चीज़ ऐतिहासिक धरोहर थोड़े हो जायेगी। पहले पुरातत्त्व विभाग के लोग जाँचेंगे कि वास्तव में यह ऐतिहासिक है या नहीं, फिर इसे ऐतिहासिक घोषित किया जायेगा।... अगर सचमुच इसे ऐतिहासिक स्थल घोषित कर दिया गया, तो यहाँ पर्यटक आने लगेंगे। ...मन्दिर का महत्त्व बढ़ जायेगा, सो दूर–दूर से लोग आने लगेंगे। ...सो, समझिए कि इस चट्टी के भाग जाग गये।...'

मास्टर जी की इस बात ने जैसे उबलती चाय में ठण्डा पानी डाल दिया।

अब विचित्र क़िस्म की खिचड़ी पकनी शुरू हो गयी थी। कुछ लोगों ने तो मास्टर साहब की इस बात को पकड़कर उम्मीदें पालनी और मन–ही–मन मन्नतें माननी शुरू कर दी थीं कि पोखरे और मन्दिर को किसी भी तरह ऐतिहासिक धरोहर मान लिया जाये, ताकि इस इलाक़े का भाग जगे। हमारे लिए रोज़गार के कुछ अवसर खुलें।

मगर दूसरी तरफ़ कुछ लोगों के मन में इस समाचार को पढ़कर कुछ देर पहले जो गुब्बारा फूला हुआ था, उसमें बारीक–सा सूराख हो गया था।

इसके अलावा तीसरी क़िस्म के लोग भी थे, जो बहुत पढ़े–लिखे नहीं थे। खेतीबाड़ी और लोकाचार में जिनका जीवन व्यतीत होता था, वे अपने ढंग से तालाब की ऐतिहासिकता का परीक्षण कर रहे थे। उसके जीर्णोद्धार के समाचार से अलग तरह की उम्मीदें पाल रहे थे। कोई अपने दादा–परदादा की सुनायी बातों का हवाला देकर कहता कि तालाब बना तो पहले था, पर उसके घाटों को नये सिरे से बनवाया था राजबली राय के परदादा ने। कोई कहता, ई नये–नये नेता पैदा हुए हैं, इन्हें अपने बाप–दादों के बारे में तो ठीक से पता नहीं, चले हैं चन्द्रगुप्त मौर्य का इतिहास बखानने। ...झूठ–मूठ में हौव्वा खड़ा करते रहते हैं।...

मगर उम्मीदों में ऊभ–चूभ होते एक नवहे ने काफ़ी मन्थन के बाद किसी परम ज्ञानी की तरह सन्त भाव से वक्तव्य दिया–'बेकार में लोग आशंकाएँ जता रहे हैं। ...अरे पुरातत्त्व विभाग सरकार से बाहर है क्या? ...वह भी सरकारे के अंडर में न काम करता है, उसमें भी हम आप जैसे लोग ही न काम करते हैं। ...सरकार कहेगी तो पुरातत्त्व विभाग पोखरा को मौर्यकाल का मानने से इनकार कर देगा। ...इसे राजबली राय के नाम कर देगा। ...अरे जब विदेशी इतिहासकार कह रहे हैं, तो पुरातत्त्व विभाग उनकी बात मानेगा कि यहाँ के अधकपारी लोगों की। ...देखिएगा, सरकार इसे ऐतिहासिक स्थल घोषित करवाकर रहेगी।...'

फिर मुरझा रहे सपनों पर जैसे बारिश की फुहार पड़ गयी।

समाचार छपने के बाद करीब महीने–भर तक इसी तरह की बातें– बातों को काटती बातें, एक–दूसरे में मिलकर नयी बातें बनाती बातें, उम्मीदें जगातीं बातें, निराश करती बातें, चट्टी की तमाम दुकानों से लेकर गाँवों तक में चलती रहीं।

फिर एक दिन उन्हीं अख़बारों के स्थानीय संस्करणों में मुखपृष्ठ पर एक छोटी–सी ख़बर छपी–'डहकौर पोखरे के जीर्णोद्धार को मिली मंजूरी, ऐतिहासिक स्थल का दर्जा देने पर पुरातत्त्व विभाग करेगा विचार।'

फिर उम्मीदों ने पचखियाँ फेंकनी शुरू कर दीं। नवहों के फ़ोन फिर घनघनाने लगे। चट्टी पर जमावड़ा आज कुछ ज़्यादा था। गाँव–गाँव से नवहे मोटरसाइकिल लिए चले आ रहे थे। किशोर पनवाड़ी की दुकान पर पान के पत्ते कम पड़ गये थे, सो उसने अपने बेटे को पत्ते लाने को मोटरसाइकिल से शहर दौड़ा दिया था।

एक नवहे ने शोभित ठाकुर के अगल–बगल चलने वाले एक नवहे को फ़ोन लगाया–'अरे भइया, क्या प्रोग्राम है अध्यक्ष जी का? ...चट्टी पर कितनी देर में पहुँचेंगे?...आइए आइए, यहाँ अध्यक्षजी का एक छोटा–सा भाषण करायेंगे। ...अरे भाई, इतना बड़ा काम किये हैं, हम सब कम–से –कम उनको माला तो पहिनाइए सकते हैं। धन्यवाद करना है उनका। ...आइए हम तैयारी करते हैं।...' फिर उसने फ़ोन बन्दकर तीन–चार नवहों को सम्बोधित किया–'अरे भाई, पहुँच रहे हैं अध्यक्ष जी पन्द्रह–बीस मिनट में। फटाफट दुकानों से चौकियाँ उठाओ और लगाओ इधर।...' उसने जयनाथ की दुकान के सामने खाली जगह की तरफ़ इशारा करते हुए कहा। फिर एक नवहे को दुकान को फूल–माला देने वाले माली के घर दौड़ाया–'फटाफट दो–चार माले और कुछ फूल ले आओ।' जेब से निकालकर कुछ पैसे उसे पकड़ाये और कहा–'कम पड़े तो अपनी तरफ़ से लगा लेना, नहीं तो माली से कहना, मैंने भेजा है, बाद में हिसाब कर लेंगे।...'

नवहे सक्रिय हुए। सबसे पहले जयनाथ की दुकान की चौकियों पर बैठे लोगों को उठाया और चौकियाँ उठा लीं। फिर दूसरी दुकानों से चौकियाँ लाकर उन्हें एक के ऊपर एक रखकर एक छोटा–सा मंच तैयार कर दिया।

करीब आधे घण्टे बाद दस–बारह मोटरसाइकिलों पर सवार नवहों का क़ाफ़िला लिए शोभित ठाकुर पहुँचे। पहुँचते ही अगली मोटरसाइकिल पर सवार नवहे ने भुजा उठाकर नारा लगाया–'शोभित ठाकुर ज़िन्दाबाद...' तो पूरी चट्टी ज़िन्दाबाद के नारे से गूँज उठी। 'हमारा नेता कैसा हो...' 'शोभित ठाकुर जैसा हो...' 'हर हर हर...' 'महादेव...' पाँच–सात मिनट तक नारे गूँजते रहे। शोभित ठाकुर हाथ जोड़े मुस्कराते रहे और चौकियाँ जोड़कर बने मंच पर चढ़ गये। जिस युवक ने इस औचक जनसभा का आयोजन किया था, उसने ऊपर चढ़कर शोभित ठाकुर को माला पहनाया, मंच के नीचे से नवहों ने फूल फेंके। फिर जनसभा के आयोजक नवहे ने उत्साह से भरकर संक्षिप्त भाषण दिया–'यह हमारे लिए गर्व का विषय है कि हमारे प्रिय नेता माननीय शोभित ठाकुर जी के अथक प्रयासों से इस चट्टी के दिन फिरने वाले हैं। गड़ही बन चुके पोखरे के जीर्णोद्धार की मंजूरी मिली है और इस इलाक़े में विकास की नयी तस्वीर उभरने वाली है। मैं आप सबकी तरफ़ से माननीय शोभित ठाकुर का आभार व्यक्त करता हूँ...धन्यवाद ज्ञापित करता हूँ...अभिनन्दन करता हूँ।...' फिर एक बार उसने नारा लगाया–'शोभित ठाकुर ज़िन्दाबाद...' और एक बार फिर चट्टी नारों से गूँज उठी।

उसके बाद शोभित ठाकुर ने गर्व से भाषण दिया–'आप सबके आशीर्वाद और स्नेह का प्रभाव है कि मैं यह काम कर पाया। मेरा प्रयास है इस चट्टी और इस पूरे इलाक़े का विकास हो। यह मेरा पहला प्रयास सफल हुआ है, जिसके चलते एक ऐतिहासिक धरोहर को नया जीवन मिलने वाला है। ...अभी पोखरे के जीर्णोद्धार की मंजूरी मिली है, पर मैं आप सबको विश्वास दिलाता हूँ कि बहुत जल्दी इसे पुरातत्त्व विभाग की तरफ़ से ऐतिहासिक धरोहर का दर्जा

भी मिल जायेगा। ...तब यह जगह विश्व मानचित्र पर अपनी पहचान बना लेगी। ...और छोटा मुँह बड़ी बात न लगे, तो मैं आपको विश्वास दिलाता हूँ कि इसे एक दिन मैं संयुक्त राष्ट्र की विश्व विरासत की सूची में भी शामिल करा कर रहूँगा। ...दुनिया भर से यात्री यहाँ आयेंगे। रोज़गार के नये अवसर खुलेंगे। ...इस इलाक़े की किस्मत खुल जायेगी। ...मुझे विश्वास है कि इसी तरह आप सबका सहयोग और आशीर्वाद मिलता रहेगा तो इस इलाक़े में बहुत सारे कामों की योजनाएँ हैं मेरे मन में, वह सब साकार होंगी। ...अभी सुबह मेरी माननीय सांसद जी और सम्माननीय विधायक जी से फ़ोन पर बात हुई। वे अपनी विकास निधि से कुछ पैसा इस काम के लिए देने को तैयार हो गये हैं। ...आज हम ज़िलाधिकारी महोदय से मिलने जा रहे हैं। प्रशासन इस जगह का अध्ययन करेगा, नक़्शा तैयार करेगा और फिर जल्दी ही काम भी शुरू हो जायेगा। ...धन्यवाद।'

तालियाँ बजीं। उम्मीदें कुछ और जगीं।

6

उस दिन के बाद से लोगों का पोखरे की तरफ़ आना–जाना बढ़ गया था। सब अपने–अपने ढंग से पोखरे को देखते और सबके पास उसके जीर्णोद्धार को लेकर अपने विचार थे, सबके मन में कोई–न–कोई रूपरेखा थी। दिन–भर चट्टी के विकास और पोखर की ख़ुदाई–सफ़ाई वग़ैरह के ठेके आदि को लेकर चर्चाएँ होने लगीं।

जयनाथ की दुकान पर बैठे एक फुरसतिया नवहे ने वक्तव्य दिया– 'जैनाथ भइया भले शोभित ठाकुर के विरोधी हों, पर उनके प्रयासों का सबसे ज़्यादा फ़ायदा इन्हीं को मिलने वाला है। इनकी दुकान पोखरे के बिल्कुल पास है, सो इन्हीं की दुकान की रौनक सबसे ज़्यादा बढ़ने वाली है।... अब ये भी यहाँ चना–पकौड़ी–चाय बेचने के बजाय छोले–भटूरे, चाउमीन, रसमलाई वग़ैरह बेचने लगेंगे। ...इसलिए भइया जितने दिन इनकी चाय मिल रही है पी लो, नहीं तो जल्दी ही ये चाय बनाना बन्द कर देंगे।...'

नवहे की बात पर कहकहे लगे। फिर सपने बोये जाने लगे। मगर जयनाथ ने कोई प्रतिक्रिया नहीं दी। इसलिए कोई यह नहीं समझ पाया कि वह पोखरे के जीर्णोद्धार और चट्टी के विकास की ख़बर से ख़ुश है या नहीं। खीझकर सबने एक बार फिर उसे बकलोल घोषित किया और बात का रुख़ किसी और तरफ़ मोड़ दिया।

ऐसे ही चकल्लस भरे दिनों में एक दिन तीन–चार लोगों के साथ तहसीलदार साहब आये। साथ में बन्दूक़धारी दो सिपाही भी लाये, वे जीप से उतरे और सबसे पहले पोखरे की तरफ़ गये। पोखरे, मन्दिर और कुएँ का जायज़ा लिया और जयनाथ की दुकान पर आकर बैठ गये। अपने मातहत कर्मचारी को कहा तो उसने चौकी पर नक़्शा फैला दिया।

जयनाथ बिना कहे उनके लिए चाय बनाने में जुट गया था।

नक़्शा देखने के बाद तहसीलदार साहब उठे और सड़क के किनारे खड़े होकर पोखरे की तरफ़ सड़क पर खड़ी दुकानों की तरफ़ ग़ौर से देखने लगे। मातहत कर्मचारी और सिपाही भी उनकी बगल में खड़े हो गये। चट्टी की तमाम दुकानों पर बैठे गपियाते फ़ुरसतिया भी धीरे–धीरे जुट आये थे। इसी बीच जयनाथ चाय लेकर आया और तहसीलदार साहब समेत सभी कर्मचारियों के हाथ में एक–एक गिलास पकड़ा गया।

वे कुछ देर खड़े–खड़े नक़्शे पर कुछ निशान लगाते रहे। आसपास जुट आयी भीड़ के कुछ उत्साही और जिज्ञासु मास्टर और नवहों ने भी नक़्शे पर निगाह धँसाकर देखने–समझने की कोशिश की कि वे क्या योजना बना रहे हैं, पर सिपाहियों ने उन्हें झिड़ककर दूर हटा दिया था। सबने चाय पी और नक़्शा लपेटकर जीप में जा धँसे। जीप चालू हुई और चली गयी।

किसी को पता नहीं चला कि तहसीलदार साहब ने नक़्शे पर क्या निशानदेही की, क्या योजना बनायी। मगर सब अपनी–अपनी अटकलपच्ची से तरह–तरह की बातें उछालते रहे।

ख़ैर, तहसीलदार साहब के आकर चले जाने के बाद लोगों को यक़ीन हो गया था कि जल्दी ही काम शुरू हो जायेगा।

तीन–चार दिन बाद थाने से दारोगा जी आये। साथ में चार–पाँच सिपाही भी थे। वे जीप से उतरे और जयनाथ की दुकान के सामने खड़े होकर जीप के बोनट पर नक़्शा फैला दिया।

इस बार जयनाथ का दिल ज़ोर–ज़ोर से धड़क रहा था, पर बिना कहे उसने उनके लिए भट्ठी पर चाय चढ़ा दी।

नक़्शे से नज़र हटाकर दारोगा जी सीधे हुए और सिपाहियों से कहा कि सभी दुकानदारों को बुला लायें। बुलाने की ज़रूरत नहीं पड़ी, ज़्यादातर दुकानदार आसपास ही जमा हो गये थे, सो दारोगा जी के पास सिमट आये। जयनाथ भी चाय लिए आ गया और सबके हाथ में गिलास पकड़ाने के बाद हाथ बाँधे खड़ा हो गया।

दारोगा जी ने घोषणा की–'देखो भाई, आप लोगों को तो पता है कि शासन ने इस जगह पर विकास कार्य की मंजूरी दी है। पोखरे के जीर्णोद्धार की योजना बनी है। इस योजना के मुताबिक़ पोखरे से लेकर इस सड़क तक सारी जगह खाली करनी पड़ेगी। इधर की सारी दुकानें चूँकि गाँव समाज की ज़मीन पर खड़ी हैं, यह जगह सरकारी घोषित कर दी गयी है। यहाँ अब कोई दुकान नहीं रहेगी। आप सब लोग हफ़्ते भर के भीतर यहाँ से अपनी–अपनी दुकानें हटा लीजिए। ...मुझे दुबारा न आना पड़े। ...मुझे विश्वास है कि आप लोग मुझे किसी तरह की सख़्ती का मौक़ा नहीं देंगे।...' फिर उन्होंने चाय की आख़िरी घूँट भरी, गिलास जयनाथ के हाथ में पकड़ाया और जीप की अगली सीट पर जा विराजे। सिपाही भी जीप में बैठ गये और जीप लौट गयी।

अब नयी तरह की खुसुर–फुसुर शुरू हुई। सबने पोखरे की तरफ़ की सड़क के किनारे बनी दुकानों पर नज़र दौड़ानी शुरू की। ज़्यादातर दुकानें गुमटी में थीं, कुछ छप्पर–छानी की थीं, सो उन्हें हटाना मुश्किल नहीं था। पर उनमें एक दुकान थी, जो ईंट–गारे से बनी थी। उसे तोड़ने के अलावा कोई चारा नहीं था। वह दुकान थी जयनाथ की। ...वह महज़ दुकान नहीं थी, जयनाथ की रिहाइश भी थी। उसमें उसका पूरा परिवार रहता था। थी भी पोखरे के बिल्कुल

पास। इसलिए उसे किसी भी तरह टूटने से बचाया नहीं जा सकता था।

दारोगा जी गये, तो जयनाथ की दुकान पर मायूसी पसर गयी। इसी बीच किसी ख़ैरख़्वाह नवहे ने राय दी–'अगर जैनाथ भइया एक बार शोभित ठाकुर से मिलकर बात करें, तो यह दुकान टूटने से बच सकती है।...'

'अब कुछ नहीं हो सकता। सारा नक़्शा तैयार हो चुका है। ...शोभित ठाकुर क्या नक़्शा बदलवा देंगे?...' एक मास्टर जी ने प्रतिक्रिया दी।

'क्यों नहीं, वे नेता हैं भाई, चाहें तो कुछ भी करा सकते हैं।' नवहा अपनी राय पर कायम था।

मगर जयनाथ चुप ही रहा। उसके चेहरे पर ग़ुस्सा, हताशा, पराजय, असहायता का मिलाजुला भाव साफ़ नज़र आ रहा था।

वह पूरा दिन ऐसे ही मायूसी में गुज़रा।

शाम को जब अँधेरा गहराने लगा था, माधोपुर के युवा ग्राम प्रधान ने जयनाथ की दुकान के आगे मोटरसाइकिल रोकी और जयनाथ के पास गये। उस वक़्त दुकान पर एक–दो ग्राहक ही बैठे थे। जयनाथ की पत्नी भट्ठी पर परिवार के लिए भोजन पका रही थी। ग्राम प्रधान ने अपना मुँह जयनाथ के कान के पास ले जाकर फुसफुसाते हुए बताया–'मैं ज़िला मुख्यालय से आ रहा हूँ। एक बड़े भरोसेमन्द अधिकारी ने बताया है कि इस तरफ़ सड़क किनारे की सारी ज़मीन शोभित ठाकुर को एक रुपये में सौ साल के पट्टे पर दी जा रही है। वे यहाँ दुकानें बनवायेंगे और उन्हें किराये पर चढ़ायेंगे।'

ग्राम प्रधान के मुँह से मदिरा की तीखी गन्ध आ रही थी, पर जयनाथ ने उसे बर्दाश्त किया। कोई और दिन होता तो वह ग्राम प्रधान को फटकार लगाता, मगर आज उसने ऐसा नहीं किया। उसने ग्राम प्रधान की पूरी बात सुनी, पर कोई प्रतिक्रिया नहीं दी।

❑❑